D1386672

Le Musée du Dr Moses

Histoires de mystère et de suspense

Joyce Carol Oates

Le Musée du Dr Moses

Histoires de mystère et de suspense

nouvelles

Traduit de l'anglais (États-Unis)
par Claude Seban

Philippe Rey

Titre original : *The Museum of Dr. Moses*
An Otto Penzler Book
Harcourt, Inc.
by arrangement with John Hawkins & Associates, Inc., New York
© 2007, The Ontario Review, Inc.

Pour la traduction française
© 2012, Éditions Philippe Rey
15, rue de la Banque – 75002 Paris

www.philippe-rey.fr

Pour Richard Burgin

Salut ! Comment va !

Un bel homme baraqué, un mètre quatre-vingt-dix, vingt-cinq, trente ans, un Blanc de sexe masculin comme le notera le premier rapport de police, bâti en borne d'incendie, une allure de sportif ou d'ex-sportif, la taille très légèrement empâtée, mais dans une forme superbe, une statue de bronze en mouvement, bras vigoureux au va-et-vient de piston, longues jambes mus-clées, muscles des mollets ciselés, il file sur le sentier de copeaux humides le long de l'arboretum universitaire vers 18 heures un jeudi soir et voici qu'arrive en sens inverse une joggeuse, petite quarantaine, visage en feu, yeux baissés, cheveux bruns entre-tissés de fils gris arachnéens, une coureuse médiocre, lèvres charnues entrouvertes, bras raides, sweatshirt riquiqui décoré d'un chat-tigre décoloré, seins respectables tressautant au rythme de sa course, de même que tressautent légèrement ses joues, ses hanches sous le trainer carotte, voici Madeline Hersey, le regard rivé sur le sentier devant elle, Madeline a la manie exaspérante de fixer le sol quand elle court, indifférente à l'arboretum qui en ce mois de mai est pourtant éblouissant, cornouillers blancs, cornouillers roses, forsythias jaune vif, Madeline est technicienne de laboratoire chez Squibb, perdue dans un labyrinthe de pensées enchevêtrées (carrière, amant, enfant « mal-apprenant » de l'amant), tirée en sursaut de sa rêverie par le salut retentissant amical-agressif *Salut! Comment va!* décoché comme une tape joueuse sur les fesses à l'instant où le grand joggeur baraqué passe près d'elle lui jetant un regard fugitif, un large sourire amusé, et Madeline est déstabilisée, Madeline bafouille *Bien, merci* mais le coureur n'entend pas, il est déjà loin, le voici maintenant sur le sentier gravillonné derrière l'hôpital universitaire, sur le chemin de halage herbeux du vieux canal, dans la verdure luxuriante du parc de l'université Dells où, de la fin de l'après-midi au crépuscule, des joggers courent seuls et en couples, par groupes de trois ou plus, coureurs de fond du lycée voisin, étudiants, hommes et femmes aux cheveux blancs, et à tous le joggeur en tee-shirt moulant jaune moutarde, short bleu marine découvrant les muscles ciselés de ses cuisses, Nike taille 46, lance *Salut! Comment va!* d'une voix de stentor affable, *Salut! Comment va!* et un éclair de grandes dents chevalines, longues jambes, bras au mouvement régulier de piston, il a pour habitude de s'approcher par-derrière d'un joggeur solitaire, une femme peut-être, une jeune fille, ou un homme d'un « certain âge » comme il y en a tant parmi les universitaires (quarante, cinquante, soixante ans et plus), parfois un type plus jeune, trempé de sueur, respirant par la bouche, Nike taille 46 frappant le sol comme des maillets, *Salut! Comment va!* tirant brutalement Kyle Lindeman de ses rêveries érotiques, tirant brutalement Michelle Rossley de ses pensées angoissées, et Diane Hendricks, une sportive au lycée, dix kilos de trop aujourd'hui, divorcée, sans enfant, remâchant une dispute avec une amie, Dieu qu'elle est en colère! hors de question qu'elle rappelle Ginny, cette fois! s'efforçant de calmer le flot bouillonnant de ses pensées, s'efforçant de respirer zen, inspiration, expiration, inspiration, et faisant soudain irruption dans cette rêverie une silhouette en mouvement, un grand type baraqué qui fonce sur elle, vers elle, entre dans son champ de vision, d'instinct Diane se déporte sur la droite pour lui faire place, espère que ce n'est pas quelqu'un qu'elle connaît, quelqu'un qui la connaît, tâche de ne pas le regarder, un type grand, baraqué, une bonne centaine de kilos, fait de la musculation, sûrement un sportif ou un ex-sportif, un frisson d'excitation sexuelle la parcourt, ou peut-être un frisson d'appréhension sexuelle, au moment même où retentit un *Salut! Comment va!* sonore et amusé, comme un coup de coude dans le sein gauche de Diane, et l'inconnu passe en faisant trembler le sol, une odeur de sueur mâle dans son sillage, une sueur âcre salée et l'impression fugitive de grandes dents luisantes découvertes par un sourire stupide, ou peut-être une parodie de sourire, un sourire de tête de mort ? – déstabilisée, intimidée et trébuchante, Diane parvient à bégayer *Bien, je vais bien* – comme si l'inconnu qui la frôlait s'intéressait le moins du monde à elle ou à son bien-être, quelle idiote ! – un autre jour encore, un beau matin miroitant à l'université Dells sur le sentier longeant le lac piqueté de graines où des colverts amoureux et combatifs pourchassent des canards femelles dans un grand remue-ménage de caquètements, battements d'ailes et remuement d'eau, voici qu'arrive le joggeur baraqué, blanc, sexe masculin, un mètre quatre-vingt-dix, cent kilos, pas de papiers d'identité ainsi que le notera le premier rapport de police, portant ce jour-là un tee-shirt noir moulant Judas Priest, un short en nylon blanc très court révélant les moindres contractions, ondulations, reflets des muscles ciselés des cuisses, il sort d'un sentier ombreux en lisière du bois de bouleaux et s'approche du Dr Rausch du département de géologie, un homme d'un certain âge, plutôt fier de sa «forme», lunettes sombres d'aviateur sur un nez suant, le Dr Rausch halète en courant, court moins vite qu'il le souhaiterait, des ruisselets

de sueur tels des filets de graisse fondue le long de son dos, sur
ses côtés, trempant sa chemise, son long short flottant, le
Dr Rausch grince des dents (des coupes dans le budget du département! Le naufrage du mariage de sa fille cadette! La biopsie de
sa femme le lendemain matin à 7 heures, il doit la conduire au
centre médical et l'attendre, la ramener à la maison, tout cela en
espérant arriver à temps à la commission de titularisation qu'il
préside à 11 heures) quand *Salut! Comment va!* le fait sursauter
comme si ce joggeur baraqué en tee-shirt noir Judas Priest avait
tendu un pied farceur taille 46 sur le chemin du Dr Rausch pour
le faire trébucher, le voilà soudain déstabilisé, le pauvre vieux, il
n'a pas toujours eu soixante-quatre ans, la poitrine creuse, des
jambes blanches et maigres semées de quelques poils fils de fer,
un petit ventre dur tendant l'élastique du short kaki, le Dr Rausch
lève des yeux clignotants, est-ce quelqu'un qu'il connaît, devrait
connaître? qui le connaît? pendant ses trente années vertigineuses
passées dans le département de géologie le Dr Rausch a eu tant
d'étudiants, mais avant qu'il puisse voir de qui il s'agit, ou faire
un effort haletant pour répondre à la façon désinvolte des jeunes
joggeurs, le type baraqué l'a dépassé sans un regard, jambes
pareilles à des pistons de muscles, corps nimbé d'un halo
miroitant de sueur, auréole de cheveux brun clair, brun-roux,
bouclés tels des copeaux de bois, large tête haut levée, grand
sourire dentu, nez puissant fait pour des inspirations profondes,
énormes narines noires où il semble que l'on a enfoncé des
pouces, et bientôt après cette silhouette masculine miroitante
apparaît de l'autre côté de Dells, un autre après-midi dans le parc
de l'Institut, pieds martelant le sol, bras musclés au mouvement
de piston, portant ce jour-là un tee-shirt bleu marine décoloré
à force de lavages, et toujours le short bleu marine très court, une
odeur corporelle fermentée dans le sillage de sa course, apercevant

un joggeur solitaire devant lui, il accélère pour le doubler, un garçon d'une vingtaine d'années, un étudiant, pas un sportif, un maigrichon d'un mètre soixante-dix qui court avec effort, respire par la bouche, la tête pleine d'un tourbillon de chiffres, de symboles, d'équations, d'optique quantique, de bruit quantique, et dans cette rêverie *Salut ! Comment va !* détone comme un pétard jeté par un gamin farceur, d'un ton sec le jeune homme réplique *Ça va*, le visage en feu, instantanément il se rappelle le lycée, les garçons qui le bousculaient, et maintenant il boite presque, déstabilisé, maintenant la vie paraît absurde, on sait qu'elle est absurde, on vit, on meurt, comme son grand-père est mort, à quoi ça rime ? à rien, pas plus que le jour suivant, la semaine suivante, une fin de vendredi après-midi de la dernière semaine de mai sur le chemin de halage au-delà de Linden Road où il y a moins de joggeurs, surgissant brusquement dans ton champ de vision, s'approchant de toi, un grand joggeur baraqué qui court en plein milieu du chemin, d'instinct tu te déportes à droite, d'instinct tu baisses les yeux, pas de contact visuel sur le chemin, tu étais perdu dans tes pensées, des tourbillons de pensées comme des courants électriques brûlants, incandescents, la douleur, l'angoisse, l'absurdité de tes pensées, car qu'est-ce que ton âme sinon tes pensées ? une flamme entre tes mains en coupe implorant silencieusement *Ne me parlez pas, respectez ma solitude je vous en prie* alors même que le joggeur continue d'approcher, au milieu du chemin, inexorable, inarrêtable, poils bouclés bronze rosé sur les bras, grandes dents découvertes dans un sourire *Salut ! Comment va !* retentissant et incolore et faussement amical et de la poche de ton blouson en nylon tu sors tant bien que mal le Smith & Wesson compact calibre .22 que tu as volé dans la maison de ton beau-père à Jackson Hole, Wyoming, trois ans plus tôt, ce connard d'ivrogne que tu détestes, tu as attendu qu'il te demande si tu l'avais pris, si c'était toi qui avais pris cette arme qu'il détient illégalement, et ton beau-père n'a jamais posé la question, et tu n'as jamais rien dit, et tu lèves ce revolver jouet d'une main tremblante d'excitation, d'agitation, tu vises ce visage immense de près, ce visage ballon et tu tires et la balle jaillit comme par magie de l'arme jouet avec une force et une précision inattendues à bout portant, et pénètre le visage à hauteur du front juste au-dessus du nez aux larges narines, aussitôt le joggeur baraqué au tee-shirt jaune moutarde tombe à genoux sur le chemin, aussitôt le tee-shirt jaune moutarde est éclaboussé de sang, étalé maintenant sur le ventre, bras robustes écartés, visage aplati contre le sol, silencieux et flasque comme une marionnette de chiffon quand le marionnettiste lassé s'en est défait, il est mort, *Voilà comment je vais.*

Surveillance antisuicide

« Si tu pouvais me dire où est Kenny. »

C'était une question de confiance. Il voulait le croire : il était digne de confiance. Un père, un fils en difficulté. Un père désireux d'aider un fils en difficulté. Un père ayant manifestement des ressources. Un père de cinquante-sept ans, doté de ressources. Un père qui avait interrompu un voyage d'affaires à Seattle pour voler à l'aide d'un fils en difficulté à Philadelphie. Un père qui disait : « C'est une question de confiance. Si tu pouvais me dire où est Kenny. »

Évitant avec soin de dire *Si tu pouvais nous dire*. Car ce *nous* signifierait que le père parlait pour d'autres. *Si tu pouvais me dire.*

« Et où est Christa. »

Kenny, le petit-fils disparu, avait deux ans et trois mois. Il avait « disparu » dans la mesure où personne (le fils compris ?) ne semblait savoir où il était. La mère disparue, Christa, n'était pas une belle-fille parce qu'elle et le fils, Seth, n'étaient pas mariés. Seth avait vingt-huit ans, Christa un ou deux ans de moins. Lui, le père de Seth, qui partageait un nom de famille avec le jeune homme en difficulté, passait et repassait rapidement ces faits dans son esprit, cette litanie de statistiques brutes et plutôt désespérées.

Les rapports humains : des énigmes. Vous vous les racontez pour déchiffrer leur sens, mais vous ne savez pas (comment le pourriez-vous ?) si elles ont un sens déchiffrable.

« Seth ? Tu sais que si c'est une question de confiance. Si tu es en danger… »

Danger. Le père avait failli gaffer et dire *difficulté.*

En fait, le père savait que le fils était en difficulté. Cela ne faisait pas de doute : la disparition de l'enfant de deux ans, la disparition de la mère de l'enfant. L'état de la maison « sinistrée »…

Le fils secoua lentement la tête. Il leva lentement les yeux. Quelque chose n'allait pas dans ces yeux : profondément enfoncés dans les orbites, injectés de sang, étrangement brouillés comme du Plexiglas usé. Les cheveux couleur de suie du fils étaient dépeignés et poisseux, ses joues couvertes de barbe. Le père trouvait un réconfort dans le fait qu'il n'était pas menotté ni enchaîné à la table.

Aucun des autres détenus/patients du parloir, pour autant que le père l'eût remarqué, ne semblait attaché. Plusieurs d'entre eux étaient des hommes imposants. Comme eux, le fils portait la tenue de la prison : chemise grise, jogging gris à ceinture élastique. Le fils était autorisé à porter ses propres chaussures, des tennis lamentables, privées de leurs lacets. Le fils avait été placé « de force » en garde à vue et interné dans le centre de détention de Philadelphie, secteur psychiatrique, pour observation, évaluation et surveillance antisuicide permanente pendant un minimum de quarante-huit heures.

Surveillance antisuicide. Car les avant-bras du fils avaient été brutalement tailladés et saignaient quand la police l'avait mis en garde à vue, et son récit confus et incohérent n'avait pas permis d'établir s'il s'était infligé lui-même ces blessures.

Les deux avant-bras, des entailles au petit bonheur qui n'avaient pas sectionné d'artère. Le père avait été informé : dans un état normal, il était probablement impossible à quiconque de se taillader les deux bras de la sorte, mais dans un état anormal, psychose due aux drogues, manie, cela pouvait se faire.

Il y avait aussi de petites brûlures sur les doigts, le dos des mains et les chevilles du fils. Inexpliquées, elles aussi.

Le père essayait de ne pas regarder les bras bandés du fils. Le père essayait de ne pas regarder une plaie ouverte sur la lèvre supérieure du fils. Le père s'entendit dire, avec calme : « Si tu es en danger dans l'immédiat. Si quelqu'un te voulait du mal ou… » Le père ne savait pas très bien ce qu'il disait. Il voulait peut-être parler d'un danger menaçant son fils à l'intérieur du centre de détention, ou d'un danger le menaçant à sa sortie. Il ne parlait peut-être pas du fils, mais du petit-fils de deux ans et de Christa. Le père était distrait par l'haleine du fils, fétide comme du goudron liquide où quelque chose de mort se décomposait.

« Voyons, papa, qui pourrait vouloir me faire du mal ? »

Le fils émit un son sifflant ressemblant à un rire. Le fils grattait la plaie sur sa lèvre supérieure. Il frappa le bord de la table de son bras bandé, une gaze sale d'où semblait suinter du sang.

Au moins le fils parlait-il de façon cohérente. Au moins s'était-il décidé à parler au père.

Car le psychiatre du centre avait prévenu le père que le fils pourrait divaguer ou refuser totalement de parler. Le fils plaisantait, supposa le père. Depuis l'enfance, il cultivait un humour à froid, destiné à amuser, déconcerter et consterner une sélection d'adultes. Le genre de plaisanterie qui dépend d'une expression faussement innocente. Le genre de plaisanterie douloureuse à faire (supposait-on) et douloureuse à entendre. En l'occurrence le père interpréta la plaisanterie du fils ainsi : Qui pourrait vouloir me faire du mal, plus rien ne m'atteint.

Ou : Qui pourrait vouloir *me* faire du mal, je fais ça très bien moi-même.

Ou : Qui pourrait vouloir me faire du mal, je suis un minable.

Naturellement c'était à son petit-fils, à l'enfant de deux ans, que le père pensait. Pour lui qu'il s'inquiétait. Son unique petit-fils, «disparu». Mais que l'on supposait à Philadelphie. Très probablement dans les quartiers sud de Philadelphie. Le petit Kenny dont le père pouvait à peine prononcer le nom sans bégayer. Pensant presque que Kenny était son fils.

Son fils. Tel que son fils aurait dû être.

«... une question de confiance, Seth. Tu sais que tu peux me faire confiance.»

Car Seth avait été interrogé par la police, et il n'avait cessé de dire qu'il n'avait «aucune idée» de l'endroit où se trouvait son fils, de l'endroit où se trouvait la mère de l'enfant. «Aucune idée» de ce qui avait poussé ses voisins de la 43ᵉ Rue à appeler la police pour signaler ce qui avait l'apparence d'une querelle conjugale. De la raison pour laquelle il avait été arrêté «par la force» à 3 heures du matin, sans chemise et pieds nus, couvert de sang et les avant-bras tailladés, devant le *brownstone* de la 43ᵉ Rue où il habitait avec son fils et la jeune femme nommée Christa.

Seth n'avait pas non plus la moindre idée de ce qui s'était passé dans la maison. La baignoire qui avait débordé dans la salle de bains du premier, une eau brûlante au point que la vapeur avait boursouflé et détaché la peinture du plafond et des murs, fait fondre les éléments en plastique. Dans le couloir, dans l'escalier, l'eau brûlante avait causé d'autres dégâts et, dans la cuisine, des ordures flottaient dans des flaques. Les agents de police avaient signalé un attirail de drogué, des éclats de verre et des jouets brisés, des vêtements trempés. Des taches de sang et des vomissures. Des cafards.

Où était l'enfant de deux ans dans ce naufrage? Où était la mère de l'enfant?

«Disparus.»

Douloureux pour le père de prononcer ce nom : Kenny.

«Seth, si tu pouvais me dire. Où est Kenny. Si...»

Seth, il pouvait le prononcer. *Niorde, Seth M.* Il s'était habitué à *Niorde, Seth M.*, un nom que l'on pouvait avoir à énoncer comme on énoncerait celui d'une maladie récurrente, chronique. À la réception, pour exposer le motif de sa visite. *Niorde, Laurence C. Père.* Tout disposé à présenter un permis de conduire, un passeport. Car le père était un homme d'affaires voyageur qui avait presque toujours son passeport sur lui parce qu'il prenait souvent l'avion. Vols intérieurs, vols transatlantiques. Plus commode pour ces voyageurs-là de conserver leur passeport à portée de la main que de le ranger entre deux déplacements.

Attendez ici, monsieur Niorde. Il avait attendu.

On ne lui avait pas montré le rapport de police, mais on l'avait informé de son contenu, qui semblait confus, peu concluant. On lui avait montré des Polaroïds de l'intérieur du 1189, 43ᵉ Rue, et ce qu'il avait vu l'avait stupéfié. La preuve de la folie de son fils. De sa maladie. Sur l'une des photos, quelque chose qui ressemblait à un petit corps sans vie, pareil à un jouet brisé, parmi les détritus trempés.

«Oh mon Dieu. Oh.»

Ce n'était pas ça, bien sûr. En regardant mieux, il avait constaté qu'il s'agissait simplement des vêtements imbibés d'eau, entortillés, peut-être ceux d'un enfant.

Malgré tout le père avait eu très peur. Il ne s'était pas attendu à avoir aussi peur, aussi vite.

Cela ne fait que commencer, s'était-il dit. *Ce voyage.*

On lui fit passer le contrôle de sécurité. Il souriait, tout disposé à se plier aux formalités. Ce n'était pas très différent des contrôles d'aéroport auxquels il était habitué. Il s'efforça de ne pas noter qu'il était le seul Blanc en vue. Il s'efforça de ne pas remarquer la brusquerie avec laquelle on lui ordonnait de vider ses poches, de les retourner, d'enlever ses chaussures et de franchir le portique. Pour être ensuite fouillé par un garde renfrogné qui évita son regard. Le père n'était pas accoutumé à être traité sans sourires déférents, sans courtoisie. Dans sa vie professionnelle, une courtoisie souvent très exagérée.

Mais il n'était encore jamais entré dans un endroit comme celui-ci : le centre de détention pour hommes de Philadelphie.

Secteur psychiatrique.

C'était un fait : *Niorde, Seth M.* avait fait des séjours dans plusieurs centres de désintoxication (Hartford, New York). Mais le père n'avait pas rendu visite au fils dans ces centres. La mère lui avait rendu visite ; cela avait paru suffire à ce moment-là.

Dans le parloir on le conduisit à une petite table, et on lui dit d'attendre. Il attendit donc, en proie à une inquiétude croissante. Là aussi, *Niorde, Laurence C.* était le seul Blanc en vue. Il avait cinquante-sept ans – et ne les paraissait pas – mais il était le plus âgé de la salle. Dans sa tenue d'homme d'affaires, il était bizarrement vêtu. Il transpirait, avait le souffle court et son apparence n'était pas aussi impeccable qu'elle l'avait été quinze heures auparavant dans un autre fuseau horaire. Il suffisait néanmoins d'un regard pour reconnaître en lui *un homme de ressources. Un homme ayant des biens, des placements.* Il avait des propriétés à Fairfield dans le Connecticut, Wellfleet dans le Massachusetts, Boca Raton en Floride. Un homme qui n'avait pas pour habitude de s'agiter nerveusement sur son siège, de tirer sur sa cravate, de se tamponner le front.

Qui n'avait pas pour habitude de regarder les inconnus avec appréhension.

Le fils, Seth, l'air d'un inconnu! Mais naturellement le père le reconnut aussitôt.

À présent il y avait deux Blancs dans la salle.

Un surveillant amenait le fils au père en contournant d'autres surveillants, des visiteurs. Le père regarda les bras bandés du fils, raides le long de son corps. Son visage flasque et terreux, ses yeux opaques comme une vitre éraflée. Il semblait si faible sur ses jambes : un vieillard se déplaçant avec précaution sur un sol inégal.

«Oh mon Dieu. Seth.»

Le fils salua le père d'une grimace de sourire. «s'moi.»

Impossible de savoir ce qu'il avait marmonné. *C'est moi?*

Comme une pelletée de sable mouillé, le fils se laissa tomber sur une chaise crasseuse en vinyle. Une odeur pinça aussitôt les narines du père, quelque chose de goudronneux, de fétide, de pourrissant. Et la visite commença. Comme une petite barque sans gouvernail ballottée par les vagues d'un fleuve trop vaste pour être vu, le père se sentait hébété, désespéré. Il n'avait qu'une question à poser. Mais il n'osait pas la poser trop vite. Avec trop d'insistance. Il assura, ou en tout cas essaya d'assurer au fils, qui écoutait peut-être, qu'il lui trouverait un avocat avant le lendemain midi. Et il paierait la caution. Il exigerait des soins médicaux privés. Dès que le fils serait relâché... Le père était distrait par une grosse pendule lumineuse sur le mur lui faisant face. Les visites se terminaient à 21 heures, il n'avait été introduit dans le parloir qu'à 20 h 35. Le père était distrait par l'agitation et par le tapage autour de lui. Des tables meublaient toute la largeur de cette salle surchauffée et basse de plafond, et la plupart étaient occupées. Des visiteurs face à des détenus – noirs, hispaniques – dont certains parlaient fort et avec excitation. Le père n'était pas préparé à une telle foule. À devoir élever la voix pour être entendu, sans avoir pour autant la certitude de l'être. Le père n'était pas vêtu de façon appropriée, sa veste lui tenait chaud et le grattait, il éprouva le besoin de l'ôter et de la suspendre au dossier de sa chaise crasseuse. Le père parlait à son fils silencieux d'une voix basse, censée ne pas trahir son anxiété. Il ne voulait pas avoir l'air d'implorer.

Chaque fois que le père levait les yeux vers la pendule lumineuse, l'aiguille des minutes avait fait un bond en avant. Il restait vingt minutes, il était 20 h 40.

Le père n'avait pas réservé de chambre d'hôtel à Philadelphie. 21 heures, il ne s'était pas autorisé à penser au-delà.

« Si je peux ! Comment est-ce que je le saurais, papa ? »

Que disait Seth ? Le père n'avait pas vraiment entendu. Le père ne savait pas si le fils répondait à quelque chose qu'il avait dit ; ou si le fils disait quelque chose qui n'avait aucun rapport, dans un marmonnement indistinct. Le fils dissimulait en partie sa bouche derrière sa main, ses dents de devant avaient une couleur d'urine. Et il y avait l'haleine fétide, celle des dents en train de pourrir dans les mâchoires du fils.

« Me faire confiance ? Bien sûr que tu le peux. Si tu sais où est le petit… »

Il semblait urgent de toucher le fils. Les contacts entre visiteurs et détenus/patients n'étaient pas interdits. Mais le père ne put se résoudre à toucher le fils, bien qu'il fût affalé sur sa chaise à une dizaine de centimètres à peine : l'une des mains du fils voletait autour de sa bouche, l'autre était refermée en poing sur la table, les jointures couvertes de croûtes.

Impossible de poser une main pleine de compassion sur un poing serré.

« Seth ? S'il est avec Christa, si tu sais où est Christa…

– Je te l'ai dit – et je *leur* ai dit. Sais pas où Ch'ista est allée se faire pendre.

– Mais… elle l'a emmené ? Kenny ? »

Le père était parvenu à prononcer le nom du petit-fils : Kenny.

Un petit visage confiant, des yeux lumineux. Le père n'avait pas vu le petit-fils depuis des mois, une erreur qu'il ne se rappelait pas avoir commise, comme dans un rêve où quelque chose de terrible et d'irrévocable s'est produit sans que le rêveur puisse se rappeler quoi ni, a fortiori, comment s'en affliger.

« Faut croire. Je leur ai dit. J'ai dû te le dire, je le leur ai dit, à eux. »

Le père se demanda si *eux* désignait des agents de police. Le père ne voulait pas se risquer à poser la question.

Important de continuer à faire parler le fils. De garder le contact visuel. De faire appel aux sentiments du fils. Mais sans supplier, car supplier n'avait jamais semblé marcher.

Le père se l'était juré la dernière fois, et celle d'avant : ne plus jamais supplier le fils. Plus jamais.

« Tu sais à quoi ça ressemble… ? À du ciment, dans le bide.

- Du ciment ? Qu'est-ce qui ressemble à du ciment ? « »

Seth bâilla. Brusquement, un bâillement voluptueux. Cette terrible haleine pourrie qui pinçait les narines du père.

Cette fois, c'étaient des méthamphétamines, le père en avait été informé. Avant cela, il y avait eu le crack. Au lycée, marijuana, cocaïne. Un peu plus tard, héroïne. Autrefois le fils avait été un beau garçon qui prenait des leçons de clarinette, s'intéressait à l'astronomie, un garçon qui obtenait de bonnes notes presque sans effort ; telle était l'histoire familiale officielle.

« … essayer de chier du ciment. Dans ton bide. Le "temps". Quand ça ne passe pas.

– De quoi parlons-nous, Seth? Est-ce que nous parlons de…
Je ne sais pas très bien de quoi nous parlons?»

Le temps. Il parlait du temps. Du temps qui ne passe pas. Ou
qui passe trop vite? Le père se pencha plus près, les coudes sur
la table. Le père tâcha de ne pas regarder la pendule lumineuse
où, une fois encore, l'aiguille des minutes avait fait un bond. Le
père dut résister à l'envie d'empoigner le fils, ses épaules affaissées,
et de le secouer, et encore, encore. De gifler les joues creuses,
mangées de barbe. De hurler au visage du fils, au lieu de s'efforcer
de garder une voix calme, mesurée, chaudement paternelle, de
compatir sans paraître implorer.

«Seth? Tâche de ne pas t'endormir, tu veux? Si tu pouvais
seulement me dire où tu crois que Kenny pourrait se trouver,
ou Christa. Y a-t-il quelqu'un chez qui elle aurait pu aller, avec
Kenny? Si elle n'avait pas de voiture, où aurait-elle pu aller à
pied…?»

On avait mis le père en garde : quoi que son fils (drogué)
lui dise, à supposer qu'il lui dise quelque chose, ce serait probablement confus, incomplet ou inexact, car il se pouvait que
le fils drogué ne sache pas ce qui s'était passé ou ne s'en souvienne pas. L'enfant avait disparu depuis au moins quarante-huit
heures, mais peut-être davantage. Cela datait peut-être d'avant
mercredi. Les voisins de la 43e Rue qui avaient appelé la police
n'étaient pas certains de ce qu'ils avaient vu. Ils pensaient avoir
vu Christa quitter la maison vers 23 heures, courir dans la rue
jusqu'à un carrefour voisin, seule. Mais d'autres voisins avaient
signalé des pleurs d'enfant. Un enfant, mi-porté, mi-traîné par
une jeune femme. Quand exactement? C'était confus : mercredi
soir ou un autre soir? Un jour plus tôt? Deux jours plus tôt? Des
habitants du Block 1100, 43e Rue, avaient donné à la police des
informations contradictoires. Le père avait appris qu'au cours

des six dernières semaines les policiers de Philadelphie étaient intervenus à deux reprises au 1189, 43ᵉ Rue en raison de plaintes pour « tapage ».

Des agents avaient parlé aux adultes demeurant à cette adresse. Il n'avait été procédé à aucune arrestation.

« Seth. Parle-moi de Christa. Est-ce que vous vous êtes disputés, est-ce pour cela qu'elle a emmené Kenny? Et où... »

Le père n'avait jamais été à l'aise avec ce nom-là : Christa.

Une fille à la beauté maladive, très maigre, les épaules affaissées comme le fils, maussade et silencieuse, du moins en présence du père, quelque chose de brouillé et de sournois dans le regard. Ce n'était pas une belle-fille et ce n'était pas une fille à qui Seth avait paru tenir particulièrement, mais il se trouvait qu'elle était la mère du fils de Seth, ce qui faisait d'elle la mère (improbable, indésirable) du petit-fils, Kenny, dont le père peut à peine prononcer le nom. Le père avait donné de l'argent au fils, de temps en temps. Pas pour la drogue (évidemment!), pour Kenny (tel était l'espoir, la supplication), mais ce n'étaient pas les sommes qu'escomptait le fils et ces derniers mois les dons d'argent avaient totalement cessé. Le père n'avait rencontré Christa que trois fois, il ne savait rien de sa famille, ni même si elle en avait une, s'il y avait des adultes, des parents, des gens comme lui qui donnaient de l'argent, si irrégulièrement que ce fût. Le père n'avait pas échangé plus de quelques phrases banales avec Christa et jamais – il s'en était rendu compte plus tard – en dehors de la présence du fils. Dans la maison du père, le fils avait exhibé une sexualité débraillée et inattendue, pelotant sa compagne, caressant ses cheveux blond paille, embrassant sa bouche maussade sous les yeux du père.

Le père n'avait pas su s'il devait croire ce que le fils lui avait raconté : Christa et lui s'étaient rencontrés dans un cours d'économie à l'université de Pennsylvanie. Christa était boursière. Elle avait continué à suivre les cours jusqu'à la fin de son cursus après que Seth eut abandonné ses études, après qu'ils avaient commencé à vivre ensemble dans un appartement proche du campus.

Le père n'avait jamais su avec certitude si Christa était bien le nom de cette fille, en fait. Il n'avait jamais su son nom de famille. Elle ne s'était jamais adressée à lui par son nom, pour autant qu'il s'en souvienne.

Le fils avait obtenu d'excellents résultats à son examen d'entrée à l'université, on ne sait comment. Le père avait souhaité penser *Il tient de moi.*

« ... connais son nom, papa ? Tu ne l'as jamais vue.

– Jamais vu Christa ? C'est ce que tu dis ? Bien sûr que si.

– ... ou lui, tu l'as vu, lui ?

– Kenny ? Mon petit-fils ? Bien sûr que je l'ai "vu". Tu dois le savoir.

– Tu connais son nom ? "Ken-ny". »

La bouche du fils se mit à trembler. Ses yeux papillotaient. Une expression entre douleur, tendresse, regret, passa sur son visage.

« Je t'ai appelé, papa, tu comprends. Tu n'as jamais rappelé.

– Tu m'as appelé ? Quand ça ?

– "Quand" ? Ce soir-là.

– Quel soir ?

– *Ce soir-là.* Quand c'est arrivé.

– Qu'est-ce qui est arrivé ?

– Tu aurais dû appeler, papa. Je te l'ai dit. »

C'était peut-être vrai. Le père avait du mal à se souvenir. Le père n'avait pas toujours rappelé le fils. Le père avait parfois vu *Pennsylvanie* s'afficher sur l'écran de présentation du numéro et n'avait pas décroché. Le père avait plus d'une fois effacé avant la fin les divagations du fils sur le répondeur.

D'une voix forte et blessée, Seth disait : « Elle l'a emmené ! Putain de junkie, tu sais ce qu'elle a fait ? Elle l'a enveloppé dans ce truc, un vrai linceul de momie. Elle l'a enveloppé avec des guirlandes comme à Noël. Tu secoues ce truc, et ça fait des étincelles. Moi, je ne voulais pas, c'est elle. » Cette explosion du fils fut si soudaine que l'un des gardes s'approcha. Sans se retourner, d'instinct, Seth rentra la tête dans les épaules, comme pour se protéger d'un coup. Croisant ses bras bandés sur sa poitrine, il glissa les deux mains sous ses aisselles et se mit à se balancer sur sa chaise. Le surveillant lui dit de baisser le ton et dit au père que les visites étaient presque terminées, mais il ne toucha pas le fils. La terrible aiguille des minutes fit un bond en avant. Le père osa tendre la main, toucha avec hésitation le bras de son fils au niveau du coude. Le fils était recroquevillé sur lui-même, la respiration bruyante. « Seth ? Qu'est-ce que tu disais ? "Elle l'a emmené" ? Où cela ? » et le fils dit, en frissonnant : « Je lui ai dit qu'elle était une mauvaise mère. Elle essayait de me contourner et d'ouvrir la porte. Ça, je le leur ai dit. Et il y avait cette vapeur qui passait sous la porte. La vapeur de la baignoire. La salle de bains. Je n'étais pas défoncé, je n'avais rien pris de toute la journée, j'avais l'esprit clair comme du verre. Le truc, c'est que le gosse n'était pas dans la salle de bains. Il avait fait sur lui, vomi et fait sur lui, et elle ne l'avait même pas lavé. Voilà la mauvaise mère qu'elle est ! Elle peut dire ce qu'elle veut, elle ne vaut rien comme mère ! C'est moi qui aurais dû appeler les flics. Ce que j'ai fait, c'est le cacher à l'arrière, dans la voiture. Ma voiture. Je l'ai caché sur le siège arrière. Je sais que je l'ai fait. J'ai dit : "C'est un jeu, nous jouons avec maman. Tu restes ici et tu gardes la tête baissée, et si elle t'appelle, tu ne te montres pas, d'accord ?" Et Kenny a dit : "Oui papa". C'est un gosse futé, il a toujours fait confiance à son papa. Pas à sa maman junkie, mais il faisait confiance à son papa. C'est une responsabilité, un gosse. La façon dont le monde marche, la race humaine, c'est comme du ciment dans le bide qu'il faut arriver à chier, on se demande comment la race humaine continue. Donc elle arrive, elle était sortie et elle est défoncée et elle rentre, et je l'attends. Tout de suite elle demande "Où est mon bébé ?" et je réponds "Ton bébé prend son bain dans la baignoire, tu aurais dû faire ça hier" et elle dit "Je veux voir Kenny, laisse-moi passer", parce que je ne la laisse pas passer, j'ai attrapé ses poignets, des petits os de moineau aussi faciles à briser que de claquer des doigts. "Tu ne peux pas, je dis, il prend son bain", et tout excitée, elle dit "Si tu lui fais du mal, j'appelle les flics", et je dis "Appelle les flics, ils t'enverront foutre" et là, elle s'énerve pour de bon, et pendant ce temps-là la vapeur sort par-dessous la porte, je dormais dans la pièce du bas et la baignoire a dû se remplir et cette putain d'eau chaude continue à couler, il y a de l'eau qui se condense sur les murs même au rez-de-chaussée et elle goutte du plafond, elle coule dans l'escalier, c'est dément, et cette cinglée hurle "Sors-le de là, ouvre la porte", parce que la porte était fermée de l'extérieur, elle est dans l'escalier et elle me griffe, et la porte de la salle de bains brûle comme du feu, la poignée est si chaude qu'on ne peut pas la toucher, il y a de la vapeur partout, je transpire comme un porc, et quelqu'un hurle, on a l'impression que c'est Kenny qui hurle "Papa ! Papa !", mais ça ne peut pas être lui, je le sais parce qu'il est dehors caché dans la voiture, et Christa me frappe, Christa ouvre la porte, la vapeur nous brûle, et j'attends, j'attends que tu appelles, papa. Et tu n'appelles pas, et tu n'es pas là. » Le père dit : « Moi ? Tu m'attendais, *moi* ? » Et le fils dit : « C'était un test, papa. Pour voir combien de temps il te faudrait pour arriver», et le père dit, avec lenteur : «Je ne comprends pas, Seth. Tu m'attendais ici, à Philadelphie?» et le fils dit : «Tu as eu ta chance, papa. Je t'ai appelé un sacré paquet de fois, j'ai laissé un message et maintenant il est trop tard», et le père dit : «Mais je suis ici, maintenant. Où est Kenny? S'il était dans la voiture, où est la voiture? Il n'était pas dans la salle de bains, mais dans la voiture, c'est ça? Dis-le-moi, s'il te plaît», et le fils dit : «Hé, à toi de me le dire, papa. C'est toi qui as réponse à tout, non?» et le père dit, en s'efforçant de ne pas supplier : «Tu ne lui as pas fait de mal, n'est-ce pas? As-tu fait du mal à sa mère? Où sont-ils, dis-le-moi, je t'en prie», et le fils dit : «Comment je saurais où elle est! Putain de junkie, on ne peut pas lui faire confiance. Lui, je t'ai expliqué : il était dans la voiture. Il dormait sur le siège arrière. Je le lui ai dit qu'il n'était pas dans la salle de bains, mais dans la voiture. Elle me griffait pour passer. Elle a ouvert la porte de la salle de bains et il y a eu un nuage de vapeur, de l'eau bouillante sur nos pieds, nos chevilles, ça nous brûlait, on entendait l'eau jaillir du robinet, une vraie inondation, alors j'ai attrapé une chaise pour grimper dessus, sinon j'aurais été ébouillanté. Et Christa est dans l'escalier, elle glisse, elle tombe et elle hurle tellement l'eau est bouillante. Il y a tellement de vapeur qu'on y voit à peine. Et il y a le gosse, il y a Kenny dans l'eau! Kelly dans la salle de bains, par terre. Comme coincé sous le lavabo. Ces tuyaux sous le lavabo, c'est là qu'il est coincé. C'est difficile de voir à cause de la vapeur, je me dis que ce n'est pas lui, je m'étais endormi en bas et elle m'avait réveillé en rentrant avec son barouf, c'est comme un rêve, je me dis que c'est autre chose qui a rampé sous le lavabo, un écureuil peut-être, ou un chien genre pékinois, sa fourrure a roussi, la pauvre bête, elle doit être morte, morte ébouillantée, la peau est toute rouge, avec des cloques, elle me reste dans les mains et les yeux sortent des orbites. Je me dis que le gosse a dû m'échapper et se cacher dans la salle de bains. Pourquoi il aurait fait une chose pareille, et en fermant la porte derrière lui ! Il était nu, comme si quelqu'un lui avait donné son bain mais qu'il soit parti et que l'eau soit devenue trop chaude. Alors je me dis que c'était peut-être Christa. Pendant que je dormais. Ce que je *sais*, c'est que j'ai laissé Kenny dans la voiture. C'est forcément elle, ce n'était pas moi. Je me dis que si j'appelle le 911, que j'essaye d'expliquer ça aux flics ou à quelqu'un, aucune chance qu'ils me croient. Ils ne me croiraient pas. Il n'y a plus eu d'eau chaude, fina-lement, juste de l'eau froide, et moins de vapeur. Alors j'ai pu fermer le robinet. J'ai essayé d'aider Kenny, mais c'était trop tard. Je l'ai arrosé d'eau froide, mais c'était trop tard, ça se voyait. Je l'ai pris dans mes bras, il était brûlant ! Son petit corps, la peau était toute rouge et elle me restait sur les doigts, il avait le visage rouge et ratatiné comme un petit vieux, c'était terrible. Il avait dû crier – "Papa ! Papa !" – mais l'eau faisait trop de bruit, je n'avais pas entendu. Bon Dieu, j'étais retourné, ce qui était arrivé à Kenny, c'est… il n'y a pas de mots pour ça… Plus tard, on est en bas, et il y a de l'eau là aussi, on a mis Kenny sur la table de la cuisine et Christa pleure, elle l'enroule dans des serviettes froides mouillées, les glaçons du frigo, elle croit qu'il respire mais il ne respire pas, et puis elle l'enroule dans un genre de gaze et dans un papier argenté brillant parce qu'elle dit que ça l'empêchera de se décomposer, au moins pendant un moment. Et c'est mon idée de te l'envoyer. »

Pendant ce déluge de mots, le père dévisageait le fils. Le sang grondait à ses oreilles, à peine s'il entendait les paroles terribles du fils. Il semblait capital d'observer le fils : sa bouche. Le sourire narquois, la plaie sur la lèvre supérieure. Le père éclata soudain de rire, un bruit d'étoffe qu'on déchire.

« Rien de tout ça n'est vrai, hein ? Tu as tout inventé, n'est-ce pas ? Mon Dieu.

– Merde, je ne déconnerais pas sur mon propre fils ! Je ne suis pas comme toi, papa, je ne me contrefous pas de mon fils. » Seth parlait d'une voix aiguë d'enfant blessé. Il continuait à se balancer sur la chaise en vinyle, les mains serrées sous les aisselles. « Donc, on était tellement stressés qu'on s'est défoncés. Et Christa a dit : "On va l'enterrer nous-mêmes. Un vrai enterrement." Car elle savait, comme j'ai toujours su, qu'il était absurde de demander de l'aide, n'importe quelle aide. Et j'ai dit : "On pourrait l'envoyer à mon père. Il n'aura qu'à l'enterrer, lui." Alors on est allés chercher dans la rue des sacs-poubelles que nos voisins avaient sortis, on a jeté les ordures, et on a mis dedans cette petite momie de papier brillant qui pesait à peine plus qu'un chat – plusieurs sacs, par précaution. Et puis on a tout attaché avec du fil de fer. Après, il y avait des cartons à la cave, on en a remonté un et on a mis Kenny dedans, ça rentrait tout juste. On a emballé tout ça bien solidement, mais je ne me rappelais plus l'adresse de Boca Raton, à part Prudhomme Circle. Alors j'ai écrit L. NIORDE, PRUDHOMME CIRLE, BOCA RATON, FLORIDE, j'ai bouclé le carton dans le coffre de la voiture et le lendemain matin je suis allé à la poste l'expédier, "colis postal". Le type derrière le comptoir a dit : "Le contenu risque de casser ?" et j'ai répondu : "Oui, le contenu risque de casser." Du coup, il a collé une étiquette FRAGILE, comme s'ils en avaient quelque chose à foutre à la poste ! Le temps que ce paquet va mettre pour arriver à Boca Raton, je n'en sais rien. Peut-être une semaine. Je crois que le temps s'est arrêté. Pour moi ici, comme pour Kenny là où il est. Parce que personne ne sait où est mon fils. Parce que ce foutu paquet peut se perdre. Et il n'y a personne en Floride en ce moment, hein ? Ni toi ni maman. Ce qui fait que Kenny n'est "nulle part" – hors du temps.» Un lent sourire narquois découvrit les dents tachées du fils. «C'est un test, papa, tu comprends.

– Un test...

– Tu as cru tout ça! Voilà le test.»

Le père s'entendit dire: «Je... je ne t'ai pas cru. Comment pourrais-je croire quelque chose d'aussi...

– Ne raconte pas d'histoires, papa. Tu l'as cru! Tu le crois encore, je le vois dans tes yeux. C'est le test, papa.

– ... terrible, de la part de mon propre...»

Le père avait les pieds pris dans quelque chose. Sa veste était tombée par terre. Quand il se baissa pour la ramasser, le sang lui martela les tempes. Son cœur battait étrangement. Le fils le regardait d'un air railleur, le fils se préparait à quitter le parloir. Le père implora: «Ce n'est pas vrai, alors? Kenny n'est pas...» Il devait être 21 heures, on priait les visiteurs de partir. Bruit de chaises, remue-ménage. Des voix fortes, des adieux émus. Un surveillant emmenait le fils, et le père essaya de le suivre mais en fut empêché. À la porte, le fils eut pitié du père, lança par-dessus son épaule: «Hé papa: si le carton arrive à destination, tu sauras. Sinon, tu sauras aussi.»

L'homme qui a combattu Roland LaStarza

1.

Et à cet instant-là la salle de l'Armory est silencieuse. Les visages, levés, sont immobiles et figés. Les lumières tournoient au-dessus de moi comme des oiseaux ivres. Devant mon œil en sang, un halo de lumière rouge. Pas de douleur ! Plus jamais de douleur ! Juste ce silence étrange et merveilleux. Une énorme bulle noire qui grossit à éclater. C'est à ce moment-là que je suis mort, et j'étais heureux.

2.

Cette histoire n'est pas jolie, jolie, et pas seulement parce qu'elle parle de boxe. D'une certaine façon, la boxe n'est qu'accessoire. Le vrai sujet, c'est la trahison.

C'est l'histoire de la seule personne que j'aie connue, quelqu'un de proche, logé dans mon souvenir comme un cœur battant, qui ait «pris sa vie».

Prendre sa vie. Ces mots maladroits. Mais les mots sont ce que nous disons. Nous faisons de notre mieux, et les mots nous manquent.

Il a pris sa vie. C'est ce qu'on dit de Colum Donaghy, l'ami de mon père, quand il mourut à l'âge de trente et un ans, en septembre 1958. Il y aurait deux façons de parler de Colum, suivant qui en parlait, ses liens avec Colum et le respect qu'il avait de sa mémoire. Pour certains, il serait toujours *l'homme qui a combattu Roland LaStarza.* Pour d'autres, il serait *l'homme qui a pris sa vie.*

Mon cœur battait de fureur quand j'entendais parler de l'ami de mon père de ce ton apitoyé et moralisateur. Comme s'ils en avaient le droit. Comme s'ils savaient. J'avais envie de crier : « Et il l'a emmenée où, sa vie, s'il l'a prise ! Vous n'avez pas le droit. Vous ne *savez* pas. »

En fait, personne ne savait. Pas avec certitude.

Mon propre père, qui avait été le meilleur ami de Colum, n'avait pas su. Ce fut un coup si terrible pour lui qu'il ne s'en remit jamais vraiment. Il se rappellerait le suicide de Colum Donaghy toute sa vie. Mais il était rare qu'il en parle. Ma mère nous mettait en garde *Ne posez pas de questions à votre père, vous m'entendez ? Pas un mot sur Colum Donaghy.* Comme si nous avions besoin de cet avertissement ! La douleur de mon père – et sa rage – se lisait sur son visage. *Pas de questions. Pas de questions. Surtout pas !*

Le père et la mère de Colum et ses parents, surtout les plus âgés, refusèrent toujours de croire qu'il s'était tué délibérément, d'une balle à la base du crâne. Ils étaient catholiques et, pour eux, *prendre sa vie* était un péché mortel. Malgré le rapport du coroner du comté et l'enquête de police, malgré les circonstances qui penchaient en faveur d'un suicide, il leur fallait croire que c'était un accident, mais eux aussi refusaient d'en parler. Mon père disait que c'était une nécessité pour eux, qu'il fallait leur laisser penser ce qu'ils avaient besoin de penser. Comme nous tous.

C'était il y a quarante ans. Mais aussi vivant dans mon souvenir qu'un rêve se déroulant sous mes yeux.

Et maintenant mon père est mort, il y a tout juste cinq jours. À savoir le premier de l'an de cette nouvelle ère 2000. «J'ai vécu quarante ans de plus que Colum», avait-il dit, la dernière fois que je lui avais rendu visite. Secouant la tête tant cela lui paraissait étrange. «Bon Dieu, s'il me voyait aujourd'hui! Plus vieux que son père à l'époque. Les vieux le rendaient nerveux. Mais peut-être qu'on rigolerait bien, tous les deux, une fois qu'il aurait compris que c'était moi.»

3.

«Tu sais quoi? Je parie sur moi.»

Colum Donaghy était un homme qui aimait rire, et il rit en disant cela à mon père. En voyant la tête qu'il faisait.

C'était son tempérament irlandais, peut-être? Son premier réflexe était de rire, comme un autre se blinderait contre les surprises. Ses yeux étaient bleus, d'un bleu pâle de verre lavé, et son rire ne s'y reflétait pas toujours. Il y avait chez lui une part de réserve, quelque chose de méfiant, de calculateur. Mais quand il entrait dans une pièce, c'était comme le jaillissement d'une flamme, on ne pouvait plus détourner le regard. Il avait un visage trompeusement enfantin auquel il était arrivé quelque chose. Quelque chose qui avait une histoire. Un nez tordu et, au-dessus de l'œil gauche, une cicatrice en forme de glaçon effilé qui semblait vous faire un clin d'œil. Une dentelle de minuscules cicatrices sur le front. Des taches de rousseur comme des éclaboussures sur sa peau rugueuse et pâle, et des cheveux blond-roux ondulés, portés un peu longs, à la mode de l'époque. Et des favoris, qui choquaient les anciens de la famille Donaghy et les amateurs de boxe d'un certain âge (sauf si on voyait dans Billy Conn, Billy le Flamboyant, le modèle de Colum Donaghy). Colum avait un style plus brutal et plus imprévisible que Conn, évidemment. Certains observateurs lui trouvaient des dons naturels et du « cœur », mais se demandaient s'il avait jamais appris sérieusement à boxer : trop d'attaque et pas assez de défense ; quelle que soit la stratégie rabâchée par son entraîneur avant le combat, dès qu'il prenait un coup, il oubliait tout et se mettait à cogner à l'instinct. Colum était un contreur né, cette exaltation qui illuminait son visage comme une flamme. *Maintenant que tu m'as frappé, je peux te frapper. Et frapper, frapper !*

À l'époque de son combat contre Roland LaStarza à l'Armory de Buffalo, en mai 1958, Colum avait trente ans, pesait quatre-vingt-cinq kilos de muscles compacts et mesurait un mètre soixante-dix-neuf. Colum était si imposant sur le ring et en dehors qu'on avait tendance à oublier qu'il était un « petit » poids lourd, comme Floyd Paterson, comme Marciano et LaStarza, court de jambes et d'allonge, le torse puissant, avec les bras trapus, les mains petites qui, à une époque ultérieure, celle de Sonny Liston, Mohamed Ali, George Foreman, les géants noirs qui dominent depuis la catégorie poids lourds, l'auraient handicapé dès le départ. Et, comme la plupart des boxeurs blancs, il saignait et se blessait facilement ; comme son ami boxeur de Syracuse qu'il admirait tant, Carmen Basilio et sa gueule cassée, Colum portait fièrement ses cicatrices. *J'aurais voulu rester mignon, j'aurais été danseur de ballet.* Colum était en réalité un lourd léger, mais il n'y avait pas d'argent dans cette catégorie. Et dans les années 50, quand il combattait dans les salles et les clubs de Buffalo, Niagara Falls, Rochester, Syracuse et Albany, quelquefois à Cleveland, une fois même à Minneapolis et à St. Catherines dans l'Ontario, Colum avait de l'allure. Même quand il perdait aux points, il avait de l'allure. Et à Yewville, où il vivait depuis toujours, où il était connu et aimé de tous, ou de presque tous, il avait de l'allure. Ce sourire gamin, prompt à éclore, les dents de devant légèrement tordues. Il avait eu le nez cassé dans l'un de ses premiers tournois Golden Gloves, re-cassé dans la marine, où il s'était fait un nom dans la catégorie poids lourds légers, mais ce nez cassé adoucissait son visage rude et vous faisait penser, si vous étiez une fille ou une femme aux penchants romantiques, que vous aviez affaire à un « dur » qui avait besoin de tendresse.

Comme mon père, Patrick Hassler, que personne n'appelait « Pat », Colum était un homme à humeurs. Gaieté, sérieux, mélancolie, colère couvant comme un feu souterrain. Des humeurs qui étaient peut-être accentuées par la boisson, à moins que la boisson ne fût un moyen de les tempérer. C'étaient des hommes qu'on ne pouvait espérer connaître intimement si on ne les connaissait pas déjà ; leurs amitiés se forgeaient dans l'enfance. Si vous n'aviez pas grandi avec Colum Donaghy, vous ne pouviez jamais vraiment être son ami, jamais il ne se serait fié à vous et, comme il le démontra bien des fois, vous ne pouviez pas non plus vous fier à lui.

Mais il se confiait à mon père. Ils étaient comme deux frères et se protégeaient l'un l'autre. Mon père fut la seule personne, pour autant qu'il le sache, à qui Colum dit avoir parié sur lui-même dans le combat contre LaStarza, même si, après la mort de Colum, le bruit courait qu'il devait de l'argent à pas mal de monde, y compris à son manager, qui lui avançait des sommes depuis des années. Colum étonna mon père en lui révélant qu'il n'allait pas seulement remporter le combat contre LaStarza, mais le mettre KO. Son entraîneur le préparait à boxer, boxer, boxer son adversaire, mais Colum n'allait certainement pas boxer un type qui avait réussi à tenir Marciano à distance pendant dix rounds, qui l'avait ridiculisé dans un combat pour le titre; avec un type comme ça, Colum n'allait sûrement pas y aller sur la pointe des pieds, il lui foncerait dessus à la cloche, au premier round, il lui ferait la surprise de sa vie, le coincerait dans un coin. «Je sais comment m'y prendre, crois-moi, dit-il sérieusement à mon père. Tu peux parier sur moi. Cette fois, je ne déconnerai pas. Un KO technique, peut-être un KO. Je ne peux pas courir le risque d'aller jusqu'au bout et de perdre aux points, tu comprends. Alors je vais gagner à l'astuce.» Colum s'interrompit, le souffle rapide. Il avait une façon de vous regarder de biais, les yeux plissés, vif et sournois comme une bête sauvage. «Le plus court chemin entre deux points, hein? Je vais parier sur moi.»

Ces révélations troublèrent mon père. Il essaya de dissuader son ami, non de gagner le combat, mais de chercher le KO, ce qui pourrait être désastreux; et de parier sur lui-même s'il pariait gros. «Tu pourrais perdre double, mon vieux.»

Et Colum répondit, avec son sourire facile: «Non. Je vais gagner double.»

4.

C'étaient nos pères, nous ne les jugions pas.

Ce qui les liait: être nés dans le même quartier de Yewville, État de New York, et la même année, 1928. Leurs familles étaient voisines. Leurs pères travaillaient dans le même atelier. Ils étaient de la même paroisse, celle de St. Timothy. Colum Donaghy et Patrick Hassler, des amis de lycée qui s'étaient engagés ensemble dans la marine en 1949 et avaient été envoyés en Corée l'année suivante, il y avait ce lien-là entre eux dont ils n'avaient pas besoin de parler. Ce n'étaient pas des hommes qui avaient la nostalgie du passé : ils lui survivaient.

Parmi les enfants de Colum à Yewville (un bruit mystérieux lui en prêtait d'autres, hors mariage) c'était Agnes que je connaissais. Ou voulais connaître. Elle était dans la classe au-dessous de la mienne. Elle avait la peau claire laiteuse de son père, qui brûlait l'été sans jamais brunir. Les yeux bleu froid de son père, qui pouvaient rire, ou vous transpercer comme si vous n'existiez pas. Longtemps Agnes fut *la fille dont le père est Colum Donaghy le boxeur* et elle jouit de cette réputation, puis brutalement elle devint *la fille dont le père a pris sa vie* et ses yeux nous évitèrent, tous les Donaghy se mirent à ressembler à des chiens battus. J'avais toujours été attirée par Agnes, Agnes qui était si mignonne, mais elle me fuyait, le regard brillant de haine, et je n'ai jamais compris pourquoi.

Rien ne nous déroute davantage que d'être haï par quelqu'un. Nos propres haines secrètes, elles, nous paraissent si naturelles. Si inévitables.

Colum Donaghy disait avec entrain : « Avant un combat, je hais l'autre type. J'ai juste envie de l'effacer. Après un combat, je pourrais l'aimer à mort. »

Nos pères étaient jeunes en ce temps-là, ils avaient à peine la trentaine. Ils étaient d'une génération qui avait grandi pendant la Dépression, ils avaient été forcés de grandir vite. La plupart avaient lâché l'école avant seize ans, s'étaient mariés quelques années plus tard, avaient eu des enfants. Au fond d'eux-mêmes, cependant, ils resteraient des gosses, insatisfaits, avides de plus de vie. « La boxe est un jeu de gosses, à la base, disait mon père. C'est pour cela que c'est meurtrier, les gosses ont soif de sang. »

C'étaient nos pères, il nous était impossible de les connaître. Nous les adorions et nous les craignions. Leur vie était mystérieuse, comme ne le serait jamais celle de nos mères et la nôtre. *Je ne suis qu'une femme, quelle importance ce que je peux penser* avais-je entendu ma mère dire au téléphone à une amie, avec un petit rire las, et pour moi ce n'était pas une absurdité, ni même vraiment une plainte. Aucun homme n'aurait fait une telle remarque. Je savais que mon père était copropriétaire d'une petite station-service-garage, et je savais que Colum complétait les revenus irréguliers de ses matchs de boxe en conduisant un camion, en travaillant dans une carrière de la région, un chantier de bois. Je savais ces faits sans comprendre ce qu'ils pouvaient signifier. Aucun des enfants que nous étions n'avait la moindre idée de ce que nos pères gagnaient dans l'année. De ce que gagnait un boxeur, par exemple.

Un boxeur connu et très aimé dans sa région ? Dont la photo figurait souvent dans les pages sports du *Yewville Post* et du *Buffalo Evening News* ?

Pour nous, nos pères étaient leur corps. Leur corps masculin. Ils semblaient si grands, si massifs, magnifiques et dangereux comme des chevaux, imprévisibles. C'étaient des hommes qui buvaient, le week-end. Nous savions alors reconnaître la voix pâteuse, l'éclair blanc dans l'œil, aussi soudain que l'embrasement d'une allumette, les narines frémissantes, comme celles d'un cheval qui s'apprête à mordre ou à ruer – c'étaient des signes qui nous alertaient, nous préparaient à fuir, comme un mouvement négligent de la main devant une fenêtre fait s'envoler des oiseaux vers le couvert des arbres. Jeunes, nous apprenions que le corps masculin est beau et dangereux, à ne pas prendre à la légère.

Avec ces hommes adultes, les moments les plus sûrs étaient ceux où ils buvaient et riaient, à l'occasion de l'une des victoires de Colum par exemple, quand il offrait des caisses de bière à ses amis dans le jardin de derrière chez l'un d'eux, des moments de bonne fortune et de célébration, et si un enfant apparaissait alors, ils souriaient, le hissaient avec un grognement sur un genou ou sur leurs épaules pour un tour de dada. Avec un grand sourire, Colum Donaghy allongeait son bras musclé tout droit à hauteur d'épaule, fermait le poing et invitait un enfant à se balancer à son poignet, parce qu'il était très *fort*. Le plus fort de tous. Si vous étiez un peu plus âgé, et si vous étiez une fille, même tout juste mignonne, il vous flattait à vous faire rougir, votre propre père souriait et c'était un moment de joie parfaite qui vous montait aux joues comme un sang brûlant et que vous rappelleriez encore quarante ans plus tard. Votre père Patrick, obligé de convenir que, oui, vous aviez oublié d'être laide, et Colum, yeux bleus rusés posés sur vous, disant avec un clin d'œil *Cette petite fille tient de sa mère, hein, pas de son père?* Et tous les hommes riaient, à commencer par votre père.

Quand Colum Donaghy mourrait, les nécrologies des journaux se termineraient par *Lui survivent*. Des mots si étranges! *Lui survivent*. Seuls les membres de sa famille proche étaient nommés, bien sûr.

Les amis qui l'aimaient ne l'étaient pas. Mon père, Patrick Hassler, ne l'était pas.

Quand le corps de Colum fut retrouvé à quinze kilomètres de Yewville, près d'une route de campagne, dans un champ appartenant à des parents des Donaghy, la police interrogea les amis de Colum, et c'était mon père qui avait dû admettre que le revolver dont Colum s'était servi pour se suicider était en sa possession depuis la guerre de Corée. Un Smith & Wesson calibre .32, ordinaire, non déclaré, qui portait des empreintes brouillées et, par-dessus, celles de Colum Donaghy. Il avait gagné cette arme dans une partie de poker, dit mon père. Aucun membre de la famille Donaghy ne reconnut avoir su que Colum avait cette arme cachée quelque part, sa femme non plus ne l'avait pas su. Mon père fut malade d'avoir à faire cette déposition. Il avait l'impression de frapper Colum alors qu'il était à terre, sans défense. Cela le révoltait d'avoir à parler de Colum Donaghy à des inconnus.

Il considérait qu'un homme a droit à sa vie privée, à sa dignité. Après sa mort, comme avant.

5.

Patrick Hassler faisait cinq centimètres de plus que Colum et pesait une bonne centaine de kilos, il avait les os plus massifs, de lourdes épaules tombantes, un torse musclé empâté, de longs bras robustes, de grosses mains ; en les voyant côte à côte, vous auriez pensé que c'était lui le poids lourd, mais vous vous seriez trompés. La taille n'a rien à voir avec les talents de boxeur. Vous avez l'instinct ou vous ne l'avez pas. Vous avez un bon punch ou vous ne l'avez pas. C'est de naissance. Vers vingt ans, Colum et mon père avaient croisé les gants de temps en temps au gymnase de Yewville où Colum s'entraînait, en short et tee-shirt tous les deux, avec casque de protection, gants de douze onces aux poings, et quelqu'un (ma mère ?) les avait pris en photo. Mon père s'émerveillait de la rapidité de Colum, impossible de le toucher ! Colum invitait mon père à le frapper aussi fort qu'il en était capable, et mon père essayait, encore et encore, lançait de grands coups maladroits qui, même s'ils touchaient leur cible, n'avaient pas plus de force que des tapes d'enfant, déviées par les gants ou les coudes levés de Colum ; au bout de cinq minutes, mon père, qui se croyait en bonne condition physique, avait le souffle court, le sang au visage, les yeux brillants d'indignation et de frustration. Colum n'était pas Willie Pep, «le Feu follet», n'avait rien d'un boxeur gracieux, et pourtant il avait à peine besoin de bouger pour éviter les coups de mon père ; sans effort apparent, il esquivait les coups dirigés vers sa tête, un pas de retrait, un pas latéral ; dans le gymnase, tout le monde se pressait autour du ring en feignant d'encourager mon père – «Vas-y, Hassler ! Descends-le, ce salaud d'Irlandais !» Colum riait, plongeait en avant et ripostait par une série de jabs du gauche, des caresses, des bourrades amicales (affirmait-il ensuite) mais dont son adversaire gardait néanmoins les flancs cuisants et les côtes douloureuses pendant des jours. Patrick haletait : «Bon Dieu, Donaghy, arrête de bouger et bats-toi !» et Colum répondait en riant : «C'est ce que tu veux, Hassler ? Je ne pense pas.»

Nous avions des photos de ces combats d'entraînement sous la plaque de verre d'une table basse, dans notre salle de séjour. Prises au début des années 50, elles sont restées là des années, si bien que quiconque nous rendait visite et ne connaissait pas Colum Donaghy demandait qui était l'homme à côté de Patrick. La réponse était brève *Un vieil ami de Patrick qui a combattu contre Roland LaStarza à Buffalo.* Si mon père était présent, cela s'arrêtait là.

Après la mort de Colum, ma mère se demanda s'il ne fallait pas ôter ses photos, parce qu'elles fendaient le cœur, mon père et son ami sur le ring, se tenant par les épaules, souriant comme des gosses. Mais elle n'osait pas poser la question de but en blanc à mon père. Aborder le sujet de Colum était dangereux en soi. Et si mon père découvrait un jour que les photos avaient disparu de la table basse, il risquait d'exploser, il était soupe au lait et, après avoir arrêté de boire, anxieux et nerveux comme un cheval ombrageux. Alors en fin de compte les photos sont restées là, dans notre salle de séjour, pendant des années.

Nous avions bien d'autres photos de Colum Donaghy dans notre album de famille.

6.

Mettons qu'il y ait un endroit spécial quelque part sur la terre où les gens savent d'avance quand ils vont mourir. L'heure, la minute exacte. En plus de ça, ils savent quand la Terre elle-même va disparaître. L'univers. Qu'est-ce que ça changerait à leur façon de vivre par rapport à nous?

Je vais te le dire: ils mesureraient le temps autrement.

Ils ne compteraient pas à partir du passé. Pas de Iᵉʳ siècle, IIᵉ siècle, XXᵉ siècle, etc. Eux, ils compteraient à l'envers, à partir de la fin. Les gens diraient, C'est quelle date? C'est le X. (X années avant la fin.) Pour dire son âge, on dirait J'ai X. (X années avant ma mort).

Et comment ces gens-là se débrouilleraient, quel genre de civilisation ils auraient? Je crois qu'ils seraient bons les uns envers les autres. Ce seraient des types bien. Pas comme nous! Mais ils aimeraient rire aussi. Faire la fête. Parce qu'ils n'auraient pas à s'inquiéter de l'avenir, tu comprends? Ils connaîtraient l'avenir dès le jour de leur naissance, ils seraient totalement en paix avec ça.

7.

Colum Donaghy était du genre à dire des choses étranges. Il lui venait cet éclat dans les yeux. Après un combat où il avait réussi à gagner, mais de justesse, et encaissé de mauvais coups à la tête et au corps. Une zébrure cruelle sous le menton, une nouvelle cicatrice à l'arcade sourcilière. Son fichu sang coulait si facilement, plaisantait-il, que ça commençait dès la pesée. C'était peut-être drôle? Mais un visage de Blanc peut finir par avoir son compte, à force de prendre des coups. Ce qui arrive aux capillaires à l'intérieur du cerveau, on préfère ne pas y penser. Colum aimait dire avec un haussement d'épaules *Il y a des combats où même si on gagne, on perd.*

C'était un fait que personne ne voulait vraiment savoir. Surtout pas à Yewville et à Buffalo, parmi les admirateurs de Colum «le Kid» Donaghy. Surtout pas son entraîneur et son manager. Pas question d'en discuter. C'est la même chose que de s'engager dans la marine, d'être envoyé en Corée, bien sûr qu'on risque d'être tué, on accepte cette possibilité.

Un gosse qui commence à boxer, qui fait ses premiers tournois Golden Gloves à quinze ou quatorze ans, comme Colum, ne sait pas. Un jeune type qui vient de passer pro n'a pas envie de savoir. Et le temps qu'il sache, pour peu qu'il soit un champion légendaire comme Joe Louis, Henri Amstrong, il sait trop tard.

Même si tu gagnes, tu perds.

Tu gagnes, tu perds.

Et les combats truqués, un autre fait de la boxe des années 50 que personne n'aimait admettre? Et les arbitres, les juges soudoyés? Un boxeur veut gagner, c'est sa vie qui est en jeu; les narines frémissantes, Colum disait que chaque fois qu'il montait sur le ring, il se battait pour sa vie, mais il y a des boxeurs qui ont renoncé à vouloir gagner, leur moral est cassé, ils ont quelque chose de mort dans les yeux, et ils savent qu'on les engage pour se battre et perdre, on les engage comme «faire-valoir» d'un autre, un jeune type fougueux dont l'étoile grimpe. Pour eux, les jours de sainte-touche sont comptés, et ils le savent. Alors ils signent et font mine de combattre pendant quatre, cinq ou six rounds, puis brusquement ils sont dans les cordes et la foule hurle à la mort, ils sont au tapis, ils s'efforcent de se relever, de se remettre debout, apparemment groggy mais les gants levés pour que l'arbitre n'arrête pas le combat, et le jeune gosse se rue sur eux, leur administre une série de coups spectaculaires, et de nouveau les voilà au tapis, cette fois pour le compte. On ne peut pas dire que le vieux boxeur a été acheté ni que le combat a été truqué, pas exactement. Mais le résultat est connu d'avance. Comme si quelqu'un avait écrit le scénario, et que les boxeurs le jouent.

Dans les années 50, en tout cas. Il y a longtemps.

Si vous vous rebelliez, passé un certain âge, si vous étiez un boxeur moyen qui n'avait jamais figuré dans le top ten de votre catégorie, et si votre nom ne faisait plus vendre de billets, vous filiez un mauvais coton. On commençait à dire de vous que vous étiez *en bout de course, sur le déclin*. Si vous vous entêtiez à jouer les francs-tireurs, votre carrière était terminée, vous étiez *cramé*. Si vous parliez trop et que cela parvînt aux mauvaises oreilles, vous risquiez d'être *refroidi*.

Colum disait donc des choses inattendues. Vers vingt-cinq ans, interviewé pour l'*Evening News* de Buffalo après avoir remporté un combat important et juteux dans la région, il avait répondu au journaliste qui l'interrogeait sur l'existence supposée de liens entre milieu et boxe qu'il se séparerait de son manager s'il apprenait seulement qu'il recevait des coups de téléphone de « ces fils de p… ». (C'était l'époque où des pointures comme Graziano, Zale, Robinson, étaient assignées à comparaître par la Commission sportive de l'État de New York dans le cadre d'une enquête sur les pots-de-vin et les combats truqués.) Quelques années plus tard, interviewé pour le *Yewville Post* avant le combat contre Roland LaStarza, le plus grand combat jamais organisé à l'Armory de Buffalo depuis qu'un Joe Louis vieillissant s'y était produit en 1951, Colum promit aux spectateurs « exactement ce qu'ils méritaient ». Ce qui signifiait… ?

À ses amis, Colum disait des choses encore plus étranges, plus énigmatiques, que personne ne savait comment interpréter. Qu'il était un sale Irlandais et qu'il savait ne se fier à personne. Que le jour où il toucherait enfin gros, il donnerait de l'argent à l'IRA, là-bas à Belfast – « Pour que ces pauvres types aient droit à un peu de justice. » Que personne, Blanc, Noir ou Latino, ne lui faisait peur sur le ring, mais que, en dehors du ring, si. Mon père et les autres ne savaient jamais s'ils étaient supposés rire, ou si c'était tout ce qu'il y a de plus sérieux.

Par exemple, quand après quelques bières Colum enfourchait l'un de ses dadas, à savoir le temps. *Cet endroit spécial quelque part sur la terre où les gens savent d'avance quand ils vont mourir.* Il y mettait tant de passion, d'excitation. Ses amis faisaient de leur mieux pour suivre. Mon père disait que ça ressemblait à ces articles mystérieux dans le journal, Einstein et la physique atomique, l'envoi d'êtres humains sur la Lune. On arrivait plus ou moins à suivre, mais on ne faisait qu'imaginer qu'on suivait. En fait, on était perdu. Incapable de répéter un seul mot. C'était pareil avec Colum, il parlait de plus en plus vite, et on avait l'impression de se retrouver sur le ring avec lui. On avait beau être rapide, Colum l'était encore plus. « Vous comprenez ? Pour dire son âge, on dirait "J'ai X ans". Pour moi, Colum, ce serait peut-être cinq. Ce qui voudrait dire : "Cinq ans jusqu'à ma mort." Au lieu de donner mon âge depuis ma naissance, je le donnerais calculé à partir de ma mort, d'accord ? "Cinq" veut dire "cinq ans à vivre". »

Les copains de Colum secouaient la tête devant cette logique. Si c'était de la logique.

Mike Kowicki faisait la grimace. « Et après ? C'est censé vouloir dire quoi ? Je ne pige pas. »

Otto Lanza, qui passait pour le plus éduqué de la bande parce qu'il était allé jusqu'au bac et était propriétaire d'un tabac qui vendait aussi des journaux et des livres de poche, secouait la tête avec réprobation. « Plutôt morbide, non ? Cette façon de penser.

– C'est le contraire de "morbide" ! On appelle ça une hy-po-thèse. » Colum prononçait ce mot, qui n'avait sûrement jamais été prononcé dans le bar Checkerboard depuis son ouverture, avec précaution.

« Où tu veux en venir, Colum ? dit mon père. On t'écoute. »

Comme un enfant qui vient de faire une découverte, Colum dit : « Je veux en venir que, si on pouvait savoir comment les choses vont tourner, comment elles vont finir, on vivrait le temps différemment. On compterait à l'envers à partir de la fin, vous pigez ? Un boxeur, admettons, s'il savait comment le combat va finir, à quel round, il saurait quel rythme prendre, avec quel état d'esprit y aller. Vous comprenez ?

– Attends, dit mon père. S'il sait comment ça va finir, quel intérêt ? S'il doit gagner, il gagne ; sinon, c'est impossible. Quel intérêt il aurait à faire quoi que ce soit ? Et même à se pointer ? »

Les autres rirent. « Pour encaisser sa prime », dit Otto Lanza.

Mais Colum secouait la tête avec contrariété. Une rougeur lui monta lentement au visage. C'était peut-être un aspect auquel il n'avait pas réfléchi, ou alors cela n'avait rien à voir avec ce qu'il essayait de dire, ce qui lui tenait tant à cœur. « Si on savait tout ça, on se conduirait mieux. Mon dernier combat par exemple, j'ai mis le type KO en six rounds, mais dans les premières reprises j'ai été plutôt mauvais, je me déconcentrais tout le temps, j'aurais pu m'appliquer davantage, être plus élégant. Vous comprenez ? J'aurais pu gagner en ayant du *style*.

– Tu as gagné par KO, non ? Le style, ça ne rapporte pas plus d'argent. »

Colum réfléchit à la question. Mon père dit ensuite que Colum pensait probablement que si, bien sûr, le style rapportait plus d'argent, et même beaucoup plus au final. Parce qu'on vous oppose des adversaires de qualité et que vos primes s'améliorent. Mais c'était une question subtile ou délicate que Colum n'avait pas envie d'approfondir. La différence entre «le Kid» Donaghy et, par exemple, LaStarza, Marciano, Walcott.

«Si on *savait*, on ne passerait pas son temps à *deviner,* dit-il. À faire des erreurs. Si vous saviez dès le début que vous alliez épouser votre femme, dès que vous la rencontreriez, vous la traiteriez drôlement mieux. Pas vrai? Si vous saviez que vous alliez être marteau de vos gosses à leur naissance, vous n'auriez pas une trouille bleue à l'avance. Voilà ce que je veux dire.» Colum regarda ses amis de son curieux regard de biais, comme s'il les mettait au défi de le contredire. Et ils en étaient à entrer plus ou moins dans ses vues ou, en tout cas, à ne plus souhaiter sérieusement les contester. Pour quoi faire? Ils pouvaient bien le laisser parler. Ils aimaient «le Kid» quand il était de cette humeur bizarre et qu'il insistait pour payer des tournées de bière, plaquant des billets de dix dollars sur le comptoir comme s'il en avait des poches pleines, une réserve inépuisable.

«Ce qu'il y a de moche avec la mort, c'est que ça n'arrive qu'une fois, ajouta Colum. La deuxième fois, hein?… on ferait ça avec style.»

8.

Le type qui a combattu Roland LaStarza à Buffalo dans les années 50. Qu'est-il devenu?

Un boxeur destiné à devenir un champion est sur la pente ascendante dès son premier combat. Il va gagner, gagner, gagner encore. Il gagnera ses combats en amateur, il gagnera ses premiers combats professionnels. Il est protégé des blessures ou des accidents par une aura lumineuse qui l'enveloppe, comme Athéna protégeait ses soldats pendant la guerre de Troie. Il ne prendra pas de coups trop durs, ne sentira pas qu'il est mortel. On ne l'opposera pas à des adversaires qui risqueraient de le battre trop vite. Sa carrière est une montée, une ascension continue. Lui y voit le signe de son destin, et non quelque chose d'orchestré par des êtres humains. Des sommes d'argent changent de mains, mais ce n'est pas une affaire d'argent. Si ?

Les boxeurs de ce genre s'élèvent dans leur catégorie, invaincus. Ils gagnent par des KO spectaculaires ou, sinon, aux points. Ils gagnent, invariablement. Le futur champion est *quelqu'un qui gagne*. Si deux futurs champions combattent dans la même catégorie en même temps, leurs managers habiles s'arrangeront pour qu'ils ne se s'affrontent pas trop vite. Parce que le pactole est à venir.

Et puis il y a les autres : ceux qui ne seront pas champions.

Ils gagnent, et ils perdent. Ils remportent une série de victoires, et puis brusquement ils perdent. Ils perdent de nouveau, et puis ils gagnent. Leur carrière et irrégulière, *en dents de scie*. Sur le ring, leur comportement est prévisible parce que leurs talents de boxeur sont limités, comme un petit paquet de cartes. Mais leur comportement est imprévisible aussi parce que leurs talents de boxeur sont limités, comme un petit paquet de cartes. Et parfois il y a un joker dans le paquet.

Tel était Colum « le Kid » Donaghy.

Il avait commencé à boxer à quinze ans, en 1943. Il livra son dernier combat en septembre 1958.

Jamais il ne figurerait dans le top 10 de sa catégorie. Dans la marine, il avait été un lourd léger victorieux et il avait eu de l'allure dans ces compétitions brutales. Dans des salles comme l'Armory de Buffalo, opposé à des hommes pareils à lui, des boxeurs au talent agressif, spectaculaire, sans stratégie de défense ou presque, il avait eu très belle allure, les foules adoraient Colum «le Kid» Donaghy. Et leur souriant gaiement, la sueur étincelant sur son corps comme des bijoux de pacotille, un œil fermé par les coups, le sang gouttant d'une narine quand l'arbitre élevait son poing ganté au milieu d'un vacarme assourdissant d'acclamations, de hurlements, d'applaudissements, «le Kid» les adorait.

Il y a ces moments bizarres, Jésus! J'ai l'impression que je pourrais bénir tout le monde. Comme si j'étais un genre de prêtre et que Dieu me donne le pouvoir de bénir. J'ai le cœur si plein que j'ai l'impression qu'il va éclater.

Tu comprends ce que je veux dire? Ou est-ce que je suis complètement barge?

Comme s'il fallait que j'aille au bout de ce que je fais, frapper et être frappé, faire souffrir un type et souffrir, avant de pouvoir bénir ces gens? Avant de pouvoir éprouver ça, ce truc, un genre de bonheur.

Le lendemain en tout cas, c'est terminé. Le lendemain, je me sens pire qu'une merde, à peine si j'arrive à sortir du lit, j'ai un œil fermé, je pisse du sang et ce putain de téléphone a intérêt à être décroché parce que je veux qu'on me fiche la paix chez moi.

9.

«Cette pauvre femme. Je ne l'envie pas.»

Voilà ce que les femmes de Yewville disaient de Carlotta, l'épouse de Colum Donaghy. C'était une brune, une Susan

Hayward de Niagara Falls. Elle n'avait pas de famille à Yewville et très peu d'amies. Une femme glamour quand on la voyait côté ring ou photographiée dans les journaux avec son mari, mais presque ordinaire ailleurs, en train de faire ses courses chez Loblaw, de pousser un bébé dans sa voiture et de tenir un petit garçon par la main pour qu'il n'aille pas se précipiter sur la chaussée.

«Quand il l'a amenée vivre ici, elle faisait si *jeune*.»

Lorsque Colum ne s'entraînait pas, il faut reconnaître qu'il buvait. À la fin d'un combat, qu'il ait gagné ou perdu, il se mettait à boire raide. Parce que c'était de nouveau la vie normale, la vie des hommes normaux, des hommes qui avaient des boulots quotidiens dans des garages, des chantiers de bois, au volant de camions, qui recevaient des ordres, tâchaient de gagner de l'argent comme on essaierait de tirer un peu d'humidité d'une énorme chose innommable en y pressant des lèvres suçoirs, rempli de dégoût pour ce qu'on faisait, ce qu'on devait faire si on voulait survivre. *Dans ces moments-là, c'est comme si je voyais au cœur des choses. Le mystère. Et il n'y a pas de mystère. Juste la survie.* On savait que Colum et Carlotta s'étaient mariés quelques semaines après s'être rencontrés, fous l'un de l'autre mais enclins à se disputer, se brouiller. L'un et l'autre étaient accoutumés aux attentions du sexe opposé. On savait que Colum adorait sa femme et leurs enfants. Il pouvait lui arriver de s'emporter, de leur faire peur, mais il adorait Carlotta et leurs enfants.

Malgré cela, pour des raisons inconnues, Colum disparaissait parfois de Yewville pour aller vivre à Buffalo. Il y avait beaucoup d'amis, hommes et femmes. Parfois il allait simplement à l'autre bout de la ville. Des amis l'accueillaient, ravis d'héberger Colum Donaghy. Il était rare qu'il paie un loyer. Il séjournait dans un appartement meublé du centre-ville, près de la gare de triage, un quartier de bars irlandais où Colum «le Kid» était une célébrité, où les photos et les affiches de ses combats de boxe étaient scotchées aux murs. Pendant quelques semaines, ou peut-être juste quelques jours, il vivait séparé de sa famille; puis Carlotta lui demandait de revenir, et Colum promettait que tout allait changer, jurait qu'il les aimait, elle et les gosses, qu'il donnerait sa vie pour eux, et il le pensait. Colum Donaghy était un homme qui pensait toujours ce qu'il disait, au moment où il le disait.

Parfois c'était Carlotta qui quittait Yewville, emmenait les enfants chez leurs grands-parents de Niagara Falls. Et c'était Colum qui allait les chercher.

«Elle prend des risques. Avec le caractère qu'il a. Et la boisson.

– Quel genre de femme resterait avec lui? On ne peut pas se fier à ce genre d'Irlandais.»

Il y avait apparemment toujours des femmes dans la vie de Colum, alors évidemment il en résultait des malentendus. Des complications, des crises. Des menaces de violence contre Colum, parfois mises à exécution. Des rixes dans les parkings des bars, des maris et des petits amis indignés qui prenaient Colum à partie, ne lui laissant d'autre solution que de «se défendre». Se brisant un jour le poing sur la mâchoire d'un inconnu, ce qui obligea à différer l'un de ses combats. Une autre fois, chez une femme à Albany, la police fut appelée pour mettre fin à une bagarre entre Colum et plusieurs autres. «Qu'est-ce que j'y peux? Ce sont des choses qui arrivent.» Un homme qui est boxeur séduit aussi bien les hommes que les femmes, ils veulent être aimés par lui, ou frappés et malmenés par lui, ça ne fait peut-être pas grande différence, ils savent seulement qu'ils désirent quelque chose.

Quand il ne s'entraînait pas activement, et pendant les jours cahoteux qui suivaient un combat, qu'il l'eût gagné ou perdu,

Colum était agité et nerveux comme un animal sauvage en captivité; il buvait et mangeait à s'en rendre malade; ne pouvait pas dormir plus d'une heure ou deux d'affilée, rôdait dans les rues obscures de Yewville ou roulait sans but; se réveillait à l'aube sans savoir où il se trouvait, quelque part sur une route de campagne où il s'était finalement endormi. C'était avec ses amis, quand il buvait et regardait le combat télévisé du vendredi soir dans un bar de quartier, qu'il était le plus heureux. Porté alors hors de lui-même, en transe, subjugué. Car il se savait esclave de la boxe, de cette profonde décharge de bonheur, de cette flamme de vie que seule la boxe pouvait lui apporter. Et il souhaitait jusqu'à ce désir qui enflait en lui quand il regardait la retransmission des combats filmés dans la légendaire salle de Madison Square Garden, ce temple du monde professionnel de la boxe où il attendait depuis si longtemps d'être appelé à se battre, attendait si ardemment qu'il en avait le goût dans la bouche. Colum Donaghy attendant son tour, sa chance, le gros lot. Quoique l'argent n'eût pas grand-chose à voir dans l'histoire, sauf comme signe visible de la grâce. *Il achèterait une Buick décapotable jaune canari, faite sur commande. Une maison neuve dans un quartier plus chic de la ville. Quelque chose pour ses parents qui méritaient mieux que ce qu'ils avaient reçu de la vie jusqu'à présent? Une semaine à Miami Beach?* Colum «le Kid» Donaghy qui ne rajeunissait pas. Ces petits jeunes au gymnase, à l'affût. Est-ce qu'il ne serait pas moins rapide? Cinq ans, huit ans, dix ans qu'il attendait. Mais son manager, Gus Smith, n'était qu'un type de Buffalo, la soixantaine, presque obèse, un goitre à la place du nez, un fumeur de cigares, un brave type honnête, mais médiocre, sans relations, à qui personne ne devait de faveur dans le monde de la boxe. Et puis il fallait reconnaître que le palmarès de Colum n'était pas très impressionnant, il avait raté des combats qu'il aurait dû gagner, raté des occasions parce qu'il avait autre chose en tête, des femmes par exemple, ou des soucis avec Carlotta, ou des dettes à rembourser ou à récupérer, trop de distractions, il était devenu l'un de ces batailleurs d'Irlandais que les foules acclament même quand ils perdent, au point que victoires et défaites se confondent trop souvent. Des pièces d'or qui lui filaient entre les doigts, ces années-là. Voir filer les pièces vous enfièvre le sang, et impossible de deviner qu'un jour il n'y en aura plus une seule.

Donc il attendait, un gosse irlandais affamé qui passait sa vie à attendre. *S'il y a un autre monde, bordel, je parie que j'attendrai là-bas aussi.*

10.

Avant son combat contre LaStarza en mai 1958, son palmarès était de quarante-neuf victoires, onze défaites et un nul. Celui de LaStarza était de cinquante-huit victoires, cinq défaites. Mais dans deux de ces occasions, en 1950 et 1953, il avait perdu contre Rocky Marciano, qui serait le seul poids lourd de l'histoire à se retirer invaincu, et dans le combat de 1953, les deux hommes s'affrontaient pour le titre mondial. Et LaStarza avait tenu dix rounds avant d'être mis KO technique au onzième.

«Ce combat? disait Colum avec excitation. LaStarza n'est pas passé loin. Il aurait gagné s'il y avait eu décision des juges. Ça prouve que c'est jouable, le Roc n'est pas invincible.»

Effectivement, LaStarza avait peut-être mené aux points pendant dix rounds, mais seulement, et c'est un détail de taille, parce qu'il avait boxé avec prudence, déterminé à tenir Marciano à distance, comme on tiendrait un cobra lové à distance, à condition d'avoir de la chance, à l'aide d'un bâton. Mais Marciano, implacable, avançait toujours sur lui. Toujours agressif, le rythme régulier, pas rapide, mais résolu, têtu, sachant ce qu'il ferait quand il serait en position de le faire. Avec Marciano, comme avec Luis, l'adversaire le plus prudent pouvait courir mais ne pouvait pas se planquer. Ce n'était qu'une question de temps. «Comme dans cette histoire qu'on lisait à l'école, disait mon père. Un type est coincé entre un puits et un pendule, et ce n'est qu'une question de temps.»

Tout cela Colum le savait ou aurait dû le savoir, mais il ne voulait pas l'admettre. Il était excentrique comme beaucoup de boxeurs, il avait des opinions imprévisibles qui l'arrangeaient pour des raisons obscures, surprenantes pour les autres. Pendant la retransmission du combat Marciano-LaStarza, qu'il regarda dans un bar avec mon père et leurs amis, il ne tenait pas en place, marchait de long en large, surexcité, haletant, criait des instructions à LaStarza comme s'il était dans la salle. «Vas-y! Descends-le! Ta droite, bon Dieu!» Chaque fois que la cloche sonnait la fin d'un round, Colum claquait des doigts: «LaStarza.» Autrement dit, LaStarza a gagné le round. Quand, à la neuvième reprise, Marciano glissa et alla au tapis, Colum rugit que l'arbitre aurait dû le compter; et quand, à la onzième, Marciano envoya LaStarza dans les cordes et sur le tablier du ring, Colum beugla qu'il y avait faute, poussée. Bien sûr, Marciano avait balancé quelques coups bas. Son style manquait de finesse. Mais le knock-down était impeccable et tout le monde le savait, de même que tout le monde, LaStarza compris, savait que LaStarza avait perdu le combat. S'il avait tenu quinze rounds face à Marciano, qui le bourrait de coups au corps, à la tête, lui meurtrissait les bras à les réduire en bouillie, à pratiquement les briser, il aurait pu ne jamais se remettre de ses blessures.

Mais, têtu et querelleur, Colum semblait avoir regardé un autre combat. C'étaient des années avant que son manager eût même rêvé du contrat avec LaStarza, et pourtant Colum semblait prévoir qu'il le combattrait un jour ; oubliant Marciano pour le moment, il souhaitait inconsciemment faire mousser LaStarza, qui était un prétendant sérieux au titre depuis des années et rentrerait chez lui avec une bourse très honorable après ce combat, et dans son coin de l'État de New York, à cinq cents kilomètres de là, Colum Donaghy baye après un peu de cette gloire, c'est son tour, son heure, il meurt d'envie de combattre au Madison Square Garden dans ces matchs télévisés du vendredi soir, diffusés sur tout le territoire des États-Unis, et d'être applaudi par les habitants de Yewville et de Buffalo, réunis autour de leurs postes. « Tu vois ? LaStarza n'est pas passé loin. C'est jouable. »

Mon père racontait qu'en entendant ça, il avait regardé Colum sans rien dire. Parce qu'en imagination Colum n'en était déjà plus à LaStarza, il l'avait combattu et battu, il était prêt à affronter le légendaire Marciano soi-même. Voilà ce que voulait dire *C'est jouable*.

11.

« Oh, Colum ! Je t'en *prie*. »

Je me rappelle ce jour où, en rentrant de l'école, j'étais en sixième à l'époque, je trouvai maman et Colum Donaghy en grande conversation dans la cuisine. Ils buvaient de la bière (de la Molson, directement à la bouteille) et parlaient vite, à voix basse, Colum en tee-shirt blanc frais lavé, pantalon kaki et chaussures de sport, assis à la table en Formica, ma mère appuyée contre le bord de l'évier, et dans mon souvenir elle porte une robe de coton à manches courtes et jupe évasée, ornée d'un motif de fraises rouge vif, ses jambes minces sont nues et pâles, et elle est chaussée de sandales ouvertes parce que c'est une chaude journée de mai. Et ses cheveux châtains, vaporeux et bouclés, entourent son visage comme si elle venait de les laver. Et elle rit, d'un rire hésitant et nerveux. «Oh Colum! Je t'en *prie.*»

Je me demandai de quoi ils pouvaient bien parler pour que ma mère ait cet air d'adolescente fiévreuse. Elle qui, d'habitude, était soucieuse, le front creusé de deux lignes verticales, même quand son visage était au repos.

Je savais vaguement que mon père et ma mère avaient été fiancés deux fois; qu'il y avait eu quelque chose, un malentendu, dans ces temps obscurs aussi fascinants que rebutants qui avaient précédé ma naissance, et que ma mère avait été «amoureuse» de Colum Donaghy; et que cet «amour» avait duré six mois, puis avait pris fin; et que mon père et ma mère avaient de nouveau été ensemble, fiancés, puis très vite mariés. Ils étaient tous les deux si jeunes, à peine vingt ans. Ils avaient quitté Yewville sans avertissement pour aller se marier à Niagara Falls devant un juge de paix, à l'étonnement et à l'indignation de leurs familles. *Comme si c'était quelque chose de honteux. Épouser cette fille après qu'elle l'avait quitté pour Donaghy. La reprendre, après Donaghy.*

Comment je savais ces faits, qu'on ne m'avait certainement pas appris directement, je n'en ai aucune idée. Je n'aurais pas davantage interrogé un membre de ma famille sur le sujet que je n'aurais demandé à mon père fier et susceptible combien il gagnait à réparer voitures et camions et à vendre de l'essence sur la route. Je n'aurais pas davantage posé une question personnelle à ma mère que je ne lui aurais confié mes anxiétés de jeune adolescente.

Avait-elle quitté Donaghy, ou était-ce lui qui l'avait quittée?

Ce n'était pas une question. C'était une proposition.

Ma mère s'appelait Lucille, «Lucy». Quand j'étais petite et que je voyais ce nom écrit, je pensais que c'était une autre façon d'écrire «lucky». Quand je le dis à ma mère, elle rit tristement et passa la main dans mes cheveux. «Moi? "Chanceuse"? Non. Je suis Lucy.»

Mais un peu plus tard, elle me serra dans ses bras en disant: «Hé, je suis Lucy la Chance. Personne n'est plus chanceux que moi puisque je t'ai, toi.»

J'étais la plus âgée des trois enfants de Lucy et Patrick Hassler, et la seule fille. Une fille née moins d'un an après leur mariage clandestin. Si des murmures et des rumeurs couraient à Yewville sur la véritable identité de mon père, je ne les entendais pas. Et si j'en entendais parler par mes cousines malveillantes, je n'y prêtais pas attention. Je ne l'ai jamais fait et ne le ferai jamais.

Aujourd'hui, ma mère est morte depuis neuf ans, et mon père depuis cinq jours.

Ce fameux après-midi de mai, le vent était en folie! L'air était plein de minuscules graines d'érable volantes, dont certaines s'étaient prises dans mes cheveux. J'avais couru, je poussai la porte grillagée et là, dans la cuisine, Colum Donaghy et ma mère étaient en grande conversation, et ma mère riait, de ce rire nerveux et triste, ou peut-être optimiste, que mes frères et moi entendions rarement, et ma mère avait du rouge à lèvres, ce qui était rare, et quand j'entrai, elle se redressa aussitôt, l'air surpris et les yeux dilatés, comme si en me regardant, moi, sa fille, elle ne voyait personne, rien. Comme si à cet instant-là elle avait oublié qui j'étais.

Colum Donaghy se tourna vers moi en souriant. S'il était étonné de mon irruption dans la cuisine, il n'en montra rien.

«Bonjour, ma belle!»

Je marmonnai un salut. J'étais très embarrassée.

Ils me parlèrent de tout et de rien, la voix de ma mère était vive, gaie et fausse, comme une voix de télévision cherchant à vous vendre quelque chose dont vous ne voulez pas. Je traversai la cuisine et montai à l'étage, le cœur battant à grands coups. Dans le petit miroir ovale de ma chambre, un petit miroir au cadre peint en rose que mon père m'avait fabriqué, le regard féroce de mon visage de onze ans.

«Je vous déteste. Tous.»

Un sentiment de haine pure monta en moi, âcre comme de la bile. J'espérais pourtant qu'ils me rappellent. Je savais que je ne pouvais pas être aussi belle que la femme de Colum Donaghy, Carlotta, ni aussi jolie que ma mère, Lucy; je savais, avec autant de certitude que si mon professeur l'avait écrit à la craie sur le tableau de notre salle de classe, qu'aucun homme comme Colum Donaghy ne me regarderait jamais comme il regardait ma mère à l'instant où j'avais poussé la porte grillagée.

Mais les mots résonnent toujours dans ma mémoire. Jetés si légèrement, éphémères comme une respiration. *Bonjour, ma belle.*

12.

À partir de trente ans, les jambes d'un boxeur commencent à le lâcher, et vite. Si c'est un bagarreur qui ne s'est pas ménagé, un amuseur de foules qui prend autant de coups qu'il en reçoit, certain que la foule l'adorera toujours parce qu'il se donne à fond, ces jambes le lâcheront encore plus vite. Son punch, il le conservera jusqu'à la fin. Peut-être. Mais les jambes, les jambes s'usent. Le souffle s'use. À trente-cinq ans, vous êtes un vieillard; à quarante, vous êtes indiciblement vieux.

Colum Donaghy avait trente ans quand il combattit Roland LaStarza à Buffalo. Mais LaStarza en avait trente et un. Les deux boxeurs avaient été jeunes longtemps. Malgré tout, Marciano s'était retiré invaincu deux ans auparavant, à trente-trois ans, dans la fleur de l'âge. Ou presque. Il n'était donc pas toujours vrai que les boxeurs de plus de trente ans étaient *vieux*. Que leur vie filait comme un paysage aperçu par la fenêtre d'une voiture.

«Vieux ou jeune, ce n'est pas la question, soutenait Colum. Ça n'a rien à voir avec l'âge du calendrier. Regarde Willie Pep, Archie Moore. Regarde Walcott, trente-huit ans quand il a décroché ce foutu titre.

– Alors, tu penses que tu as tout ton temps, hein, Donaghy?» dit mon père.

Les autres hommes rirent.

Colum dit: «Tout juste. Si ça vient vite.»

13.

Puis, à la fin de l'hiver 1958, l'accord fut conclu.

Les négociations qu'il avait fallu pour y parvenir, les coups de téléphone entre Gus Smith et le manager de Roland LaStarza, la somme exacte que toucherait chaque boxeur, les promesses faites hors contrat, personne excepté quelques très rares individus n'en serait informé. Les boxeurs, eux, ne le seraient pas. Mais un accord fut finalement conclu, et les médias prévenus: un match entre LaStarza et Donaghy serait la rencontre vedette de la soirée de boxe du samedi 20 mai 1958 à l'Armory de Buffalo.

La nouvelle sportive la plus excitante de l'année! Colum Donaghy, le poids lourd populaire qui n'avait jamais quitté sa ville natale de Yewville, allait combattre une pointure, un boxeur italien prestigieux qui avait «presque battu» Marciano pour le titre, qui était encore un challenger très estimé et la coqueluche de la télévision. (Ou qui du moins l'avait été avant une année d'inactivité et de défaites contre d'obscurs boxeurs dans des villes telles que Cleveland, Akron, Miami Beach.) Comment ce beau coup s'était-il fait?

Interviewé par la presse locale, Gus Smith avait une réponse laconique: «Ça s'est fait.»

Colum appela mon père pour lui apprendre la bonne nouvelle avant qu'elle ne soit rendue publique. Mon père dit: «Grande nouvelle, Colum. Félicitations.» En s'efforçant de dissimuler son appréhension.

«Foutrement fantastique, non?

– Oui, Colum.

– Carlotta et moi, on sort fêter ça ce soir. Au Top Hat.» Le Top Hat était une boîte à la mode de Buffalo où des gens qualifiés par les médias de «personnalités du sport» se retrouvaient souvent le week-end, accompagnés d'un entourage bruyant. «Vous ne voulez pas venir, Lucy et toi? C'est moi qui régale.

– C'est tentant. J'en parle avec Lucy et je te rappelle.

– Hé, tu n'es pas content pour moi, Hassler?

– Bien sûr que je suis content pour toi.

– Tu te dis... quoi? Que je ne peux pas battre LaStarza?

– Non.

– Tu penses que j'en suis *capable*?»

Mon père mit un tout petit peu trop longtemps à répondre. Colum dit, d'un ton furieux:

«Je vais gagner, bordel! Je peux battre LaStarza.

– Exact. Si quelqu'un peut y arriver, tu y arriveras, Colum.

– C'est censé vouloir dire quoi ? Sacrément condescendant !

– Tu peux battre LaStarza, c'est sûr.

– Ça n'a pas l'air de te faire sauter de joie. »

Mon père raconterait qu'il était resté muet. Presque pris de timidité. La sueur au front, aux aisselles. Bien content que Colum ne puisse pas le voir parce qu'il aurait été encore plus furieux. « Mais si, Colum. C'est juste l'effet de la surprise. C'est… une nouvelle formidable, exactement ce que nous attendions, mais… c'est une surprise. Non ?

– Peut-être pour toi, mon vieux, marmonna Colum. Pas pour moi.

– Je me demande juste…

– Ne te fatigue pas, d'accord ? *Moi, pas.* »

Colum raccrocha avec violence. Terminé.

Patrick se poserait des questions sur *Ce qui se passait, et ce qui allait se passer.*

Parce qu'il y avait quelque chose de louche dans cette affaire. Quelque chose clochait dans la façon évasive dont Gus Smith, ce vieux bavard, en parlait. Et dans la véhémence avec laquelle Colum continua d'affirmer, au cours des semaines suivantes, qu'il gagnerait, et pas aux points, par KO. Il se vantait de donner à LaStarza le combat de sa vie, et d'obliger les types de New York, ces salopards, à faire enfin attention à lui. « C'est mon tour. J'ai toujours mérité mieux. » Colum confia à mon père qu'il ne suivrait pas les instructions de son entraîneur, mais qu'il rentrerait dans LaStarza dès les premiers rounds, comme Dempsey se jetant sur Willard ou démolissant Firpo. Comme LaMotta, Graziano. « Le manager de LaStarza regarde mon palmarès, et il se dit que Donaghy, c'est du gâteau. Forcément. Une erreur de calcul qui va me servir. Ils voient un combat nul à St. Catherines, Ontario ! Contre un foutu Canadien ! Pas besoin pour LaStarza de s'entraîner dur. Ce Donaghy n'est qu'un tocard de province. J'ai lu dans le journal que LaStarza n'était pas au mieux de sa forme, après son année de vacances. On entend dire des trucs. Marciano lui a presque cassé les bras, il a eu les muscles déchirés, à peine s'il arrivait à les lever. Et il a des dettes. Ce match, c'est juste une histoire de fric pour lui. Alors que moi, je me bats pour ma vie.» Colum sourit, découvrant ses dents de travers. «Tu vois? *Je ne peux pas perdre.*»

Impossible de savoir le sens que Colum donnait à ces mots. Il ne pouvait pas perdre parce qu'il était trop bon boxeur, ou parce que perdre ce combat était inimaginable?

14.

Le combat qui s'est terminé par un nul à St. Catherines dans l'Ontario?

Avant le combat contre LaStarza, Colum Donaghy avait connu sa pire période de déveine. Il avait vingt-sept ans, travaillait dans la carrière de pierre de Yewville pour nourrir sa jeune famille, quarante heures éreintantes par semaine, et donc sacrément content quand Gus Smith pouvait lui arranger n'importe quel combat, n'importe où. Colum se battait contre des types qui faisaient dix ou même quinze kilos de plus que lui pour cinq cents dollars. Pour quatre cents. Trois cent cinquante! Alors pourquoi ne pas prendre le risque d'aller combattre dans un endroit qu'il ne connaissait pas de l'autre côté de la frontière, dans l'Ontario, un boxeur dont il n'avait jamais entendu parler, mais dont le nom lui plaisait: O'Hagan. À eux deux, le Canuck O'Hagan et le Yankee Donaghy, ils allaient casser la baraque, non?

Une bonne dizaine d'amis de Colum, mon père compris, firent le voyage pour assister à ce combat, et ils raconteraient longtemps après, avec indignation et tristesse, comment on avait volé sa victoire à Colum. C'était un combat de huit rounds, et Colum en avait remporté au moins six, bourrant de coups son adversaire grassouillet de trente-six ans, qui perdit son protège-dents dans le dernier round, mais parvint à rester debout, si bien que ces salopards de juges qui ne voulaient pas voir perdre le favori local, l'«Irlandais» O'Hagan, déclarèrent un nul. Un nul ! Les juges avaient déjà filé à l'anglaise quand l'arbitre annonça la décision, il y eut des acclamations, et quelques huées indignées, mais les acclamations noyèrent les huées, et O'Hagan, penaud (les deux yeux fermés par les coups, le nez cassé) salua ses admirateurs tandis que, le visage mauvais, Colum quittait le ring avec une dignité de prince offensé. Les journalistes sportifs de tous les journaux américains jugèrent la décision honteuse. La Commission sportive de l'État de New York allait enquêter, bien que n'ayant pas de juridiction au Canada. Les gros titres de la presse locale promurent Colum au rang de héros, très passagèrement : LE POIDS LOURD DONAGHY LÉSÉ PAR UNE DÉCISION CONTROVERSÉE DANS L'ONTARIO. Interviewé, il prenait soin de se montrer bon perdant, philosophe. «Encore une chance qu'ils ne m'aient pas refroidi en lestant les gants d'O'Hagan de chevrotines.» Sur la chaîne WBW-TV, découvrant ses dents tordues et légèrement décolorées, la cicatrice au-dessus de son œil luisant comme un clin d'œil, il dit en riant : «Qu'est-ce que vous voulez ? Ce sont des Canucks. Ils n'ont pas de démocratie comme chez nous.»

15.

Je ne pensais qu'à lui. Lui qui se dressait entre moi et ce que je désirais pour que ma vie soit parfaite.

Pendant les huit semaines où Colum s'entraîna, il évita ses vieux amis. Il ne vit mon père que quelques fois, quand Patrick passait à la salle, et il vit à peine sa femme et ses enfants. Il passait de longues heures au gymnase, qui se trouvait dans le centre de Yewville près de la gare de triage. Il mangeait et dormait souvent chez son entraîneur, qui habitait tout près, un Irlandais monacal à la voix douce, âgé de près de soixante-dix ans mais faisant beaucoup plus jeune, jamais marié. Tous les matins Colum se levait à 4 h 30 précises pour aller courir sur les routes de campagne désertes aux environs de Yewville, dix kilomètres avant le petit déjeuner, et tous les soirs il se couchait à 9 heures, épuisé. Le vendredi il faisait une exception, veillait pour regarder les matchs à la télé. Il prenait six repas par jour, sa vie se réduisait presque entièrement à son corps. C'était une vie paisible par son côté étroit, obsessionnel. Une vie de moine, une vie de fanatique.

Il se concentrait exclusivement sur le combat à venir et sur la personne de son adversaire, qui n'était plus simplement un autre homme, humain et limité, vulnérable et vieillissant, mais une figure de l'autorité, d'un pouvoir démoniaque. Comme un moine méditant sur Dieu, Colum méditait sur Roland LaStarza. Frappant sur le sac pesant, enchaînant les coups, *tchac! tchac!* dans un état second. *Lui! Se dressant entre moi et ce que je veux.*

Par le passé Colum n'avait pas aimé s'entraîner. Bon Dieu, non! Et il avait triché. Un verre par-ci, une cigarette par-là. Une soirée en douce avec ses amis. Une soirée avec une femme. Cette fois-ci, pas question. Il se l'était juré. *Ce que je veux pour que ma vie soit parfaite, je le savoure déjà, un goût de sang dans ma bouche.* Tous les jours il y avait la cérémonie des combats d'entraînement. Les hommes et les adolescents de Yewville venaient le regarder. Les femmes et les jeunes filles passaient. Ils étaient fous de Donaghy, l'atmosphère était chargée d'excitation, d'attente. L'odeur de sueur mâle, les corps luisants. À l'arrière-plan, comme dans un film légèrement flou, les murs du vieux gymnase, couverts d'affiches d'anciens combats livrés à l'Armory, dont certaines, pâlies, couleur sépia, remontaient aux années 40, date de la construction du gymnase. La plupart des boxeurs étaient inconnus, oubliés. Colum n'y faisait pas attention. Il était dans le présent, farouche et vivant, en imagination il enjambait les cordes pour affronter LaStarza, il ne prêtait guère attention à ce qui l'entourait, car c'était fugace, sans substance. Sur le ring, son corps prenait vie. Alors qu'il s'était entraîné comme un robot, il prenait vie d'une façon toute différente. Chacun de ses sparring-partners était une image de LaStarza. Chacun d'eux devait être affronté, éliminé. Colum boxait, et les spectateurs criaient des encouragements, applaudissaient. Les filles les plus hardies demandaient à être photographiées au côté de Colum, et tantôt il acceptait, tantôt non. Il était capricieux, imprévisible. Un type accommodant, sauf que parfois il ne l'était pas. On n'osait rien attendre de lui. Une promesse faite un jour, il ne demandait qu'à la tenir, bien sûr, sauf que le lendemain : « Non ». C'était comme ça avec les boxeurs de son tempérament. Parfois son entraîneur fermait la porte aux visiteurs, personne n'était le bienvenu, même pas ses amis. Personne !

Sur le ring, Colum se sentait chez lui, en sécurité. Sur le ring, protégé par les cordes. Sur le ring où il y a des règles, un savoir-vivre. Aucune surprise absolue. Il laissait son sparring-partner le frapper, menton, tête, corps, pour se préparer au punch de LaStarza, qui avait mis vingt-quatre adversaires KO et visiblement secoué Marciano. Un méchant crochet du gauche au corps et un cross du droit au menton presque du niveau de ceux de Marciano. *Mais je peux encaisser. Tout ce qu'il a dans le ventre.*

On aurait dit que Colum savait que c'était la dernière fois qu'il s'entraînerait aussi dur, raconterait ensuite son entraîneur, il comptait donner tout ce qu'il avait dans le ventre. Colum Donaghy ne s'est jamais économisé, affirmerait son entraîneur, même au gymnase.

Mais la semaine du 20 mai, les paris étaient à neuf contre un en faveur de LaStarza.

16.

«Je m'en fiche, ça m'arrange. Je parie sur *moi*.»

Il se confia à Patrick Hassler, mais personne d'autre ne devait savoir: ni le manager de Colum, ni son entraîneur, ni sa femme. Mon père n'osait pas lui demander combien il pariait, et Colum le lui dit: «Trois mille.» Mon père éclata d'un rire nerveux. «Pourquoi trois mille, mon vieux?» Colum répondit franchement: «Je n'ai pas pu emprunter plus.» Il rit de la tête consternée que faisait mon père.

«Bon Dieu, Colum. Tu es sûr?

– Sûr de quoi? Que je vais gagner? Oui. J'en suis sûr.

– Tu es sûr que c'est une bonne idée de parier? Une somme pareille?

– Et pourquoi pas? C'est comme de voir l'avenir, ça permet de savoir ce qu'il y a de plus malin à faire. Mettons que je ne parie pas, je m'en voudrais à mort après.»

Mon père dut reconnaître que c'était vrai. Si Colum était certain qu'il allait gagner. Pourquoi ne pas parier ?

«Neuf contre un, dit Colum. C'est fan-tas-tique. Toi aussi tu devrais parier, si tu étais malin. Trois fois neuf font vingt-sept mille dollars, pas mal pour un soir de boulot, non ? Plus la bourse. »

Il parlait d'un ton méprisant de la bourse parce que ce n'était pas le pactole qu'il escomptait. LaStarza recevait vingt-cinq mille dollars pour le combat et Donaghy, onze mille. D'après les journaux. Ce que toucherait exactement Donaghy, mon père ne le savait pas. Le montant annoncé des bourses était toujours gonflé. Et Colum n'en verrait de toute manière pas plus de soixante pour cent. Son manager en prenait une grosse part, son entraîneur, son soigneur, ses sparring-partners et d'autres. Sans compter le fisc.

Tu es sûr de toi, Colum ? Ce pari ? C'est pas le moment de faire une erreur, vieux.

Écoute, tu ferais mieux de t'occuper de tes oignons. Tu crois le contraire, mais tu sais que dalle sur moi.

Et la suite révéla que c'était vrai.

17.

Nous allâmes à Buffalo voir le combat, une voiture pleine. Papa et certains des membres de la famille Hassler. J'étais la seule fille. Maman était restée à la maison.

Ces semaines-là, ma mère avait refusé de lire ce qu'écrivaient les journaux sur Colum. Même sa photo souriante en première page du *Post* de Yewville, elle l'avait repoussée avec un sourire douloureux. À mon écœurement, je l'entendis dire à mon père :

«Je ne pense pas qu'elle devrait vous accompagner. Ce n'est pas une atmosphère saine pour une fille de douze ans. Tous ces hommes! Cette laideur! Tu sais ce qu'est la boxe. Même si Colum n'est pas blessé, elle s'en souviendra toute sa vie. Et si… s'il est blessé…» La voix de ma mère s'éteignit. «Elle veut y aller, et elle ira», dit seulement mon père.

Elle veut y aller, et elle ira!

Aigu comme une douleur, le bonheur que j'éprouvai en entendant ces mots. Car je ne m'y étais pas attendue de la part de mon père. Comme Colum, c'était un homme imprévisible. On ne pouvait pas l'implorer, on ne pouvait pas le raisonner, il prenait ses décisions à son gré, et elles étaient irrévocables.

À cette époque de ma jeune vie, j'avais commencé à détester ma mère autant que je l'avais aimée.

Je la détestais de vouloir me conserver fille, faible comme elle. J'aimais mon père de m'emmener avec lui dans son monde, qui était un monde d'hommes. Là, on ne tolérait pas la faiblesse, seule la force avait du prix. Je ne pouvais pénétrer dans ce monde qu'en ma qualité de fille de Patrick Hassler, mais je ne désirais rien de plus, cela représentait tout pour moi.

Dans la voiture, pendant le trajet, mon père et les autres ne parlèrent que du combat. Tout le monde voulait que Colum Donaghy gagne et se demandait avec inquiétude ce qui se passerait. Mon père ne révéla rien de ce qu'il savait sans doute sur Colum, il parlait comme s'il ne le connaissait que de loin. «Ce serait le grand jour de sa vie, s'il gagnait. Mais il faut qu'il gagne. Son manager dit qu'on "pense à lui" pour Madison Square Garden, qu'on va voir comment il passe à la télé, mais Colum a trente ans, il faut regarder les choses en face. Il combat LaStarza, et LaStarza est encore un gros cube. Il est sur le déclin, mais c'est encore un dur. On peut supposer que personne dans le business ne veut qu'il perde pour le moment. Ce qui signifie que personne dans le business ne veut la victoire de Donaghy. Ce qui signifie qu'ils ne pensent pas que Donaghy puisse gagner ni qu'il le fera. »

L'un de mes oncles s'exclama avec indignation : « Ça n'est tout de même pas un match truqué, bon Dieu ? »

Mon père répondit par un rire.

« Qu'est-ce que ça veut dire ? Il est truqué ou... quoi ?

– Je n'en sais rien, dit mon père avec contrariété. J'espère juste que Colum y survivra. »

De ma place à l'arrière je lui demandai si Colum Donaghy *pouvait* gagner. L'entendre parler comme ça me donnait presque envie de pleurer.

« Bien sûr qu'il pourrait gagner. Il gagnera peut-être. Je raconte peut-être n'importe quoi. On va l'espérer, d'accord ? »

18.

« Mesdames et Messieurs, le grand événement de la soirée : un combat en dix rounds dans la catégorie poids lourds. »

Plus une place de libre dans la grande salle de l'Armory, des milliers de spectateurs, essentiellement des hommes. Des rangées de sièges s'élevant presque jusqu'au plafond. La fumée des cigarettes me piquait les yeux. Le son aigu de la cloche. Aigu et retentissant. Parce qu'il devait être entendu malgré les cris de la foule. Il devait être entendu par des hommes se frappant à la tête de leurs poings gantés de cuir.

La voix du présentateur résonna dans toute la salle. L'excitation me faisait claquer des dents. J'avais les mains étrangement froides, les paumes moites. Avec une pointe de panique, je me dis que j'avais peut-être eu tort de venir, en fin de compte. J'avais douze ans, j'étais jeune pour mon âge. Mon cœur battait, un battement léger et rapide d'ailes d'oiseau.

Mon Dieu, fais que Colum Donaghy ne perde pas. Fais qu'il ne soit pas blessé.

À côté de moi, mon père était silencieux. Bras musclés croisés sur la poitrine, il attendait que le combat commence. Je comprenais que, malgré le calme et l'absence de passion avec lesquels il avait parlé dans la voiture, ce qu'il éprouvait était très différent. Il avait peur pour Colum, l'idée que l'homme qu'il aimait comme un frère puisse être publiquement humilié lui était insupportable.

Blessure, défaite, ou même mort : tout serait préférable à l'humiliation abjecte d'un boxeur envoyé régulièrement au tapis, mis KD, puis KO.

Près du ring, dans la rangée devant nous, une brune très maquillée dans une tenue tapageuse, un velours d'un bleu électrique, étoilé de diamants fantaisie : Carlotta, la femme de Colum Donaghy. Ce soir-là, elle était glamour. Ses cheveux bouclés étaient raides de laque. Des amis de Buffalo de Colum l'accompagnaient, des gens que mon père n'aimait pas et ne connaissait pas bien. Elle ne cessait de jeter des coups d'œil par-dessus son épaule pour voir si on la regardait, en l'admirant, en l'enviant, elle était la femme de Colum Donaghy, les admirateurs du boxeur cherchaient à l'apercevoir et il y avait des photographes impatients de la prendre en photo. Elle souriait avec nervosité, riait, lançait des salutations, les yeux brillants et vides. Elle aperçut mon père derrière elle, au troisième rang, et son regard s'accrocha au sien. Carlotta Donaghy dévisagea mon père avec une expression... ? Inquiète ? Suppliante ? Elle semblait dire à l'ami de son mari *Eh bien, on y est ! Plus rien ne peut arrêter ça maintenant.* Mon père leva aussitôt la main pour la saluer. *Pas de quoi s'en faire, Colum va lui arranger le portrait.*

Je verrais Carlotta et une autre femme se lever brusquement, en plein combat, et quitter la salle par la sortie la plus proche. La tension avait été trop forte pour ses nerfs.

Dans son peignoir de satin blanc, Colum Donaghy fut le premier à monter sur le ring, salué par des applaudissements assourdissants. Que sa peau était pâle, laiteuse, à côté de la peau olivâtre de l'autre boxeur. Roland LaStarza! Brusquement il fut là. Peignoir de satin noir, short noir. Une toison de poils sombres sur le torse, les bras, les jambes. Il ne faisait que quelques kilos de plus que Colum Donaghy, mais semblait plus lourd, plus vieux, plus massif. Son visage était impassible, comme sculpté dans le bois. Son regard était voilé, peut-être méprisant. Où qu'il soit, quel que soit ce ring où il était monté, cette salle minable, pleine de courants d'air, remplie à craquer d'inconnus beuglants et hurlants, il était LaStarza, le LaStarza de la télé, un poids lourd célèbre du Bronx, il était dans l'ouest de l'État de New York pour affaires. Le match le laissait indifférent. Il ne connaissait personne à Buffalo, il n'était pas allé à l'école à Buffalo, aucune communauté ne s'identifiait à lui. Les Italiens l'adoraient, mais il était LaStarza du Bronx, il tolérait leur adoration bruyante, rien de plus. Son entraîneur n'avait pas besoin de lui parler d'un ton pressant pour tâcher de le calmer, comme le faisait celui de Colum Donaghy. LaStarza ferait ce qu'il avait à faire, battre son adversaire. Il ne ferait pas plus, et il ne ferait pas moins. Au cours de ses dix années de carrière, son ascension dans la catégorie poids lourds avait été rapide, une ascension de futur champion ; il avait connu l'ivresse des victoires et des louanges, combattu des années avant de perdre son premier combat, et cette défaite n'avait pas été honteuse, car il avait perdu contre Marciano ; jeune boxeur encore, il avait affronté Marciano pour le titre et avait de nouveau perdu, il avait escaladé la montagne de verre aussi haut que ses jambes puissantes le lui avaient permis. Il savait : son heure était passée. Aujourd'hui il était dans l'ouest de l'État de New York, et la télévision n'était pas là. Son manager avait des boxeurs plus jeunes, plus prometteurs, à pousser, d'autres futurs champions, LaStarza avait dû accepter ce contrat, il en avait refusé d'autres avec colère et mépris, mais maintenant il n'avait pas le choix, il avait trente et un ans. Il ne s'était jamais entièrement remis de la trempe que lui avait administrée Marciano. Cette humiliation publique, les coups terribles portés à son corps et à son orgueil. Il gagnerait ce combat, il expédierait son adversaire que, la veille, à la pesée, il avait presque ignoré. Un de ces Irlandais à la peau fine qui pissent tout de suite le sang. Leur nez s'aplatit comme une boîte de conserve en aluminium, leurs yeux noircissent et enflent. Leur sang gicle comme d'une tomate qu'on écrase. À la bascule, les deux hommes avaient été photographiés en train de se serrer la main pour les journaux locaux et pour les informations sportives de la télé. Quel cirque ! Cette pose avait gêné LaStarza, LaStarza le raffiné, comme une mauvaise odeur. Il ne méprisait pas ce Colum Donaghy, il ne lui accordait pas la moindre pensée.

Donaghy dansa sur le ring dans son peignoir de satin galonné d'or, boxant contre son ombre, paradant devant ses admirateurs en délire. Il sourit, presque timidement. Un sourire de gamin, hésitant et plein d'espoir. Il se savait adoré, sans toutefois pouvoir croire entièrement à cette adoration. Il lui fallait être constamment rassuré, soutenu par la foule. Car il était si pâle : son torse et ses côtés luisaient, blancs et moites, sous des poils roux clair. Les cicatrices de son visage étaient masquées par les lumières violentes, sa peau semblait presque aussi lisse que celle d'un enfant. *Cela se fait-il pour un boxeur de sourire avant un combat ?* J'avais très peur pour Colum Donaghy, et pour mon père, sombre et tendu à mon côté.

Je me rappelais Colum dans notre cuisine, un an plus tôt. La voix basse des adultes. De quoi parlaient-ils aussi intensément, pourquoi ma mère riait-elle, quel sens cela avait-il ? Je ne le saurais jamais.

Ces mille petits mystères de l'enfance. Jamais élucidés. Jamais même nommés.

Car le monde adulte est un mystère, vous ne le comprendrez jamais. Vous devez pourtant vous soumettre à son autorité. Un jour, vous aurez vous-même à y entrer.

La cloche retentit ! Forte, aiguë.

Le premier round commença.

Peau claire, short blanc, Colum Donaghy s'avança aussitôt vers son adversaire à la peau brune et, au milieu des cris et des clameurs, le combat longtemps attendu commença enfin. Dès le début, ce fut l'étonnement : car Colum se rua sur LaStarza, décocha une série de coups, tandis que LaStarza s'écartait, levant les bras pour parer l'avalanche, tâchant de placer son direct. Les boxeurs se tournèrent autour, Colum avançait, avançait toujours. Porté par l'excitation de la foule, il lança un cross du droit qui manqua largement sa cible, s'accrocha à LaStarza et les deux hommes finirent au corps à corps. Ce fut le scénario des premiers rounds : Colum attaquait, LaStarza l'évitait tout en lui portant de petits coups secs que Colum semblait capable d'encaisser, bien que son œil droit commençât à enfler. Au troisième round, Colum s'élança, rapide et anxieux, et apparemment par chance réussit à frapper durement LaStarza à la taille de ce puissant crochet du gauche qu'il avait porté à la perfection au gymnase. Pris par surprise, LaStarza réagit par une pluie de coups qui repoussèrent Colum dans les cordes. Ils s'empoignèrent et, avant que l'arbitre ait pu les séparer, la foule hurla, car LaStarza avait glissé, un genou sur le tapis ; il se releva aussitôt, et l'arbitre ne le compta pas, ce qui provoqua des huées et poussa Colum à une tactique plus agressive. Les rounds étaient féroces, et pourtant le temps semblait devenu terriblement lent : plus je regardais les boxeurs au-dessus de moi, dans leur enclos illuminé, plus je me sentais épuisée et irréelle. Tout était tellement plus saisissant qu'à la télévision. Le combat réel ne ressemblait en rien au combat télévisé, si petit, si aplati, des images en noir et blanc. Et commenté sans discontinuer par des animateurs. Dans l'Armory il n'y avait personne pour expliquer ce qui se passait. Une bonne partie du temps j'avais l'impression de ne pas voir. Mes sens étaient submergés. Le bruit sourd des coups, le crissement, glissement des chaussures des boxeurs sur le tapis, le sang qui éclaboussait la poitrine des deux hommes et mouchetait la chemise blanche de l'arbitre, le vacarme assourdissant de la foule, les ordres criés par l'arbitre – *Break! Break! Box!* – tout était stupéfiant, épuisant. Entre les rounds, mes paupières se fermaient. Mon père et les autres hurlaient pour se parler, hurlaient des encouragements à Colum, assis dans son coin. Je regardais Colum Donaghy pendant que ses assistants s'affairaient à le préparer pour le round suivant. Je voyais les gouttes d'eau briller sur son visage enflammé, meurtri, l'éponge pressée sur sa tête brûlante. Il ressemblait à un animal, un cheval de course, purement physique et étrangement passif, quand il était assis et que les autres s'occupaient de lui. Je n'avais pas remarqué, n'avais peut-être pas souhaité voir son œil enflé, presque fermé, les coupures sur son visage, mais son soigneur pansait adroitement ses blessures, lui enfonçait dans les narines quelque chose ressemblant à un crayon, un geste qui me fit défaillir. Je demandai à mon père si Colum gagnait, car il me semblait – à moi et à la foule – qu'il gagnait, mais je redoutais un avis plus averti et, effectivement, mon père répondit d'un ton bref, le visage fermé : « Peut-être.

Il mène.» Une réponse mystérieuse, car si Colum menait, cela ne voulait-il pas dire qu'il gagnait?

Pendant les rounds suivants, les boxeurs furent plus retenus, plus prudents. Ils ménageaient leurs forces, couverts de sueur, respirant souvent par la bouche. Le visage de Colum était rose, comme coloré de santé et d'excitation, celui de LaStarza était plus sombre, empourpré de sang, mais toujours impassible, sculpté dans le bois. Le boxeur commençait à comprendre que son adversaire allait lui donner du fil à retordre, une idée qui avait été lente à faire son chemin. Un boxeur souhaite penser que, si ses coups bien ciblés sont intentionnels, ceux de son adversaire sont accidentels et ne se reproduiront pas. Mais LaStarza se rendait compte que Colum était fort, maladroit et déterminé, un mélange dangereux. Après une rafale explosive de coups, l'action ralentissait, passait au corps à corps. Au début de la septième reprise, Colum sembla retrouver ses forces et se battit avec fureur, frappa LaStarza à la tempe droite, enchaîna avec un gauche, et LaStarza vacilla sur ses talons. Hurlement général, mon père et ses amis debout, une vague de délire. LaStarza allait-il s'effondrer? Mais non. Le moment passa. Le rythme du combat s'était toutefois accéléré. Les lumières vives, l'action trépidante, la fumée des cigarettes et des cigares me blessaient les yeux. Au milieu du round, Colum ralentit, respirant par la bouche, et, au même instant, LaStarza fondit sur lui, un droit à la tête qui fit rouler les yeux de Colum dans leurs orbites, un coup meurtrier au corps. Colum riposta cependant par des coups féroces et, de nouveau, une vague de délire souleva la salle, car Colum, hors de lui, faisait impitoyablement reculer son adversaire; à son insu pourtant, il baissa son gant gauche en balançant un cross du droit et, comme un homme qui tente de s'éveiller d'un rêve, LaStarza porta alors à l'aveuglette un swing qui frappa Colum au-dessus du cœur et qui aurait pu le tuer si LaStarza y avait mis toute sa force et tout son poids. Le round s'acheva dans une grêle de coups de poing et de coups de cloche, les deux boxeurs continuant à se battre sans entendre.

La foule éclata en applaudissements devant la fureur du combat.

Une manière de remercier les boxeurs de... quoi? Ce don mystérieux d'eux-mêmes qu'ils nous faisaient.

Papa! Emmène-moi à la maison, emmène-moi d'ici. Des mots que je n'aurais pas davantage pu prononcer que je n'aurais pu proférer des obscénités.

Il fut remarqué que LaStarza, affalé dans son coin, saignait légèrement d'une coupure au-dessus de l'œil gauche. Il fut remarqué que Colum se penchait pour cracher dans un seau, et dans la lumière éblouissante qui semblait magnifiée, ce qu'il cracha avec une expression de mépris était teinté de rouge.

Une fois encore je me penchai vers mon père pour lui demander à l'oreille si Colum gagnait, je mourais d'envie de savoir, mais cette fois il m'écarta d'un mouvement d'épaules comme une mouche importune, le visage fermé et indifférent. Il fumait un cigare, un affreux mégot rougeoyant qu'il serrait entre ses dents.

Au début du huitième round, Colum se rua sur LaStarza comme pour lui apporter quelque chose de précieux – un coup plongeant à la tête, maladroit, que LaStarza ne bloqua qu'à demi. Puis Colum fonça, tête baissée comme un taureau, recevant des coups en même temps qu'il en donnait, de force et de précision variables. Dès le début du round, il eut le nez brillant de sang. Le travail adroit et assidu de son soigneur n'avait pas suffi. LaStarza se retrouva acculé dans un coin, puis dans les cordes, parant les coups frénétiques de Colum qui s'abattaient sur ses bras et sur ses épaules. Il avait les côtes marquées de zébrures rouges. À deux reprises, Colum balança un swing qui manqua sa cible, mais les réflexes de LaStarza étaient plus lents, il ne sut pas en tirer profit. Mon père dit, comme s'il pensait à voix haute, assez fort cependant pour être entendu : « C'est le tournant. » Son visage était sombre. Que voulait-il dire ? Que l'un des deux boxeurs n'était pas capable de rendre les coups, de se défendre ? Que le combat allait s'achever bientôt ? *Je t'en prie, mon Dieu, fais que cela finisse maintenant et que Colum gagne.* Je fermai les yeux, n'entendis plus que le bruit terrible *tchac ! tchac !* des coups sur les corps. Je n'avais aucune idée de qui les recevait. J'étais hébétée, nauséeuse, le rugissement de la foule était si fort que je m'étais bouché les oreilles de mes mains sans m'en rendre compte. L'arbitre s'escrimait à séparer les deux hommes. Leur peau semblait poisseuse, collante. Encore, encore, encore. Les deux hommes s'accrochaient, cherchaient une ouverture, se donnaient des coups derrière la tête. La chemise blanche de l'arbitre était devenue grise, trempée de sueur et éclaboussée de sang. Son ridicule nœud papillon était de travers. *Break ! Box !* J'entendrais dans mon sommeil ces ordres qui semblaient criés avec colère. LaStarza donnait l'impression de se retirer peu à peu du combat actif, comme un homme qui s'observe à distance ; il se protégeait, mais passait peu à l'offensive. Colum semblait avoir gagné la plupart des rounds… non ? Colum « le Kid » Donaghy ? Ses admirateurs l'acclamaient, ivres d'excitation. Les deux boxeurs avaient le visage meurtri, ensanglanté. LaStarza était manifestement à bout de souffle, mais comme tout boxeur expérimenté, il était dangereux, toujours dangereux, tapi dans un coin, les yeux brillants comme ceux d'un rat. Il n'irait pas au tapis, sa volonté était inflexible. C'était la volonté de son adversaire de l'envoyer au tapis, mais il n'irait pas, pourtant ses genoux fléchirent soudain, et la foule se déchaîna de nouveau.

La tension était palpable, des vagues houleuses de chaleur, il fallait que le combat se termine immédiatement, un dénouement, personne ne pouvait en supporter davantage. Était-ce le compte de huit? Colum frappa LaStarza et LaStarza vacilla, cherchant le corps à corps, et au milieu de hurlements assourdissants la cloche sonna la fin du round. Colum continua à assener des coups en aveugle et l'arbitre hurla *Cloche! Cloche!* Il ôterait un point à Colum pour avoir frappé après la cloche.

J'avais la gorge à vif, je ne m'étais pas rendu compte que je hurlais.

Les deux derniers rounds furent très différents. Comme si une flamme avait brûlé plus haut, toujours plus haut, mais qu'un vent humide souffle maintenant sur elle, lui ôtant sa force, son éclat. Colum essaya de pousser son avantage comme auparavant, mais il avait perdu son élan. Ses jambes étaient plus lentes, plus molles. Il lançait des combinaisons de coups par intermittence, comme un robot, LaStarza ripostait, mais tous deux semblaient perdre leur concentration. S'arrachant à un corps à corps comme d'une étreinte mortelle, Colum glissa à son tour sur le tapis mouillé de sang et tomba sur un genou; il se releva aussitôt avec une grimace de douleur. S'était-il blessé? L'arbitre interrompit le combat pour l'examiner, regarder ses yeux, et la foule se mit à huer. L'arbitre allait-il arrêter le combat, déclarer un KO technique en faveur de LaStarza? *Le combat était-il truqué?* La foule hurla son mécontentement, l'arbitre scruta les yeux de Colum en feignant la préoccupation, mais fut bien obligé de hocher la tête, de donner le signal de la reprise, oui, le combat continuerait.

Les deux hommes sortirent épuisés du dixième et dernier round. Tous deux avaient du mal à lever les bras. LaStarza semblait avoir su s'économiser davantage que Colum, mais malgré tout il ne lui restait guère de force. Il porta à Colum une combinaison de coups, aucun très puissant, et Colum tint bon, secoua la tête pour reprendre ses esprits. Les deux hommes titubaient comme des ivrognes prisonniers d'un rituel bizarre et infernal. Ils étaient ensemble depuis une éternité, jamais ils ne s'oublieraient l'un l'autre. Il était possible de voir de la noblesse dans ces deux hommes qui se battaient, à demi nus, luisants de sueur, et de les voir en même temps vaincus. Au milieu du round, LaStarza parvint à frapper Colum avec ce qui restait de son redoutable cross du droit, et Colum contra avec ce qui restait de son redoutable crochet du gauche, un coup circulaire court qui parut plus puissant qu'il ne devait l'être puisque LaStarza vacilla mais ne s'effondra pas, s'accrocha à son adversaire comme un homme qui se noie. Dans les dix ou douze ultimes secondes, LaStarza parut totalement hébété, et la foule scanda *Co-lum! Descends-le! Co-lum! Descends-le!* Mais Colum, le favori du public, était trop épuisé, ses bras musclés pendaient le long de son corps comme du plomb. Il était KO debout, dirait ensuite mon père. Il était vidé.

La cloche retentit.

19.

Le moment où je suis mort, et j'étais heureux.

20.

Après ce match du 20 mai 1958, dont le souvenir honteux resterait longtemps dans la mémoire locale, pénétrant comme l'air pollué de fumées et de produits chimiques de la ville industrielle de Buffalo, Colum Donaghy livrerait encore un combat, en septembre 1958, à Syracuse. Opposé à un adversaire d'une tout autre stature que Roland LaStarza, il gagnerait aux points, de justesse. Cinq jours plus tard, il était mort.

Colum partit une nuit en voiture. Sur un chemin de campagne, près de la ferme de parents à lui, il gara sa voiture, s'éloigna de quelques pas et se tira une balle à la base du crâne. Le médecin légiste du comté déclara qu'il était mort sur le coup. Il s'était servi d'un Smith & Wesson calibre .32 non répertorié. Personne dans la famille Donaghy n'admit avoir connu l'existence de ce revolver. Mais, interrogé par la police, mon père, Patrick Hassler, fut obligé de dire que Colum l'avait rapporté de Corée, où il l'avait gagné au poker.

Avait-il participé à la partie? lui demanda-t-on.

Non, répondit mon père. Je ne joue pas au poker, je ne suis pas un homme qui a cette sorte de chance-là.

Patrick éprouva une honte profonde de cet interrogatoire, il avait conscience de trahir Colum Donaghy par le simple fait de parler de lui. Il estimait néanmoins ne pas avoir le choix. En dépit des conclusions du médecin légiste, la mort de Colum suscitait des interrogations; on se méfiait des gens fréquentant le milieu de la boxe professionnelle, et le combat contre LaStarza était entouré de rumeurs, de racontars. Mon père ne révéla toutefois pas à la police que Colum lui avait dit avoir emprunté trois mille dollars pour parier sur lui-même.

Colum Donaghy avait-il jamais évoqué l'éventualité d'un suicide? demanda-t-on à mon père.

Pas devant moi, dit-il. Nous ne parlions jamais de ce genre de chose.

La mort de Colum accabla mon père de chagrin. Il était assommé, il était perdu, il était honteux. Dans ses yeux, les pupilles se réduisirent à deux têtes d'épingle. Il vieillit en l'espace de quelques jours, son teint coloré devint gris cendre. Il n'était pas du genre à parler de ce qu'il éprouvait, il n'était pas du genre à chercher la compassion. Il se mouvait parmi nous, sa famille, comme un somnambule dangereux. Ma mère veillait à ce que nous ne le contrariions pas. Il disparaissait parfois pendant des jours, qu'il passait à se soûler. Ma mère pleurait en secret. Tard dans la nuit nous entendions sa voix implorante au téléphone. *Avez-vous vu Patrick ? Si vous voyez Patrick...*

Quand Colum s'était suicidé, il s'était agenouillé sur le chemin. Dans le noir. Il avait placé son revolver avec soin. Pour que la balle pénètre à la base du crâne, déchiquette le cerveau de bas en haut. Sa main avait pourtant dû trembler. Il ne doit pas être si facile de *prendre sa vie* et de s'en défaire comme d'un déchet. Il avait disparu depuis deux jours quand on l'avait retrouvé sur le chemin, couché sur le côté, les doigts de la main droite crispés sur la poignée du revolver. Il fut découvert par deux adolescents qui chassaient. Ils avaient d'abord vu la voiture, puis trouvé le corps. Ils déclarèrent avoir immédiatement reconnu Colum Donaghy. *L'homme qui a combattu Roland LaStarza.*

21.

Cette première journée terrible à l'école. On disait que Colum Donaghy était mort. Agnes quitta la classe en plein cours, sa mère était venue la chercher. Plus tard on dirait que Colum s'était tué avec un revolver. Qu'il avait pris sa vie, et que c'était un péché. Un péché terrible. Quand nous revîmes Agnes Donaghy, deux semaines plus tard, il nous sembla qu'une autre fille avait pris sa place. Moins jolie, les yeux cernés de chagrin. Même ses taches de rousseur avaient pâli.

Les plus cruels d'entre nous murmurèrent : « Bien fait ! Maintenant elle sait. »

Elle sait quoi ?

Ce que c'est qu'être comme tout le monde. Et pas la fille de Colum Donaghy.

Sur le visage de mon père, fermé comme un poing, nous lisions la rage rentrée, l'écœurement. Il n'en parlerait jamais. Mais il lui arrivait de dire : « J'espère qu'ils sont contents maintenant. Ces salopards. » Il parlait du milieu de la boxe. Et aussi de Gus Smith.

Les juges avaient prononcé un nul entre Donaghy et LaStarza. Un nul ! Pour les journalistes sportifs la victoire allait à Donaghy, qui avait manifestement remporté six ou sept rounds. Il était épuisé au dixième, mais à ce moment-là LaStarza aussi était fini. Interviewé, l'arbitre déclara évasivement que cela avait été un match serré et une décision juste. L'un des juges était de Rochester, les autres de New York. Personne ne pouvait discuter du combat avec mon père. Colum refusa les interviews. Il refusa de voir un médecin. Quelques semaines plus tard il quitta sa famille pour s'installer près de la gare de triage, du gymnase et des bars. Il avait une petite amie très jeune d'Olean, il envisageait d'abandonner la boxe. Il se plaignait de migraines, de troubles de la vue. Mais il refusait toujours de voir un médecin. Il travaillait à temps partiel à la carrière. Puis il se réconcilia avec Carlotta et retourna vivre chez lui. Manifestement il n'abandonnait pas la boxe : Gus Smith lui trouva un combat à Syracuse, en septembre.

Après cette soirée à l'Armory de Buffalo, je ne revis plus jamais Colum Donaghy. Mais je tombais souvent sur sa photo dans les journaux et à la télévision.

Quelquefois, quand mon père rentrait, je me réveillais et je tendais l'oreille. Il y avait toujours du vent, un vent du nord, venu du Canada et du lac Ontario, et son bruit couvrait les sons qui me parvenaient de la chambre de mes parents. La voix de ma mère était anxieuse, basse. «Oh mon Dieu, comment a-t-il pu faire ça. J'y pense à en perdre le sommeil, je n'arrive pas y croire.» Et la voix de mon père était inaudible, sa parole brève. Ma mère pleurait souvent. Dans ces moments-là, je voulais penser que mon père la consolait. Comme il m'avait consolée quand j'étais petite fille et que je me faisais mal. Je voulais penser qu'il prenait ma mère dans ses bras puissants, comme les adultes le font au cinéma, et que, couchés dans les bras l'un de l'autre, ils pleuraient ensemble.

Mais j'entendais surtout le silence. Et dehors, le vent dans les arbres qui entouraient notre maison.

22.

«Je ne voulais pas que vous sachiez combien nous étions près du bord en ce temps-là, chérie. Tu comprends?»

Le bord? Quel bord?

Il eut un geste prudent de la main. Il en approcha le dos du bord de la table. Ce n'était pas la table de cuisine en Formica à laquelle Colum Donaghy s'était assis, des dizaines d'années auparavant. Une table plus récente, élégante et encore brillante, bien que ce ne fût plus ma mère qui la nettoyait.

Le bord des choses, voulait dire mon père. Le bord de la civilisation.

À la Noël 1999 je rendis visite à mon père à Yewville. Il vivait seul dans l'ancienne maison, têtu et éloigné de ses enfants adultes. Il n'occupait que deux pièces, le premier étage était condamné, non chauffé.

Il avait soixante-douze ans. Sa vie lui avait filé entre les doigts sans qu'il s'en rende vraiment compte, disait-il.

Volontairement, il n'avait pas vu de médecin depuis que ma mère était morte d'un cancer, neuf ans auparavant. Il rendait l'hôpital général de Yewville responsable de sa mort, du moins dans ses discours. Un *ils* malveillant régnait sur ce genre d'institutions. *Saletés de sangsues.* Un an plus tôt, il avait eu une crise cardiaque dans la rue, et on l'avait conduit aux urgences de l'hôpital même qui avait tué sa femme ; il s'était juré de ne jamais y remettre les pieds. Il avait de l'angine de poitrine, les genoux en mauvais état, de l'arthrite, mais il continuait à fumer et buvait de la bière par caisse entière. Il se vantait d'avoir des « médicaments d'urgence », pour son usage personnel quand cela irait trop mal. On ne le brancherait pas à des machines, pas lui. On ne ferait pas d'« expérience » sur lui comme s'il était un singe. Il riait en nous disant cela, il jubilait. Parfois, quand nous parlions de l'aider à vendre la maison et à préparer l'avenir, il devenait furieux, raccrochait violemment. Mais parfois il écoutait attentivement. Il faudrait bientôt penser à « une révision générale », reconnaissait-il.

Ses enfants adultes se relayaient pour lui rendre visite – quand il voulait de nous. Généralement il était en guerre contre deux d'entre nous, et en bons termes avec le troisième. En décembre 1999, j'étais celle qu'il consentait à voir.

Mon père m'accueillit avec chaleur, il était de bonne humeur, son haleine sentait la bière. Soixante-douze ans n'est pas un âge avancé, mais mon père faisait vieux. Sa peau avait la teinte de la mélancolie. Ses épaules étaient voûtées. Il avait maigri, sa peau semblait flotter sur lui, flasque et ridée comme celle d'un éléphant. Il avait cessé d'être grand, il était devenu un homme de taille moyenne. Un homme qui s'était puni ? Nous nous assîmes dans la cuisine pour bavarder. Le sujet du jour était la vente de la maison, et la solution à adopter ensuite. Les souvenirs nous firent dévier, bien entendu. Quand je revenais à Yewville, je revenais toujours au passé. La ville n'avait pas beaucoup changé, elle était en pleine dépression économique, figée à la fin des années 50. La prospérité qu'avait connue l'Amérique pendant les décennies suivantes n'était pas passée par cette région. À Yewville, je me retrouvais à l'époque de Colum Donaghy. Une sorte de frisson de panique, d'horreur, me parcourait. Car je n'avais jamais compris. Pourquoi? Pourquoi cet homme admiré par tant de gens s'était-il tué? Il avait gagné son dernier combat. Il n'avait pas perdu son combat contre Roland LaStarza, tout le monde le savait. Et il n'avait que trente et un ans.

Je ne souhaitais pas penser que, à trente et un ans, la vie d'un homme pouvait être finie.

À Yewville, je descendais dans un motel et ne rendais visite à mon père que quelques heures par jour. Il semblait vouloir que cela se passe ainsi, son intimité et son isolement lui étaient devenus précieux. Le deuxième jour de ma visite, il sortit le vieil album de photos et nous nous assîmes à la table de la cuisine pour le feuilleter ensemble. Je savais éviter d'aborder le sujet de Colum Donaghy et pourtant… nous étions là, à regarder avec calme des photos de lui, des photos le montrant avec mon père, et avec d'autres, tous jeunes et séduisants, souriant à l'appareil photo. Je fus profondément émue par les photos prises dans le gymnase, Colum, l'air crâne, et son ami Patrick, tous les deux en short de boxe, un casque sur la tête, se tenant par l'épaule, faisant les clowns devant l'appareil. Si jeunes! Deux hommes certains d'avoir la vie devant eux, et qui avaient tous les droits de le penser. À ceci près qu'en voyant Donaghy, en voyant la date de la photo, février 1954, j'étais aussitôt forcée de penser à septembre 1958.

Quatre ans et sept mois à vivre.

Mon père dit avec lenteur : « C'est comme si Colum était encore avec moi, parfois. Je l'entends. Je lui parle. Donaghy était le seul qui me fasse rire. » Mon père se confiait à moi ? Il s'exprimait avec calme, mais je savais qu'il tremblait.

Nous parlâmes donc de Colum Donaghy et de ce temps-là. Quarante ans, Patrick avait survécu quarante ans à Colum, Dieu tout-puissant ! Quelle blague on leur avait faite à tous les deux. Il y avait de quoi vous faire hocher la tête. « C'est un des mystères de cette époque-là, papa, dis-je. Pourquoi Colum s'est-il suicidé ? Simplement parce qu'il n'avait pas gagné son combat contre LaStarza ? Mais il n'avait pas perdu non plus. Il était toujours un héros. Il devait le savoir.

– Bon Dieu, je suis vieux maintenant, il faut que je te raconte certaines choses qui ne pouvaient pas être dites avant. Colum ne s'est pas suicidé, chérie.

– Quoi ?

– Colum Donaghy ne s'est pas suicidé. »

Mon père parlait lentement, en humectant ses lèvres desséchées. Je le dévisageais avec incrédulité.

« Colum a été tué, chérie. Il a été assassiné.

– Assassiné ? Mais… ce n'était pas son revolver ? »

Mon père hésita, se frotta les yeux de ses deux mains. Il avait le visage décoloré par des taches de vieillesse, profondément ridé et affaissé. « Non, chérie. Ce n'était pas son revolver. Colum n'avait pas de revolver. »

Un froid glacial m'envahit. Une terrible certitude souterraine comme un pouls accéléré. Mon père me regardait du coin de l'œil pour voir comment je prenais cette révélation.

Il allait tout me dire, alors ! Un vieillard au bord de la tombe, n'ayant plus rien à perdre. Même sa peur de Dieu, il l'avait perdue depuis longtemps.

Une pensée me traversa subitement l'esprit. *C'est lui qui a tué Colum Donaghy.*

Je ne pouvais pas l'accuser. Devant cet homme, je serais toujours une enfant balbutiante.

Il remarqua mon regard. D'un geste méticuleux, il lissa une de ses manches de chemise. Elle avait été lavée mais pas repassée, et flottait sur lui. « Il fallait que je dise ça à la police, chérie. Je l'aurais payé de ma vie, moi aussi. On m'avait averti. Gus Smith m'avait averti. Et Colum n'était plus là, rien ne pouvait le ramener. Bon Dieu, la façon dont il s'est déchaîné au huitième round! C'était beau mais… c'était son arrêt de mort. On lui avait dit ce qu'il devait faire, tu comprends. Et ce qu'il ne devait pas faire. On le payait, et il avait accepté. Il devait se battre comme un diable, mais LaStarza devait l'envoyer au tapis. Tout ça je le savais, mais indirectement. Colum m'avait fait comprendre qu'il n'obéirait ni à son manager, ni à son entraîneur, ni aux promoteurs de LaStarza, et qu'il parierait même sur sa propre victoire. Il avait eu l'intention de gagner dès le départ. C'était… » La voix de mon père trembla. Il était rare qu'il parle aussi longuement et avec autant de véhémence. Mais maintenant, il ne trouvait plus les mots. «… une satanée tête de mule d'Irlandais. »

J'étais perdue. J'avais entendu, mais sans absorber ce que j'entendais. « Je ne comprends pas ce que tu racontes, papa. Qui a tué Colum?

– Qui exactement? Leur nom? Ça, je ne sais pas.

– Mais… qui les a engagés? »

Mon père haussa les épaules. Secoua la tête d'un air écœuré. « Des fils de putes de New York, j'imagine.

– Mais tu as dit à la police…

– On ne pouvait pas non plus se fier à la police. La boxe faisait partie des rackets, il y avait des arrosages, des flics haut placés, des juges, des hommes politiques. J'ai dit ce que j'ai dit, je n'avais pas le choix. Il fallait que je pense à vous, les gosses, et à votre mère. Ouais, et j'avais peur aussi. Pour moi.

– Je suis… je ne sais pas quoi dire, papa. Toutes ces années… Colum était ton meilleur ami.

– Colum savait à quoi s'en tenir sur la boxe ! Il n'était pas né de la dernière pluie, merde ! Ce n'était pas un saint. Personne ne l'avait forcé à signer pour ce combat, il savait où il mettait les pieds. LaStarza n'était peut-être pas au courant, il avait juste à se battre. Mais Colum ! Il croyait qu'il pouvait gagner et impressionner tout le monde, que tout le monde adorerait "le Kid", et que les promoteurs de New York l'engageraient. Il s'imaginait qu'il allait prendre la place de LaStarza. De Marciano ! Mais il avait sous-estimé LaStarza. C'était sa deuxième erreur. Il ne s'est pas économisé comme un boxeur est entraîné à le faire, au huitième round il était trop épuisé pour mettre son adversaire KO, et c'est les juges qui ont décidé. Et ils ont prononcé un nul. C'était puant, tout le monde savait que c'était dégueulasse, mais c'était comme ça. Un nul, et personne n'a gagné. Mais Colum a perdu. » Mon père repoussa l'album de photos avec écœurement.

« Les juges étaient achetés, alors.

– Oh, ce n'était même pas la peine. Ces salopards auraient fait d'eux-mêmes ce qu'on attendait d'eux.

– Je n'arrive pas à y croire, papa ! Tu aimais la boxe.

– J'aimais certains boxeurs. J'aimais les regarder de temps en temps. Mais la boxe… non, je n'aimais pas ça. La boxe, c'est un business, un homme qui se vend à des types qui le vendent au public. Pouah !

– Parce que toi, tu ne t'es jamais vendu, j'imagine ? ripostai-je, soudain irritée.

– Pour ta mère et pour vous autres, les gosses, bien sûr. Je me suis vendu comme je le pouvais. Même pour ce garage qui nous faisait à peine vivre, il fallait que je paie la "protection" de ces fils de pute de Niagara Falls. Si je n'avais pas payé, ils m'auraient balancé une bombe incendiaire. Ou pire.

– Toi ? Racketté ?

– Il n'y avait pas que moi. C'est peut-être différent aujourd'hui, la police te protégerait. Mais en ce temps-là, non. Si j'avais dit à quelqu'un que Colum avait été assassiné et que le revolver n'était pas le sien… » Sa voix s'éteignit brusquement, comme si ses forces l'avaient quitté. Il se frottait les yeux d'une façon pénible à voir, comme s'il avait voulu s'aveugler.

« Ça me rend malade, papa. Je… je ne sais pas quoi dire.

– Nous nous vendions comme nous pouvions, reprit mon père avec colère. Et c'est pareil pour vous, les jeunes, à votre manière. Que crois-tu savoir ?

– Tout n'était qu'un mensonge, alors ? Colum n'a jamais "pris sa vie" – on la lui a prise, et tu le savais. Et tu n'as pas essayé d'obtenir justice.

– "Justice" ! Pour qui ? C'est quoi, la "justice" ? Des foutaises. J'aurais été abattu moi aussi, ou jeté dans le Niagara. Tu aurais préféré ça ? »

J'étais bouleversée, écœurée. Je me levai. J'éprouvais brusquement le besoin de fuir cette cuisine sans air, cette maison, Yewville. Mon père chercha à me retenir, mais je l'esquivai. Je me précipitai dehors, il me suivit. Le sol était croûté d'une neige qui semblait avoir la permanence du béton. Nos haleines fumaient. Mon père dit, d'un ton presque implorant : « Je ne voulais pas que ta mère ou qui que ce soit sache combien nous étions près du bord à cette époque. Ç'a été Colum, ç'aurait pu être moi. Je voulais vous protéger, chérie. »

Un jour peut-être je comprendrais. Mais pas à ce moment-là. Je lui dis que je lui parlerais plus tard, que je l'appellerais, mais qu'il fallait que je quitte Yewville. Je partis en voiture, assommée et tremblante comme si mon père m'avait frappée. Je me sentais nauséeuse, comme si j'avais mordu dans quelque chose de pourri et que le poison se répande en moi, impossible à arrêter.

La dernière fois où je vis mon père vivant.

23.

Pas Colum Donaghy, mais Patrick Hassler, la seule personne proche de mon entourage qui ait pris sa vie.

Pris sa propre vie. Mais pour l'emmener où ?

Mon père mourut le matin du nouvel an. Il avait avalé deux douzaines d'antidouleurs, arrosés de bière. Son cœur, selon le médecin légiste, avait tout simplement lâché ; il n'avait jamais repris connaissance ; sa mort avait été *volontaire*.

Si j'en savais davantage, je ne le dis à personne.

Je vivrais avec ce que je savais, et je le supporterais.

Il avait laissé des objets pour ses enfants. Pour nous qui lui survivions. Parmi eux, une vieille enveloppe où mon nom était écrit avec soin et, à l'intérieur, les photos précieuses de Colum Donaghy. L'une d'elles, que je n'avais encore jamais vue, montrait Colum, mon père et moi devant une voiture à la calandre étincelante. Elle était datée de 1950, j'avais quatre ans. Colum et Patrick étaient appuyés chacun contre une aile de la voiture et j'étais posée sur le capot, souriante, les jambes floues, comme si j'avais gigoté à l'instant où la photo était prise. (Par ma mère ?) J'étais une petite fille blonde et bouclée dans une robe rose à fronces. Les deux hommes me tenaient pour m'empêcher de tomber. Un inconnu, en regardant cette photo de nous trois, en ce lointain mois de juin 1950, n'aurait pu deviner avec certitude quels étaient nos liens de parenté, lequel des deux hommes était le père de la petite fille.

Gage d'amour, canicule de juillet

Selon mes calculs *Huit jours devraient faire l'affaire*.

Non que je sois un pathologiste ni un « naturaliste » quelconque. À l'université j'ai le titre de professeur d'humanités. Mes modestes recherches m'en ont néanmoins apporté la quasi-certitude *Huit jours par cette canicule devraient faire l'affaire*.

Parce que je t'ai aimée, je ne cesserai pas de t'aimer. Il n'est pas dans mes habitudes (je pense que tu dois le savoir) de changer. De même que tu as fait vœu d'être *mon épouse*, j'ai fait vœu d'être *ton mari*. On ne peut changer de tels vœux. Cela, tu le sais.

Tu reviendras chez nous, tu reviendras dans notre chambre à coucher. Quand je te ferai signe d'entrer, tu entreras. Quand je t'appellerai, tu viendras à moi. Tu jugeras si mon estimation était correcte.

Huit jours ! Mon gage d'amour.

Voici le paradoxe : l'amour est quelque chose de vivant, et tout ce qui vit doit mourir.

Parfois soudainement, parfois avec le temps.

Tout ce qui vit perd la vie : vitalité, animation, pulsation du cœur et course du sang charriant l'oxygène au cerveau, capacité de résister aux invasions d'organismes prédateurs voraces. Toute chose vivante devient, au sens le plus élémentaire, le plus grossier du terme, une chose morte.

Et pourtant, le paradoxe demeure : dans le corps même de la mort, dans le cadavre même de l'amour, éclot une vie nouvelle et stupéfiante.

Ce gage d'amour que je t'ai préparé, issu du corps même de mon amour.

Tu arriveras seule à la maison, car tu l'as promis. Bien que ayant cessé de m'aimer (affirmes-tu), tu n'as pas cessé d'être une personne intègre, et je sais donc que tu ne violerais pas cette promesse. Je te crois quand tu affirmes qu'il n'y a pas d'autre homme dans ta vie : pas d'autre « amour ». Et donc tu reviendras seule à la maison.

L'arrivée de ton vol de Denver est prévue à 15 h 22. Tu m'as demandé de ne pas venir te chercher à l'aéroport, et j'ai déféré à ton souhait. Tu as dit préférer louer une voiture à l'aéroport, venir par toi-même à la maison et, après avoir vidé placards, tiroirs et étagères des objets que tu désires emporter, repartir seule et passer la nuit dans un hôtel de l'aéroport où tu as fait une réservation. (Il y a huit jours quand j'ai appelé tous les hôtels et motels de l'aéroport pour voir si tu avais fait cette réservation, tu ne t'en étais pas occupée. Du moins pas sous ton nom de femme mariée.) Quand tu arriveras à la maison, tu ne t'engageras pas dans l'allée, tu te gareras dans la rue. Tu contempleras la maison. Tu te sentiras très fatiguée. Tu te sentiras comme une femme en transe… Pourquoi ?

La culpabilité, sûrement. L'appréhension. Cette impression nauséeuse de châtiment imminent quand nous nous rendons compte que nous devons être punis, que nous allons recevoir ce que nous « méritons ».

À moins que tu ne penses simplement : *Dans une heure, tout sera fini. Je serai enfin libre!*

Un peu avant 16 heures tu arriveras à la maison, si toutefois le vol de Denver n'a pas de retard. Tu ne t'attendais pas à arriver dans le Midwest en pleine canicule et tu hésites à quitter l'intérieur climatisé de la voiture. Voilà cinq semaines que tu es partie et maintenant, en contemplant la maison, un peu en retrait de la rue, entourée de grands chênes et de conifères vieillissants, tu souhaiteras penser *Rien ne semble avoir changé.* Comme si tu n'avais pas remarqué que les stores vénitiens des fenêtres, au rez-de-chaussée et au premier, sont hermétiquement fermés. Comme si tu n'avais pas remarqué que l'herbe de la pelouse avait poussé, grainé et commencé à roussir par plaques sous l'implacable chaleur estivale.

Sur l'allée dallée qui mène à la porte d'entrée, des journaux, des prospectus éparpillés. La boîte aux lettres est bourrée d'un courrier qui ne semble pas avoir été ramassé depuis plusieurs jours – *Huit jours!* mais tu ne le sauras pas à ce moment-là.

À ce moment-là tu admettras peut-être que oui, tu te sens mal à l'aise. Coupable et mal à l'aise.

Tu sais combien ton mari est pointilleux sur l'entretien de la maison et du terrain, sur la propreté, l'ordre. À l'extérieur autant qu'à l'intérieur. Il admet que les apparences sont insignifiantes, et cependant : les apparences peuvent signaler qu'un principe d'ordre fondamental a été violé.

Aux marges de l'ordre rôde l'anarchie. Qu'est-ce que l'anarchie sinon une stupidité crasse!

Et donc, remarquant avec malaise que la maison présente des signes de laisser-aller, tu souhaites aussitôt te dire *Mais cela n'a sûrement rien à voir avec moi!* Voilà cinq semaines que tu es partie, et tu ne m'as téléphoné que deux fois, très brièvement. Tu as supplié *Laisse-moi partir, je t'en prie,* comme si j'étais quelqu'un qu'il était besoin de supplier.

Ma bien-aimée! Mon amour.

Tu auras vu : ma voiture garée dans l'allée, à côté de la maison. Et tu sais donc (le cœur serré? avec un frisson d'attente?) que je suis à la maison. (Car j'aurais pu partir – ce que je faisais quelquefois quand nous vivions ensemble, je le reconnais, pour aller travailler à mon bureau de l'université pendant de longues heures de concentration et d'ivresse parfaites où je perdais toute notion du temps.) Non seulement la voiture est dans l'allée, mais je t'ai promis que je serais là, à ton arrivée, afin que nous puissions prendre ensemble les dernières dispositions concernant notre divorce.

La voiture garée dans l'allée est en fait « notre » voiture. Comme la maison est « notre » maison. Car nous avons la propriété conjointe de nos biens. Quoique tu n'aies apporté aucune ressource financière à la communauté et que seuls mes revenus universitaires nous aient fait vivre, nous avons la propriété conjointe de nos biens, car tel était mon souhait.

De même que tu es *mon épouse,* je suis *ton mari.* Symétrie, sainteté.

Ce gage d'amour que je te destine, en hommage à la sainteté du mariage.

Pendant le trajet de l'aéroport à la maison, tu auras eu le temps de réfléchir : de t'entraîner. Tu répéteras ce que tu m'as dit et je tenterai de te faire changer d'avis mais naturellement tu ne changeras pas d'avis *Je ne peux pas revenir, pas plus d'une heure* car tel est le but de ton retour : repartir. Tu es catégorique, ta décision est prise. *Je regrette pardonne si tu peux* tu es sincèrement désolée et néanmoins catégorique.

La maison, notre maison : 119, Worth Avenue. Il y a cinq ans, quand nous nous sommes mariés, tu la trouvais « belle », « exceptionnelle ». Tout comme ce vieux quartier résidentiel, avec ses grandes maisons et ses terrains boisés, bâti sur une colline dominant l'arboretum de l'université. Dans ce quartier appelé University Heights, la plupart des demeures sont de solides constructions en briques, avec ici et là une maison blanche de style colonial, datant des premières décennies du XXᵉ siècle. La nôtre, d'un étage et demi, est de brique rouge sombre et de stuc, toiturée de bardeaux à la pente prononcée. Elle n'est peut-être pas belle, mais elle a de l'allure et de la dignité, avec ses volets noirs, ses fenêtres à petits carreaux, sa véranda vitrée et, au coin droit du premier étage, une curieuse structure victorienne évoquant une tourelle. Tu avais couru voir cette pièce quand l'agent immobilier nous avait fait visiter la maison, mais à ta grande déception ce n'était guère qu'un ornement architectural, inutilisable même pour une chambre d'enfant.

Au téléphone tu avais murmuré *Dieu merci pas d'enfant.*

Depuis que tu as coupé le moteur, la climatisation ne fonctionne plus, et tu sens les premiers picotements de la chaleur. Comme si s'exhalait une haleine gigantesque, chaude, humide et fétide, qui bientôt t'enveloppera.

Si fière de ta promotion, Daryll. Si jeune!

Tu m'embarrassais si souvent devant les autres! Tu m'insultais avec une adorable inconscience! Naturellement tu n'en avais aucune idée. Naturellement tes intentions étaient bonnes. Comme si être le plus jeune professeur titulaire du département des humanités au moment de ma promotion avait la moindre importance à mes yeux.

Mon domaine de spécialité étant la philosophie de l'esprit, c'est l'«esprit» qui importe, et non des attributs insignifiants tels qu'âge ou personnalité. La philosophie dans son entier consiste à appliquer ses facultés mentales à distinguer l'insignifiant et le profond, le fugitif et le permanent, l'Un et le multiple. La fierté est à rejeter d'un point de vue éthique, mais aussi d'un point de vue épistémologique, car comment «tirer fierté» de soi? – de l'être physique dans lequel est logé le cerveau? (Le cerveau étant le réceptacle mystérieux et néanmoins indubitablement organique de l'«esprit».) Et comment «tirer fierté» de ce qui n'est sûrement rien d'autre qu'un accident de naissance?

Tu parlais sans réfléchir, tu n'avais aucune idée de la grossièreté de tes propos. Quoiqu'il y ait une forme d'agressivité subtile dans la naïveté. Tes gaffes ingénues me faisaient tiquer en présence de mes collègues plus âgés (que toute allusion à la jeunesse, comme à l'âge, indisposait sûrement) et en présence de ma famille (qui désapprouvait mon mariage, non parce que tu étais trop jeune, mais parce que tu n'étais qu'une secrétaire de département, fort peu à ma «hauteur», intellectuellement – ce qui m'avait inspiré une remarque mordante, rare chez moi, *Mais qui serait intellectuellement à ma hauteur? Qui, et femme de surcroît?*)

Néanmoins je ne t'ai jamais fait de reproches. Je ne t'ai jamais accusée. Sinon peut-être par ma taciturnité. Mes silences. Les longues périodes où je m'absorbais totalement dans mon travail. Je n'ai jamais parlé des défauts de ton caractère et, si je le fais maintenant, c'est tardivement et sans condamnation. Presque avec une sorte de nostalgie, d'affection mélancolique. Tu avais beau me qualifier de «censeur» et d'«hypercritique»... tu n'avais en fait aucune idée de la façon dont je t'épargnais.

Très souvent.

Le premier choc : la chaleur.

Quand tu sors de ta voiture pour suivre l'allée dallée jusqu'à la porte d'entrée. Un mur de chaleur, des ondes de chaleur miroitantes et presque visibles fondent sur toi. «Oh! Mon Dieu.» Quelques semaines passées à Denver, la Montagnarde, t'ont fait oublier à quoi ressemble une canicule dans cette ville du Midwest au niveau de la mer.

Une chaleur humide oppressante. Tel un nuage d'un gaz lourd et inerte.

La chaleur de mon courroux. La chaleur de ma douleur. Parce que tu es une femme, je t'épargnais, il était rare que je te parle avec dureté même quand tu semblais perdre tout sang-froid et que tu me hurlais *Laisse-moi partir! Laisse-moi partir! Je regrette je ne t'ai jamais aimé laisse-moi partir je t'en prie!*

Cet instant, le premier où j'ai lu sur ton visage ta répugnance pour moi. Je n'oublierai jamais cet instant.

Comme si pendant les cinq années de notre cohabitation, tu avais revêtu un déguisement, joué un rôle et que, brusquement et sans avertissement, comme si tu n'avais pas su ce que tu dirais avant de te mettre à hurler, tu aies rejeté ce déguisement, déchiré le masque pour m'affronter. *Je ne t'aime pas. C'était une erreur. Je ne peux pas rester ici. Je ne peux pas respirer. Laisse-moi partir!*

J'étais sidéré. Je n'avais pas imaginé pareils mots. Je voyais ta bouche remuer, je n'entendais pas des mots mais des sons, des sons étranglés, tu reculais, le visage déformé par le dégoût.

Je t'ai dit alors que je ne pouvais pas te laisser partir. Ne voulais pas te laisser partir. Car comment l'aurais-je pu, tu es *ma femme.*

Me rappelant ce matin neigeux où, quelques mois auparavant, à la fin de l'hiver, tu étais entrée dans mon bureau en mon absence pour poser une carte de Saint-Valentin sur l'appui de la fenêtre, face à mon bureau. Car tu avais souvent de ces gestes, espiègles, enfantins, sans paraître te froisser que je les remarque à peine ou n'y attache guère d'importance. Une enveloppe rouge vif contenait la carte. Absorbé par mon travail, je ne l'avais pas remarquée. Des jours passèrent sans que (de toute évidence) je la remarque et finalement tu es entrée dans mon bureau ouvrir l'enveloppe, en riant de ton rire léger, perlé (qui ne semblait pas accusateur, peut-être juste un peu blessé), et tu as sorti de l'enveloppe rouge une carte comme on pourrait en offrir à un enfant, un chaton pointant la tête hors d'un arrosoir avec, à l'intérieur, en lettres rouge vif : À MON BIEN-AIMÉ. Et ton nom. J'ai contemplé un moment cette carte sans paraître comprendre ce que c'était, un gage d'amour, une carte de Saint-Valentin, fourrée sous mon nez pour que je l'admire.

J'ai peut-être été un peu brusque avec toi, alors. Ou peut-être me suis-je simplement détourné. Ce dont on ne peut parler, il faut le taire. Le bourdonnement affolé des mouches est une sorte de silence, je crois. Comme la nature tout entière : la force aveugle dévorante à laquelle Schopenhauer donne le nom de *volonté.*

Tu avais promis, au moment de notre mariage, que tu ne te froisserais pas. Que tu ne serais pas jalouse de mon travail, bien que sachant que ce travail, puisqu'il est la meilleure partie de moi-même, aurait toujours la priorité sur ma vie privée. Tu avais fait cette promesse librement, quoique peut-être imprudemment. Tu ne serais pas jalouse de ma vie en dehors de toi, et tu ne serais pas froissée. Bravement tu avais juré *Je peux aimer assez pour deux !*

Et néanmoins tu n'as jamais saisi la logistique la plus élémentaire de mon travail. Les principes les plus élémentaires de la philosophie : la quête de la vérité. Bien entendu je n'attendais pas de toi, qui n'es même pas diplômée d'une médiocre université rurale, que tu comprennes mon travail, qui n'est compris que de très rares personnes dans ma profession, mais j'attendais en revanche de mon épouse qu'elle comprenne qu'il n'est pas de travail plus exigeant, plus épuisant et plus héroïque.

Mais nous n'en sommes plus aux promesses trahies. Dans notre maison, ton gage d'amour attend.

Plus jeune, alors que je venais de m'engager dans la quête de la vérité, j'avais imaginé que la grande œuvre de ma vie serait une réfutation définitive de Descartes, qui avait si brutalement séparé « esprit » et « corps » au commencement même de la philosophie moderne, mais de façon inattendue, à l'aube de la trentaine, mon travail le plus original est devenu une corroboration et une clarification de la position cartésienne : à savoir que l'« esprit » habite le « corps » mais n'y est pas subsumé. Car les principes de la logique, ainsi que je l'ai démontré par une argumentation logique, dans une géométrie systématique à la façon de Spinoza, transcendent les simples limitations « corporelles ». Tout cela, transmué dans les symboles les plus précis.

Quand l'amour meurt, peut-il être ressuscité ? Nous verrons.

Sur le perron, tu sonneras. Comme n'importe quel visiteur.

Ne souhaitant pas entrer par la porte de derrière, ainsi que tu le faisais quand tu habitais ici.

Tu appelleras à voix basse : « Daryll ? »

Qu'il est étrange que *Daryll* soit mon nom ! Mon nom de baptême. Pourtant je ne suis guère identique à *Daryll* et dans le langage de la logique on pourrait même affirmer que je ne suis *aucune chose* qui soit *Daryll,* bien que simultanément je ne sois *aucune chose* qui ne soit pas *Daryll.* Plus exactement, *Daryll* n'a aucun rapport avec ce que je suis, ou ce que je suis devenu.

Pas de réponse. Tu essaieras le heurtoir. Et pas de réponse.

Quel silence ! Tu pourrais presque penser qu'il n'y a personne.

Tu sortiras ta clé, rangée dans ton portefeuille, dans ton porte-monnaie. En insérant la clé dans la serrure, tu auras un instant de vertige, tu souhaiteras croire qu'elle ne tourne plus ; que ton mari furieux a changé les serrures et t'a expulsée de sa vie, comme tu désires l'être. Mais non, la clé tourne. Évidemment.

Tu pousses la porte. Une lourde porte en chêne, peinte en noir.

Inconsciemment tu te seras attendue que l'intérieur de la vieille maison de brique sombre soit climatisé, et l'air surchauffé, renfermé, fétide, te frappera au visage. « Bonjour ? Daryll ? Es-tu… »

Que ta voix est faible, trébuchante, à tes propres oreilles ! Et tes narines se pincent sous l'assaut de cette odeur étrange, inattendue.

Forte, fétide. Douceâtre comme celle de fruits pourris, mais plus virulente. Chair pourrie ?

Pardonne je t'en prie !
Ne peux pas revenir. Pas plus d'une heure.
C'était ma faute, je n'imaginais pas…
… dès le début, je crois que j'ai su. L'erreur que nous avions faite tous les deux.
Oui je le reconnais, j'étais flattée.
… Jeune, ignorante. Et vaniteuse.
Que toi, le plus brillant des jeunes professeurs du département…

Essayé de t'aimer. D'être une bonne épouse. Mais...

Juste pour prendre mes affaires. Ce que je ne pourrai pas emporter, tu pourras le donner à Goodwill. Ou le jeter aux ordures.

... la façon dont on parlait de toi, dans le département. Ton intégrité, ton génie. Et têtu, et fort...

Si j'en avais su davantage! Davantage sur les hommes. Comme toi j'étais timide, les hommes me faisaient peur, je crois. Vierge à vingt-cinq ans...

Non. Je ne crois pas.

Même au début, non. En y repensant maintenant, je crois que non, à aucun moment. C'était une sorte de...

... une mascarade, une comédie. Quand tu as dit que tu pensais m'aimer. Je voulais tellement croire...

Et ce bruit: un murmure, un bourdonnement pareil à celui de voix assourdies derrière une porte fermée.

« Daryll ? Tu es... là-haut ? »

Te disant *Va-t'en! Fuis!*

Pas trop tard. Fais demi-tour. Vite!

Pourtant tu te dirigeras vers l'escalier. Le large escalier au tapis couleur canneberge, usé au centre par des années de pas ayant précédé les nôtres. Comme une somnambule, tu agrippes la rampe pour assurer ta montée.

Est-ce la culpabilité qui te pousse ? Une curiosité nauséeuse de ce que tu vas découvrir ? De ce qu'il est de ton devoir, en tant qu'*épouse*, de découvrir ?

Tu souriras, un petit sourire figé. Les yeux écarquillés et pourtant voilés, comme aveugles. Le cœur battant telles les ailes d'un oiseau prisonnier.

Si tu t'évanouissais. Tu ne dois pas t'évanouir! Le sang se retire de ton cerveau, tu sens la nuit menacer aux bords de ta vision; et ta vision se rétrécit, comme un tunnel.

En haut de l'escalier, tu t'immobilises pour t'éclaircir l'esprit. Sauf que tu n'y parviens apparemment pas. Ici, l'odeur est très forte. Une odeur qui se confond avec la chaleur, les ondes miroitantes de chaleur. Tu as des haut-le-cœur, la nausée. Pourtant tu ne peux pas faire demi-tour, tu dois te diriger vers la chambre à coucher au fond du couloir.

Tu passes devant la charmante petite pièce de la tourelle avec sa baie vitrée et sa banquette garnie de coussins. La pièce que tu avais imaginé pouvoir être la tienne, ou une chambre d'enfant, mais qui s'était révélée bien trop petite.

La porte de la chambre à coucher est fermée. Tu y appuies le plat de ta main, tu en sens la chaleur. Tu penses encore, presque avec calme *Non. Je suis assez forte pour résister.*

Tu oses empoigner le pommeau. Tu oses ouvrir la porte. Lentement.

Quel formidable bourdonnement! Un bruit de flammes qui crépitent. Et cette odeur fétide de pourriture, qui te submerge comme un bruit assourdissant, noyant tes capacités de compréhension.

Quelque chose frôle ton visage. Lèvres, yeux. Tu l'écartes de la main, affolée. « Daryll ? Tu es… là ? »

Car il y a un mouvement dans la pièce. Quelque chose qui ondule, fluide, vivant, irisé, scintillant : et cependant non humain.

Dans la grande chambre à coucher aussi, les stores vénitiens sont tirés. Elle baigne dans une lumière verte sous-marine. Il te faut plusieurs secondes pour te rendre compte que la pièce est envahie de mouches. Ce bourdonnement que tu entends est celui des mouches. Des milliers, des millions ?… Des mouches qui recouvrent les murs, le plafond. Et le tapis, qui paraît taché de sombre. Et sur le lit, un beau lit à colonnes acheté avec la maison, un meuble victorien d'époque, une couverture mouvante de mouches sur une silhouette humanoïde qui semble en partie fondue dans la literie. Est-ce… qui est-ce ? Le visage, ou ce qui a été un visage, n'est plus reconnaissable. La peau, tendue à éclater comme une saucisse brûlée, noircie, n'a plus une texture de peau mais semble une sorte de pulpe, liquéfiée. À l'image des mouches scintillantes qui fourmillent follement partout, cette peau diffuse une sombre lueur irisée. Le corps est devenu un corps ballon boursouflé, que se disputent des grappes de mouches. Ici et là, dans les ouvertures qui étaient la bouche, les narines, les oreilles, un grouillement blanc, un remuement frénétique de vers pareils à des grains de riz. La gorge de la silhouette humanoïde semble avoir été tranchée. Le couteau à steak ensanglanté est à côté, à l'endroit où il a été lâché. Les bras de la silhouette, couverts de mouches, reposent sur le lit, frémissants, comme prêts à se tendre pour une étreinte de bienvenue. Partout, un sang noir, coagulé, qui imprègne les vêtements de la silhouette, la literie, le lit, le tapis. L'odeur de pourriture est suffocante. L'odeur de charogne. Pourtant tu sembles incapable de te détourner. Ce qui t'a empoignée ne t'a pas encore libérée. La pièce entière est une blessure écarlate, le lieu du plus lancinant des mystères, bouillonnant d'une vie intérieure et secrète. *Ton mari* n'est pas mort, n'a pas disparu, mais est passé dans une autre dimension d'être, il t'observe à travers une galaxie d'yeux minuscules et fixes : le bourdonnement est sa voix, multipliée par des millions. Des mouches frôlent ton visage. Des mouches frôlent tes lèvres, tes cils. Tu les chasses, tu t'avances vers la silhouette sur le lit.

Ma bien-aimée ! Mon amour.

Mauvaises Habitudes

Ils sont venus nous chercher à l'école. Ils n'ont pas expliqué pourquoi. Sur leur visage, un avertissement *Pas de questions*.

Oncle S., tante B. Nous avons eu du mal à les reconnaître tellement leur visage avait changé.

Ils nous ont emmenés très vite. Dans le couloir, le principal nous a regardés tout étonné. *Que se passe-t-il ? Une urgence familiale ? Pourquoi… ?*

Des visages d'adultes inquiets, incrédules. Des visages d'adultes qu'on scrute avec anxiété pour connaître son sort.

A. était le plus jeune, il essayait de ne pas pleurer. Il y avait T., qui avait onze ans. Il y avait D., treize ans.

Essayer. De ne pas. Pleurer.

Oncle S. conduisait. Tante B. regardait droit devant elle.

À l'arrière, D. était assise entre nous. D. était notre sœur aînée et serrait fort nos mains.

Comme dans un wagon de montagnes russes, attaché à votre siège sans pouvoir vous échapper vous montez avec une terrible lenteur au sommet d'une colline incroyablement haute et puis, d'un coup, vous tombez, tombez, tombez ! En hurlant.

Pas de questions ! Pas de questions !

A. pleurnichait et s'essuyait le nez. A. savait que mère était morte.

T. regardait par la vitre. T. pensait que ce devait être père, ils allaient à l'hôpital voir père qui avait eu une crise cardiaque au travail.

D. fermait les yeux. Tâchant de ne pas penser à ce qui nous attendait à la maison. Tâchant de ne pas penser que la maison avait sans doute brûlé. Tâchant de ne pas penser que mère et père étaient sans doute morts tous les deux. Tâchant de ne pas se sentir un peu excitée à l'idée que ça ferait d'elle quelqu'un de spécial à l'école : une orpheline.

À l'avant de la voiture, oncle S. et tante B. conféraient à voix basse. Les mots étaient indistincts, mais pas le ton : anxieux.

Une décision fut prise. Oncle S. tourna dans notre rue. Mais quelques pâtés de maisons plus loin la rue était barrée.

Oncle S. demanda qu'on le laisse passer. Oncle S. montra son permis de conduire à un agent de police. Des flashs d'appareil photo illuminèrent oncle S. qui mit la main devant son visage. Oncle S. implorait. Oncle S. parlait d'une voix fêlée. Nous entendîmes oncle S. dire *Non je ne suis pas son frère. Je suis son frère à elle.*

On autorisa oncle S. à franchir le barrage de police.

Quelque chose était arrivé dans notre rue. On aurait cru qu'il y avait eu un incendie ou une explosion. Des voisins étaient sortis sur leur pelouse et regardaient, la main en visière. Des inconnus grouillaient dans la rue et sur les trottoirs. Il y avait beaucoup de policiers en uniforme. Des photographes couraient à côté de notre voiture. Il y avait un ruban jaune autour de notre maison.

Un ruban jaune autour de notre maison ! À la limite de la pelouse que père veillait à tailler court et à débarrasser de toutes, ou presque toutes, ces sales mauvaises herbes, pissenlits et digitaires. À la limite de notre terrain où il y avait un grillage d'un mètre sur lequel mère faisait grimper des rosiers en été.

Notre maison faisait vraiment étrange! Pourtant on ne lui voyait rien de changé.

Tout ce que nous regardions avait l'air étrange. La lumière aveuglante des flashs. Des visages inconnus comme des masques de peau tendue. Un vacarme de voix à ne rien entendre.

Tante B. nous dit *Ne descendez pas les vitres! Baissez la tête!*

Oncle S. s'engagea dans notre allée où les inconnus n'avaient pas le droit de nous suivre. Il y avait des agents de police sur le chemin menant à la porte de la cuisine, près du garage. Très vite alors, mère est sortie. Très vite, elle est venue à la voiture. Elle était courbée en deux, se cachait le visage dans ses mains.

Mère s'est serrée sur le siège arrière avec nous. Mère a pris A. qui était le plus jeune sur ses genoux. Oncle S. a fermé la portière que mère était trop faible pour fermer. *Emmenez-moi loin d'ici! Oh mon Dieu.*

Et alors nous avons su: ce qui était arrivé de mal était arrivé à père.

En faisant beaucoup de détours, nous sommes allés chez oncle S. et tante B. qui habitaient à plusieurs kilomètres. Et pourtant dans la rue, sur la pelouse et dans l'allée, des inconnus étaient déjà là, qui attendaient.

Des journalistes. Des photographes. Des équipes de télévision. Une voiture de police, garée dans l'allée.

Les voilà! Sa femme! Ses enfants!

Tante B. se mit à hurler. Oncle S. jura. Sur le siège arrière mère nous étreignit, tous les trois ensemble, comme pour essayer de nous protéger, en même temps qu'elle enfouissait son visage mouillé de larmes dans les cheveux de D.

Oncle S. protesta contre la présence de ces intrus dans sa propriété privée, mais ils se jetèrent quand même sur nous. Ils nous poursuivirent quand même en vociférant. Les agents de police ne semblaient pas beaucoup nous plaindre. Mère nous agrippa et nous tira quand nous nous précipitâmes dans la maison. Nous savions déjà baisser la tête et nous cacher le visage derrière nos mains. Nous savions déjà courir pliés en deux en tâchant de ne pas entendre les cris qu'on nous lançait comme des pierres.

Madame! Voudriez-vous dire quelques…

… votre mari est innocent, d'après vous?

… coupable? D'après vous?

… êtes-vous surprise…

… soupçonniez-vous…

… quelque chose dans son comportement…

… relations conjugales…

Dans la maison nous nous cachions. Nous nous cachions au premier. Les fenêtres de la maison étaient toujours fermées. Les stores étaient tirés. Toujours. La maison n'était pas sûre. Mère était au lit les couvertures sur la tête. Nous l'entendions prier. *Ô mon Dieu je t'en prie mon Dieu viens-nous en aide. Viens-lui en aide. Fais que ce soit une erreur.* Même au premier les stores étaient toujours tirés. Nous nous cachions dans nos lits. Nous n'avions pas le droit de regarder la télé. La maison n'était pas sûre. Il y avait des inconnus dans la rue. Dans la rue, des inconnus avaient le droit de se rassembler. Il y avait des équipes de télévision: WBEN-TV, WWSB-TV, WTSM-TV. A. ne pouvait pas dormir seul. Mais A. mouillait souvent son lit. T. n'arrivait pas à dormir. D. n'arrivait pas à dormir. On nous donnait à manger. Nous étions dans une chambre tous ensemble. Nous dormions ensemble comme des chiots. Nous demandions où était père. On nous disait qu'il était parti. Nous entendions des voix dehors. Un hélicoptère de la télévision tournait au-dessus de la maison. Mère se cachait sous les couvertures. Pendant longtemps Mère ne parla pas. Mère se mit à pleurer. Mère se mit à hurler. Mère était en état de choc nous expliqua-t-on.

En état de choc, la pauvre ne s'en remettra jamais.

C'est forcément une erreur. Ce n'est pas possible…

Mariée avec lui pendant quinze ans, quel…

… idiote de ne pas savoir. De ne pas soupçonner.

Les enfants! Pense aux enfants.

Les enfants de Mauvaises Habitudes? Ou…

Nous n'avions pas le droit de quitter la maison. Nous n'avions pas le droit de jouer dehors. Nous n'avions pas le droit de retourner à l'école. On nous dit que notre présence « perturberait » les autres. On nous dit que rien de ce que nous avions fait n'était mal ou vilain ou méchant mais que malgré tout on ne voulait pas de nous à l'école. Mère nous fit agenouiller près d'elle. *Priez! Priez Dieu qu'Il soit clément.* D. refusa de s'agenouiller. D. refusa de prier. D. supplia qu'on la laisse retourner à l'école. D. venait d'être élue au comité des délégués de classe quand on nous avait retirés de l'école. D. venait d'être élue pour représenter sa classe de quatrième. D. hurla que ce n'était pas juste. D. hurla qu'elle détestait père. Mère se mit à trembler. Mère se mit à grelotter. Mère avait des douleurs à la poitrine et n'arrivait pas à respirer. Mère n'avait pas encore quarante ans mais elle avait des douleurs à la poitrine et n'arrivait pas à respirer et il fallut l'emmener à l'hôpital en ambulance. Nous n'avions pas le droit d'aller la voir à l'hôpital. Nous n'avions pas le droit d'aller voir papa là où on le gardait.

On nous a emmenés dans une autre maison. Il y a eu une autre maison où on nous a emmenés. On nous a suivis. Une camionnette WXCT-TV est arrivée dans un grondement de tonnerre à la hauteur du véhicule dans lequel nous étions. Des caméras de télévision ont été braquées sur nous. Des voix au mégaphone ont hurlé. Des microphones nous ont été fourrés sous le nez. *L'arrestation de votre papa vous a-t-elle surpris? Vous croyez que votre papa est innocent? Vous aimez votre papa? Est-ce que votre papa était très sévère? Irez-vous au procès? Êtes-vous tristes pour les enfants étranglés? Est-ce que vous priez pour votre papa? Avez-vous un bon souvenir de votre papa que vous pourriez partager avec nos téléspectateurs?*

Nous habitions maintenant avec grand-père et grand-mère. C'était une autre maison dans une autre ville. C'était un autre moment. Nous n'avions pas vu notre père depuis longtemps. Quand nous posions des questions, on nous répondait *Volonté de Dieu* et *Pas de questions!* Mère était de nouveau avec nous. Mère était revenue de l'hôpital. Mère sentait l'hôpital. Mère voulait nous étreindre et nous embrasser, mais nous nous reculions. Grand-père et grand-mère étaient les parents de mère. Grand-père et grand-mère étaient très vieux. Grand-père a recouvert toutes les fenêtres de papier d'aluminium à l'intérieur pour que des inconnus ne puissent pas nous épier. Grand-mère tirait les stores de toutes les fenêtres. Il ne faisait jamais jour, toujours nuit. La télé était pour les adultes. Les journaux étaient pour les adultes. Là, on nous emmenait à l'église. Nous avions le droit d'aller à l'église avec grand-père, grand-mère et mère. Ce n'était pas notre ancienne église, mais c'étaient les mêmes prières. On chantait les mêmes hymnes. On lisait les mêmes versets de la Bible. On prêchait les mêmes sermons. Dans notre ancienne église, père avait récemment été élu président du conseil d'église. Dans notre nouvelle église, le pasteur priait pour père et pour la famille de père. Mère était *la femme de*, nous étions *les enfants de*. Il y avait moins de photographes maintenant, mais il fallait quand même faire attention parce que des inconnus se précipitaient sur nous au moment où nous nous y attendions le moins. Grand-père devenait furieux. Furieux comme un frelon disait grand-mère. Grand-père refusait de sortir sans chapeau. Grand-père commença à couvrir sa tête chauve et cabossée d'un petit bonnet en feuille d'aluminium avant de mettre son chapeau pour sortir. Grand-mère gardait tous les stores de toutes les fenêtres fermés. Grand-mère ne pouvait plus tricoter ni faire de crochet parce que ses mains arthritiques tremblaient. On retrouva grand-mère en train d'errer dans le quartier en chemise de nuit, pieds nus. Grand-mère prenait beaucoup de médicaments à cause d'une maladie appelée dyskinésie. Grand-mère et grand-père nous embarrassaient beaucoup et nous souhaitions qu'ils meurent vite. Nous souhaitions retourner dans notre ancienne maison et retourner dans notre ancienne école comme avant, et peut-être que ce qui était arrivé à père ne serait pas encore arrivé. Nous le souhaitions très fort !

Mauvaises habitudes. Nous prenions de mauvaises habitudes.

Nous ne nous souvenions pas très bien de père. Quelquefois en entrant dans une pièce l'un de nous voyait son ombre sur un mur, étirée jusqu'au plafond. Quelquefois au beau milieu de la nuit l'un de nous l'entendait rôder et marmonner tout seul au rez-de-chaussée. Une mauvaise odeur de gaz paternels flottait dans la salle de bains du haut, quelquefois. Un souvenir de père dans les yeux larmoyants de mère.

Ce n'est qu'un mauvais rêve, mes enfants. Une terrible erreur. Je prie pour cette révélation et vous devriez prier aussi.

Nous détestions mère ! Nous aimions mère mais ne supportions pas son odeur d'hôpital.

Il nous était interdit de savoir quoi que ce soit sur père parce que ce serait «trop bouleversant», «déformé», «exagéré», mais nous avons fini par savoir certains faits, bien sûr. Nous savions que père était souvent à la télévision et dans les journaux parce que dans tout le Midwest il n'y avait personne de plus célèbre que lui. Personne de plus reconnu que lui. Personne dont on parle et discute davantage. Personne pour qui l'on prie davantage dans les assemblées de fidèles. Personne que l'on accable davantage. Quand les vieux faisaient la sieste, nous nous échappions de la maison. Même A., qui ne voulait pas rester seul. Dans le magasin 7-Eleven nous regardions les titres des journaux. La couverture d'un tabloïd. Des photos en première page de père qui était «Mauvaises Habitudes». Un homme que nous n'aurions peut-être pas reconnu tout de suite, plus vieux que nous nous le rappelions, mal rasé, des yeux étincelants, enfoncés sous des sourcils grisonnants, des lèvres épaisses qui semblaient tordues par une jubilation secrète. «Mauvaises Habitudes» inculpé de dix-neuf chefs d'accusation de meurtre. Le tueur en série présumé reste muet à la lecture de l'acte d'accusation. «Mauvaises Habitudes» : douze ans de terreur, de tortures et de meurtres sauvages. Pourquoi ? Un employé des services publics, 53 ans, arrêté pour des meurtres sadiques. L'abominable Mauvaises Habitudes : un père de trois enfants, ancien responsable scout et membre «dévot» de l'Église du Christ. D. se mit soudain à rire. T. qui regardait avec des yeux écarquillés se mit à rire. A. qui n'était pas sûr que ce soit père de toute manière renversa le présentoir en poussant un cri de colère et nous nous précipitâmes hors du magasin avant que l'employé stupéfait ne pût nous arrêter.

Mauvaises habitudes de cet été-là.

D. qui avait été fière de ses cheveux commença à se les arracher. Un seul à la fois, sans vraiment remarquer ce qu'elle faisait.

T. commença à se ronger les ongles. D'abord ceux des pouces, puis les autres doigts. Quelquefois même dans son sommeil. Il se réveillait pour cracher des bouts d'ongle. Beurk!

Le pauvre A. se curait le nez. Il le faisait déjà avant l'arrivée de Mauvaises Habitudes dans notre vie, mais maintenant ses ongles ne laissaient plus son nez en paix, ils fourrageaient dans les narines, en attaquaient l'intérieur fragile, provoquaient des saignements.

Rôder dans la maison la nuit. Rôder dans la maison.

Chercher la pièce où l'ombre de père attendait peut-être.

Sortir secrètement de la maison quand les adultes dormaient. Fouiller dans les ordures des voisins. Derrière le 7-Eleven.

LE TUEUR EN SÉRIE N'EXPRIME AUCUN REPENTIR : « VOLONTÉ DIVINE » ?

DEMI-AVEUX DE MAUVAISES HABITUDES : D'AUTRES CADAVRES DE VICTIMES ?

DES ÉCHANTILLONS D'ADN CORRESPONDRAIENT AU SPERME TROUVÉ SUR LES LIEUX DE CRIME : PERVERS SEXUEL ?

Il y eut des audiences. Il fut question d'un procès. Mère était courageuse et optimiste parce qu'elle croyait que, s'il y avait un procès, le nom de père (qui était le nôtre) serait blanchi. *Le nuage mauvais se dissipera. Le cauchemar prendra fin.*

Nous devions prier avec mère. Nous ne nous attendions pas à ce que le cauchemar prenne fin.

Nous étions les enfants de Mauvaises Habitudes. Pour nous le mystère était *Pourquoi père avait-il choisi ceux qu'il avait choisis?*

C'était la clé de tout! Si seulement nous arrivions à savoir *pourquoi.*

Mais secrètement nous étions contents que père refuse de coopérer avec ses geôliers. On disait de Mauvaises Habitudes qu'il était une « énigme », « le visage du mal ». Quand on l'interrogeait, Mauvaises Habitudes restait « muet ». Mauvaises Habitudes ne manifestait « aucun remords ». Nous finîmes par croire que c'était peut-être à nous, les enfants de Mauvaises Habitudes, qu'il revenait de percer le code de son silence.

Une façon pour père de communiquer avec nous, ce qu'il avait rarement fait quand, dans une autre vie semblait-il, nous vivions tous en famille.

Pauvre grand-père mourut soudainement d'une attaque, le couvre-chef en feuille d'aluminium ne put le sauver. Pauvre grand-mère devint trop infirme et trop sénile pour vivre sans assistance médicale. Mère pleura quand elle confia grand-mère à une institution. Pourtant mère ne désespérait pas, elle attribuait à père les malheurs qui nous frappaient.

Un jour, grand-mère reviendra vivre avec nous. Un jour, le nom de votre père sera blanchi.

Mère nous emmena vivre dans une autre ville, avec des parents plus lointains. Mère était reconnaissante et nous enseigna à l'être aussi. Nous ne devions jamais nous plaindre. Nous devions accomplir les tâches ménagères qui nous seraient demandées dans la maison d'oncle G. et de tante C. Nous devions manger dans la cuisine et nettoyer sans faute après nous. D., l'aînée, devait surveiller T. et A., ses jeunes frères, quand mère n'était pas là. Dans ce nouveau foyer, nous fûmes plus optimistes, du moins au début. Nous ne savions pas que l'avocat de père assurait à mère que plaider « non coupable » de tous les chefs d'accusation était la stratégie la plus avisée, les preuves identifiant père avec Mauvaises Habitudes étant purement (quoique massivement) indirectes. Nous ne savions pas que le pasteur et de nombreux fidèles de notre ancienne église, obstinément convaincus que père ne pouvait pas être l'homme qui avait terrorisé sa ville natale par intermittence pendant douze ans, encourageaient mère à espérer et à «prier sans trêve» pour une issue favorable. Nous ne savions donc pas que l'optimisme de mère, qui conditionnait la nôtre, était peut-être injustifié. Nous étions contents que dans cette nouvelle maison mère ne nous surveille pas aussi étroitement et parle même vaguement, mais avec enthousiasme, de nous inscrire dans un collège à l'automne.

Nous avions toujours un sommeil inquiet et agité, comme si nous étions dévorés vivants par des puces. Nous nous glissions toujours hors de nos lits pour rôder dans la maison obscure tels des chats sauvages. Dolores, Trevor, Albert: enfants de Mauvaises Habitudes.

Dolores voulait croire *Nous pouvons être comme les autres enfants. Personne ne nous connaît ici.*

Mais Dolores voulait percer le code secret du silence de Mauvaises Habitudes. *Pourquoi père avait-il choisi ceux qu'il avait choisis?*

Trevor et Albert ne pouvaient pas l'aider beaucoup. Trevor continuait à croire que père n'était peut-être pas Mauvaises Habitudes, pas vraiment. Mauvaises Habitudes était peut-être quelqu'un qui s'était emparé de père, comme les pirates de la route? C'était peut-être ça? Albert était trop jeune pour savoir ce qu'il fallait penser ou ne pas penser, ce qui était réel et ce qui était un mauvais rêve, raison pour laquelle le pauvre Albert se tripotait le nez jusqu'à avoir les doigts tachés de sang.

Quelquefois Dolores elle-même ne savait pas vraiment si elle était réelle ou (d'une certaine façon) une fille dans les rêves des autres. Il y avait des moments de faiblesse où elle pensait que, maintenant que nous vivions chez oncle G., dans une maison beaucoup plus grande et aérée que celle de nos grands-parents, nous étions pris dans les rêves d'oncle G.

Ou peut-être les rêves de père ?

Dolores découvrit que la maison où nous habitions se trouvait à environ cinq cent soixante kilomètres de la maison d'arrêt où père était incarcéré. Dolores croyait que, la nuit, les pensées volaient plus vite et plus facilement à travers l'espace que le jour.

Mauvaises Habitudes était un enfant du Midwest. Des Grandes Plaines. Mauvaises Habitudes avait sévi des deux côtés du Mississippi pendant ses douze années de meurtres : onze victimes habitaient sur la rive est du fleuve, huit sur la rive ouest. Dolores pensait que cela *signifiait quelque chose*. Elle arrachait ses cheveux un à un, cherchant avec anxiété et ardeur quel pouvait être ce sens.

Trevor faisait remarquer que nous avions habité sur la rive est du Mississippi, et après ? *C'était un hasard. Rien d'extraordinaire.*

Il arriva qu'oncle G., qui avait le sommeil léger, fut réveillé plusieurs fois en pleine nuit par les enfants de Mauvaises Habitudes qui rôdaient dans la maison. Cela ne plut pas à oncle G., même si mère tâcha de lui expliquer que nous n'avions pas de mauvaises intentions et que nous ne le ferions plus. Malgré cela, il arriva qu'oncle G. entendit des craquements dans l'escalier, des bruits de pas dans le vestibule. Sans bruit il descendit au rez-de-chaussée et alluma, découvrant nos visages furtifs de chats sauvages : *Que faites-vous debout à une heure pareille ? Retournez vous coucher !*

Une lueur de peur dans les yeux d'oncle G.

L'ombre de père n'était pas encore apparue dans la maison d'oncle G. Nous n'arrivions pas à la trouver et ne souhaitions pas la trouver, mais nous nous sentions obligés de chercher.

C'était l'été. Il n'y avait pas école. Nous n'étions pas des monstres pour être toujours à la maison quand les autres enfants étaient l'école. Nous travaillions dur – très dur ! – même Albert, qui était menu pour son âge et se fatiguait vite – à faire nos corvées ménagères, nous prenions tous nos repas dans la cuisine et nettoyions derrière nous à la manière de souris affamées, et pourtant nous entendions tante C. se plaindre de nous à mère derrière les portes fermées.

Tes enfants. Mauvaises habitudes. Devrais surveiller !

Mère vint nous trouver, elle pleura sur nous. Mère nous étreignit, nous embrassa, pria *Épargne mes enfants Jésus. Aide mes enfants à être bons. Entre dans leur cœur Jésus, sauve-les des voies du péché.* Mère avait une odeur âcre de cendres qui n'était plus celle de l'hôpital, mais qui nous prenait aux narines.

Quelquefois, quand elle sentait notre regard sur elle, sur le fantôme aux cheveux hirsutes et aux yeux durs qu'elle était devenue, mère poussait un petit cri blessé, enfonçait ses doigts crochus dans nos épaules et secouait, secouait à nous en faire claquer les dents dans la tête.

Mauvais sujets ! Vous n'avez pas honte ! C'est une épreuve à laquelle Dieu nous soumet.

Nos mauvaises habitudes finirent par se confondre. Comme nos rêves se confondaient. Car il arriva que Trevor se tripota le nez en plus de se ronger les ongles. Dolores se rongea les ongles en plus de s'arracher les cheveux. Albert se rongea les ongles, s'arracha les cheveux, mouilla ses draps en même temps que, sans pouvoir s'en empêcher, il se tripotait le nez à faire saigner ses narines tendres.

Il arriva que, dans l'une des salles de bains du premier, une légère mauvaise odeur de gaz commença à se faire sentir. Sur le mur du fond, si l'on entrait dans une pièce sans précaution, l'ombre d'un homme, étirée jusqu'au plafond, commença à apparaître.

Dolores se cachait. Dolores faisait des listes. Pendant que ses frères shootaient dans un ballon dans le jardin de derrière, imitaient les jeux de garçons normaux en courant et piaulant comme de petits chiens fous, Dolores écrivait des colonnes de noms dans son cahier d'écolière. Se disant *Je serai celle qui percera le code de Mauvaises Habitudes.*

Aucun de nous ne se souvenait plus très bien de père maintenant. Avant Mauvaises Habitudes.

Toute fière, Dolores se disait *Je verrai père, et je lui dirai que je sais pourquoi. Moi seule!*

Mais quand mère alla rendre visite à père, aucun de nous ne fut autorisé à l'accompagner. Même pas Dolores qui avait treize ans et qui était grande pour son âge.

Pas encore! Bientôt. Mère était distraite et agitée quand elle fit ces promesses. Comme elle était trop nerveuse pour prendre l'avion ou des transports publics, oncle G. proposa de l'emmener en voiture, mais lui ne voulait pas voir père.

En descendant l'escalier avec sa valise, qu'elle tenait à porter elle-même, mère glissa, se tordit la cheville et manqua dévaler la tête la première une demi-douzaine de marches. *Oh! Oh!* cria mère comme un oiseau blessé. Mais elle se remit vite.

Quand mère revint de sa visite, épuisée et titubante, elle passa devant nous sans dire un mot, monta au premier et s'enferma dans sa chambre. Oncle G. refusa de parler de la visite. Par conséquent nous apprîmes en écoutant aux portes que mère n'avait pas pu parler à père parce que père avait été «distant», «froid». Nous apprîmes aussi la nouvelle choquante que l'avocat de père s'apprêtait à plaider non coupable pour cause d'aliénation mentale, ce qui était admettre la culpabilité de père et qui ne pouvait pas être vrai, parce que père n'était pas fou.

Juste assommé par ce qui lui arrivait, accablé et perdu, pensait mère. Comme nous tous.

Nous fûmes indignés. Même Albert, qui ne se souvenait pratiquement plus de père. *Notre père n'est pas fou!*

À cinq cents mètres de la maison d'oncle G., il y avait un parc municipal. Des terrains de jeux, des aires de pique-nique, des sentiers en copeaux de bois. La majeure partie du parc, plusieurs dizaines d'hectares, était une réserve naturelle en zone humide, sauvage et grouillante d'oiseaux, d'insectes, de serpents. Les ongles de Trevor étaient rongés jusqu'à la pulpe, ce qui rendait difficile et exaspérant le curage de nez et distendait tellement ses narines qu'il n'osait plus se regarder dans une glace. Trevor pénétra dans le parc en rêvant qu'il allait se perdre dans les marais et qu'on ne retrouverait que ses os blancs et propres, nettoyés par les vautours. *Il regrettera alors*, se disait-il vaguement. *Ce qu'il nous a fait.*

À qui Trevor pensait n'était pas très clair. En fait, il avait quitté la route d'accès à la réserve et, accroupi dans l'herbe, il regardait des garçons jouer au football sur un terrain découvert. Le lendemain, il y retourna. Et le jour d'après. Les garçons avaient son âge ou un peu plus. Des garçons costauds, braillards, énergiques, qui envoyaient le ballon d'un bout du terrain à l'autre, hurlaient, riaient, et juraient à l'imitation d'adolescents plus âgés. Ils finirent par remarquer Trevor, qui les observait avec envie. Leurs voix railleuses le firent sursauter *Ton père est un mauvais homme! Retourne chez toi, en enfer!*

Trevor évita le parc pendant plusieurs jours. Quand il revint, les garçons l'attendaient. En embuscade, armés de cailloux, de pierres tranchantes. Ils se ruèrent sur lui en criant *Monstre! Monstre! Retourne chez toi, en enfer!* et Trevor s'enfuit, frappé dans le dos, sur le côté de la tête, une coupure sanglante au-dessus de l'œil.

Un étrange réconfort, constata-t-il. À se savoir détesté, ostracisé. Sans rien pouvoir y faire.

Pourquoi ? Pourquoi ? Une question à laquelle Trevor réfléchit plus souvent dans les limbes de l'été.

Mère était presque remise de sa dépression nerveuse après sa visite à père. Mère était déterminée à nous emmener nous promener dans la nature. Longtemps avant d'avoir rencontré père et d'avoir ce qu'elle appelait « mes bébés », elle avait été une ornithologue amateur passionnée qui battait les marais avec des amis lève-tôt pour observer les oiseaux migrateurs à la jumelle. Plusieurs fois cet été-là mère nous emmena dans la réserve naturelle, mais ces sorties furent décevantes et de courte durée, car mère se fatiguait vite et nous étions maussades, boudeurs, anxieux, et distraits par nos mauvaises habitudes – tripoter, ronger, arracher – qui nous suivaient partout où nous allions telles des ombres fiévreuses.

Une fois encore, Trevor retourna dans le parc. Au terrain de foot. Les garçons furent stupéfaits et indignés de le découvrir accroupi dans l'herbe comme les autres fois. Quand ils se ruèrent sur lui, Trevor se releva, ramassé sur lui-même, et jeta un morceau de béton déchiqueté, gros comme un enjoliveur, sur le garçon le plus proche. Par chance, le béton frappa l'épaule, et non le visage railleur visé par Trevor.

Un hurlement de douleur, un ruisselet de sang vif. Trevor rit. *Maintenant tu sais.*

Il se cacha dans le sous-sol de la maison d'oncle G. Derrière la chaudière jusqu'à ce qu'un policier frappe à la porte d'entrée avec un mandat d'arrêt du tribunal pour enfants.

Mauvais sujet ! Mauvaises habitudes.

Il y avait des jours où Dolores pensait être près de déchiffrer le code.

Il y avait des jours où Dolores désespérait de jamais déchiffrer le code.

En secret, Dolores avait réuni les noms des victimes (connues, supposées) de Mauvaises Habitudes. Ces noms, elle les groupait par colonnes. Son cahier était rempli de colonnes. Alors qu'avant de devenir la fille de Mauvaises Habitudes, Dolores s'intéressait peu aux activités intellectuelles, n'était pas une enfant particulièrement réfléchie ni sensible, encore moins une enfant portée à méditer sur les mobiles mystérieux d'autrui, elle passait maintenant l'essentiel de son temps seule, à méditer. Infatigablement elle écrivait des colonnes de noms dans son cahier, toujours selon des arrangements différents. Dans sa première colonne, elle avait simplement répertorié les noms des victimes dans l'ordre chronologique de leur mort, d'août 1993 à mars 2005 :

Suzanne Landau	Melissa Patch
Tracey Abrams	Alice Taub
Duane Fitch	Carrie Miller
Gladys Zelmer	Sallie Miller
Eli Nazarene	Dennis Miller
Willis Rodman	Bobbie Dix
Donna May Emory	Allan Sturman
Alfred Myers	Molly Sturman
Thomas Flaxman	Ginny Hahn
Steven Etchinson	

D'autres colonnes classaient maintenant les victimes par ordre alphabétique, par ordre ascendant d'âge (sept mois pour la plus jeune, soixante-deux ans pour la plus âgée), par types de mort (strangulation, coups de couteau, instruments «contondants»), ou indiquaient si elles avaient péri seules ou avec d'autres, dans une maison ou en plein air, la distance les séparant de notre domicile (seize kilomètres pour la plus éloignée, à quelques portes de chez nous et de notre côté de la rue pour la plus proche), la rive du Mississippi, les mois de l'année, jours de la semaine, etc.

Dolores partageait certaines de ses découvertes avec Trevor. Car lui aussi désirait savoir *Pourquoi?*

Nous trouvions exaspérant que les médias continuent à répéter que la police ne trouvait « aucune logique » aux actes de Mauvaises Habitudes et les jugeait « irrationnels », « aveugles ». On débattait passionnément dans les médias de la folie supposée de Mauvaises Habitudes. Nous n'admettions pas que père soit fou, ni qu'il ait mené une existence « ordinaire », « banale », « provinciale », même s'il nous était impossible de dire quelle avait été sa vraie vie.

Dans notre église on disait *Le royaume de Dieu est en vous.*

Dans la vie publique, père était un homme nommé Michael S. Haslet. Il avait cinquante-trois ans, mesurait un mètre soixante-quinze et pesait quatre-vingts kilos. Il avait été un employé des services publics « compétent », un fidèle « dévot » de l'Église du Christ, un ex-chef scout, un mari et un père. Selon des sources préférant garder l'anonymat, il était « difficile à connaître », « renfermé », « sur son quant-à-soi ». Dolores enroulait un cheveu autour de ses doigts et l'arrachait de son crâne enflammé et douloureux. Des ronds chauves de la taille d'une pièce de monnaie brillaient sous ce qui lui restait de cheveux. Elle se coiffait maintenant d'un foulard quand elle sortait, mais il lui arrivait de ne pas quitter la maison, de passer des jours d'affilée à méditer sur son cahier, à recopier au propre, à réécrire en colonnes les noms des victimes (connues, supposées) de Mauvaises Habitudes, selon des arrangements toujours nouveaux.

Finalement, au déclin de l'été, on nous emmena voir père!
Surtout, les enfants, ayez l'air gai. Souriez à votre père.
Il n'y aurait pas de procès, en fin de compte. Père avait plaidé
coupable. Père était maintenant dans une prison de haute sécurité
du sud de l'État, à moins de trois cent cinquante kilomètres de
la maison d'oncle G.

On pensait que l'avocat de père l'avait contraint à plaider
coupable de dix-neuf chefs d'accusation de meurtre, et à fournir
à la police le nom et la description d'autres victimes, non reven-
diquées par Mauvaises Habitudes et remontant à janvier 1988,
en échange d'une peine d'emprisonnement à perpétuité au lieu
d'une condamnation à mort par injection létale. Tous ceux qui
connaissaient père, ou presque, le croyaient. Mère soutenait
qu'il avait plaidé coupable pour clore cette affaire tragique. Pour
apaiser les survivants des victimes. *Mais un jour le nom de père
sera blanchi. Je le sais.*

Nous nous réjouissions de voir père, mais nous étions anxieux
et effrayés. Nos mauvaises habitudes nous empêchèrent de dormir
plusieurs nuits de suite, et quand nous arrivâmes à la prison,
nous ressemblions à de vilains poulets plumés. D'un petit coup
de coude, mère nous engagea à saluer gaiement de la main
l'homme presque chauve qui se tenait de l'autre côté d'une paroi
de Plexiglas, et dont nous distinguions à peine les traits à cause
des larmes qui nous brûlaient les yeux. De tous nos cauchemars,
c'était le plus étrange, car le plus imprévisible : cette immense
salle sonore, ce plafond haut et barré d'affreuses poutres de fer
comme l'envers d'un pont. Une pièce de la taille d'un gymnase
scolaire, sonore comme une grotte où les voix résonnent et se
répercutent en s'amplifiant. Nous n'aurions pu imaginer autant
de visiteurs. Des femmes et des enfants en quasi-totalité. Il y avait
des distributeurs automatiques près de l'entrée, et ils avaient du

succès. Il y avait de nombreux surveillants. Les détenus étaient vêtus d'uniformes kaki, et ceux qui avaient encore des cheveux les portaient coupés ras. La plupart étaient beaucoup plus jeunes que père. Rares étaient ceux qui avaient des lunettes comme lui. C'étaient des hommes qui n'avaient rien de particulier, des hommes qu'on aurait pu voir n'importe où. Père aussi, sauf qu'il était plus âgé et plus silencieux. Sa bouche avait une façon de pendre qui donnait l'impression que les mots n'en sortaient pas facilement. Mère ne pouvait pas parler directement avec père, il fallait qu'elle utilise un téléphone. Nous n'étions qu'à quelques dizaines de centimètres de père, mais nous devions lui parler par téléphone. Pendant que mère bavardait de son ton animé et enthousiaste, nous vîmes les yeux de père glisser vers nous et nous regarder avec un vague embarras. Comme s'il avait oublié qui nous étions! Depuis des mois père n'avait pas eu un seul mot pour nous, ses enfants. Il n'avait jamais été question que nous puissions lui parler au téléphone. Mère nous avait rapporté les mots qu'il nous destinait : *Je vous aime* et *Que la volonté de Dieu soit faite.* Même Albert s'était demandé si c'étaient ses vraies paroles.

Dans les tabloïds, les photos de Mauvaises Habitudes avaient quelque chose de mystérieux et d'effrayant parce qu'elles occupaient une page entière et que le fameux tueur en série semblait plus grand que nature. Son front haut semblait luire d'une lumière menaçante, ses yeux enfoncés étaient «perçants». En vrai, père était l'un des détenus les moins marquants de la salle. Mère assurait l'essentiel de la conversation, car père avait peu à dire. Aussi peu qu'avant, à la maison, où il répondait souvent par un murmure ou un vague grognement à la conversation de mère. Mère avait vieilli de dix ans pendant ces quelques mois, mais, courageusement, elle s'était habillée comme pour un dimanche et avait choisi des couleurs gaies. D'une main hésitante, elle avait mis du rimmel à ses cils, et ses lèvres tremblantes étaient d'un rose corail coquet. Les yeux de mère s'accrochaient à ceux de père à travers la paroi de Plexiglas, mais les yeux de père ne cherchaient pas les siens. Bien qu'il eût la poitrine creuse, son ventre avait grossi au point de sembler boursouflé, et père avait un air pantouflard et placide dont nous ne nous souvenions pas. Sa peau avait une teinte de parchemin usé. Une barbe rude et grise luisait sur ses joues. Des replis et des paquets de chair flasque pendaient sous son menton. Derrière ses lunettes, ses yeux étaient minuscules et sans éclat, légèrement filetés de sang. Il avait le nez plus gros que dans notre souvenir, un nez couleur mastic, sillonné de capillaires éclatés. Pendant le trajet en voiture, Dolores nous avait murmuré sa théorie, la raison pour laquelle Mauvaises Habitudes avait tué les personnes qu'il passait pour avoir tuées. Le secret était que certaines des victimes correspondaient à nous et à mère. L'une des premières victimes, par exemple, s'appelait Gladys, qui était le deuxième prénom de mère ; une autre s'appelait Miller, un nom qui ressemblait au nom de jeune fille de mère : Muller. Une autre des victimes femmes avait trente-neuf ans au moment de sa mort, ce qui était exactement l'âge de mère au même moment. Un enfant de neuf ans avait été tué avec sauvagerie au moment où Trevor venait d'avoir neuf ans. Un autre enfant, Allan, correspondait à Albert. Dolores se retrouvait manifestement dans Donna et Duane. Tracey et Thomas étaient des équivalents évidents de Trevor. Mauvaises Habitudes avait les mêmes initiales que Michael Haslet ! Voilà quelle était la réponse compliquée et néanmoins parfaitement simple à *Pourquoi ?* Mais cet homme en uniforme informe de prisonnier, avec ses épaules voûtées, sa poitrine affaissée sur le ventre, son regard morne qui errait au-dessus de nos têtes, ne semblait pas capable de calculs aussi complexes. Il ne semblait capable d'aucun des actes de Mauvaises Habitudes. Il avait l'air distrait de quelqu'un qui souhaite retourner regarder la télé. Mère avait les yeux brillants de larmes. Sur une impulsion, quoi que ce fût peut-être un geste prémédité, mère pressa le bout de ses doigts contre ses lèvres et les appuya sur le Plexiglas à peu près à la hauteur de la bouche maussade de père. Puis mère nous alarma en tendant le combiné à Dolores, qui le prit maladroitement et marmonna quelques mots inaudibles. Mère tendit ensuite le combiné à Trevor, qui marmonna des mots tout aussi inaudibles, puis le combiné fut tendu à Albert, qui se recula avec un air terrifié. Une expression contrariée passa sur le visage de père, mais il ne dit rien. Il semblait ne pas nous connaître ou, du moins, ne pas savoir quelle relation nous avions avec lui. Il aurait pu dire *La semence d'un homme le quitte et prend racine où elle veut.* Mais il ne le fit pas parce que mère disait maintenant en pleurant *Un jour ton nom sera blanchi, Michael. Je le sais. J'ai confiance.* Avant de partir, mère insista pour que nous nous agenouillions tous pour prier. Père mit du temps à s'agenouiller parce qu'il avait les genoux raides. Mère commença le Notre Père. Nos lèvres remuaient mollement. Un bâillement jouait sur celles de père, un air de contentement étrange lui fermait les paupières. Mauvaises Habitudes n'était plus. Père n'était plus. Le détenu Michael Haslet passerait le reste de sa vie dans un quartier isolé de la prison. Trois fois par jour il recevrait un repas sur un plateau glissé par une fente étroite dans la porte de sa cellule. Il mangerait, il dormirait. Il regarderait la télévision, il lirait sa bible. Il recevrait la visite de l'aumônier qui prierait avec lui. Tout ce qu'il avait fait lui avait été ôté. Il avait été un homme jeune, mais c'était fini. *Aucune raison. Il n'y en avait aucune. Quelque chose pour m'occuper les mains. Un passe-temps. Une épreuve pour Dieu. S'Il regardait.* En quittant le parloir, nous nous retournâmes une dernière fois, mais un sur-veillant emmenait déjà père, il nous tournait le dos.

Nous quittâmes la maison de notre oncle, mais restâmes dans la région. Quelques mois plus tard, mère changerait notre nom de famille. Nous ne reverrions plus père. Un matin d'automne, mère nous réveilla de bonne heure pour nous emmener marcher avec elle dans la réserve naturelle. Les oiseaux migraient. Bruants, merles d'Amérique, carouges à épaulettes. Les arbres frémissaient sous le poids de centaines d'étourneaux. Une odeur prenante d'eau saumâtre, de pourriture organique. Sur des laisses de vase, des tortues prenaient le soleil. Des échassiers picoraient dans la boue. Il y avait des libellules, des papillons voletant comme des pensées vagabondes. Mère avait découvert un sentier à travers la zone humide. Un simple passage ouvert par un cerf, mais un sentier tout de même. *Il y a un autre côté* dit mère. *Nous pouvons passer de l'autre côté.* Nous commençâmes notre traversée des marais. Nous marchâmes à travers les marais.

Fauve

1.

Elle était une bonne mère. Elle avait toujours été une bonne mère. Elle avait aimé son fils. Elle ne cesserait pas de l'aimer. Il n'y avait eu que ces quelques minutes de distraction. Quelques secondes!

2.

L'enfant avait six ans et trois mois quand ce qui lui arriva arriva.

Derek était plein de santé, robuste, un peu grassouillet; sa peau blanche, douce et élastique, lui avait donné l'air, plus petit, d'une grande poupée animée. Il avait des cheveux châtains soyeux, des yeux bruns, humides et affectueux, qui clignaient souvent. Son sourire était adorablement timide. Il avait reçu le prénom de Derek (celui du père défunt de sa mère) qui ne lui allait pas du tout, si bien que ses parents l'appelèrent tout de suite «Derrie», «Derrie chéri», «Derrie mimi», «Derrie baby». Il avait l'allure chouchoutée, un peu fébrile d'un enfant unique dont le développement est amoureusement immortalisé, de semaine en semaine,

sinon de jour en jour, dans une série d'albums. Pourtant, étonnamment, ce n'était pas du tout un enfant gâté. Sa mère avait
fait plusieurs fausses couches avant sa naissance et, à trente-neuf
ans, quand elle lui donna enfin le jour, elle dit en plaisantant être
physiquement épuisée, vidée, « éviscérée ». C'était une image sur-
prenante, excessive, mais elle le dit avec un pâle sourire, comme
un simple aveu plutôt que comme une plainte et, couché près
d'elle dans leur lit, à la lueur de la lampe de chevet qu'ils répu-
gnaient à éteindre parce que sans elle ils ne verraient plus leur
bébé dormir paisiblement dans son berceau, son mari l'embrassa
et la réconforta. « Oh, c'est ce que je ressens, moi aussi, dit-il.
Notre beau gros bébé est plus que suffisant, non ? »

Et pendant plus de six ans, il le fut.

3.

*S'il voulait seulement me voir de nouveau. Si ses yeux voulaient
seulement me voir.*

*S'il voulait me reconnaître : je suis ton enfant, né de ton ventre,
de l'amour de papa et de toi.*

S'il voulait bien me dire : Je t'aime, maman !

Ils étaient des parents dévoués, pas jeunes, mais jeunes
d'apparence, et vigoureux. Ils s'appelaient Kate et Stephen Knight
et habitaient le village de Hudson Ridge, à une heure de voiture
de New York par la Palisades Parkway. Comme d'autres banlieues
en bord de fleuve, Hudson Ridge était une oasis de rues tran-
quilles, bordées d'arbres, de maisons d'architecte entourées de
terrains boisés luxueusement vastes. Il y avait au cœur du village
un « centre » de quelques pâtés de maisons et une petite gare
ressemblant à un pavillon. On y avait vue sur le fleuve, bleu

acier même par temps couvert. Mais le temps était rarement couvert à Hudson Ridge. C'était un village idyllique, résolument *non urbain* : ses routes, allées et places les plus prestigieuses n'étaient pas asphaltées. Des cygnes noirs au bec rouge évoluaient languissamment sur le miroir de son lac parmi une flottille plus disparate d'oies blanches et de canards colverts. Avant la naissance de Derek, Kate et Stephen avaient vécu à New York, où ils avaient travaillé huit ans ; décidée à éviter que sa grossesse ne se termine par un drame comme les précédentes, Kate avait renoncé à son poste dans une fondation artistique, et Stephen et elle avaient déménagé à Hudson Ridge – «Pas seulement pour échapper au stress de la ville, mais pour le bébé. Ce serait injuste de faire subir New York à un enfant.» Ils riaient d'eux-mêmes quand ils débitaient ce lieu commun avec l'intonation de ces couples suburbains plus âgés, soucieux de leur statut social, dont ils se moquaient naguère avec un sentiment de supériorité – pourtant ce qu'ils disaient, ce qu'ils croyaient était vrai. Au cours des dix dernières années, la ville était devenue impossible. La ville était devenue effroyablement chère et effroyablement dangereuse. Ils épargneraient à leur enfant de vivre dans un appartement-forteresse, de prendre une navette scolaire pour aller dans des écoles privées, d'être amputé de la liberté de s'ébattre dans un jardin, un parc herbeux, les aires de jeux de son quartier.

Si ironique, si amer ! Que cela lui soit arrivé ici.

À Hudson Ridge, où les enfants sont en sécurité.

Dans le centre d'animation réservé aux adhérents de Hudson Ridge.

4.

Y avait-il eu la moindre prémonition, le moindre avertissement? Les Knight étaient certains que non.

Derek, «Derrie», était très aimé de ses camarades de CP, et notamment des petites filles. Il était le plus doux et le plus gai des enfants. À un âge où certains garçons commencent à être turbulents, braillards et bagarreurs, Derek était enclin à se montrer timide avec les inconnus et la plupart des adultes, et même avec certains de ses camarades et les enfants plus âgés. Ses résultats scolaires n'avaient rien d'exceptionnel, mais il était «si enthousiaste, si optimiste, disait sa maîtresse, que c'était une joie de l'avoir dans sa classe». Derek n'était jamais nerveux ni lunatique comme ses camarades plus précoces, jamais agité ni rebelle comme les moins doués. Il n'était jamais jaloux. Malgré sa taille, il n'était ni brutal ni agressif. Si pendant une récréation des garçons plus âgés s'en prenaient à de plus faibles, Derek tentait parfois d'intervenir. Dans ces moments-là, il bégayait, tremblant, gauche, la peau marbrée de rose et les cils brillants de larmes. Mais il était généralement efficace – bousculé, poussé, frappé, raillé, il ne reculait pas. Des larmes avaient beau briller sur son visage empourpré, il pleurait rarement et déclarait ensuite n'avoir rien fait d'extraordinaire. Il ne cafardait pas non plus les fauteurs de trouble. D'une voix presque inaudible il murmurait, en baissant la tête : «Je ne sais pas qui c'était, je n'ai rien vu.» Sa maîtresse de CP dit à Kate qu'il possédait un «instinct naturel» pour la justice et l'empathie, rare chez les enfants de son âge, et chez les garçons de tous âges. «Son visage a un tel éclat parfois... on dirait un petit bouddha.»

Kate rapporta cette conversation à Stephen, et ils rirent, quoique avec un certain embarras. Un petit bouddha? Leur petit

Derrie qui n'avait que six ans? Kate frissonna, il y avait là quelque chose qui ne lui plaisait pas. Mais Stephen dit: «C'est un compliment remarquable. Aucun de mes professeurs n'aurait dit ça de moi. Notre gentil petit Derrie qui a eu tant de mal à apprendre à nouer ses lacets… une incarnation de Bouddha!» Ils se demandèrent en plaisantant lequel de leur patrimoine génétique était responsable.

Malgré tout, Kate s'inquiétait parfois de ce que Derek fût aussi placide, aimable, gentil. De même qu'il avait fait des nuits complètes de six, sept, huit heures dès ses premiers mois, il semblait parfois rêveur, d'une indifférence précoce aux tours que lui jouaient les autres enfants. «Ça ne fait rien, maman, ça m'est égal», affirmait Derek, et c'était manifestement vrai, mais était-ce normal? Quand il jouait, gagner n'était pas sa préoccupation première, et il gagnait donc rarement. S'il courait et criait, il semblait le faire pour imiter les autres garçons. En le regardant trotter derrière eux avec l'enthousiasme d'un chiot, Kate sentait son cœur se gonfler d'amour pour son adorable enfant, si vulnérable. *Mon cœur, à nu. Mon petit amour.* Elle sentait que Derek aurait besoin de protection toute sa vie et, dans son innocente vanité maternelle, se disait qu'un être aussi bon, aussi rayonnant, aussi exceptionnel, attirerait naturellement l'amour; et que cet amour, tel un manteau divin d'un or chatoyant, serait sa protection.

5.

Pourtant, ce qui arriva à Derek arriva si vite et si mystérieusement que personne, semblait-il, n'aurait pu le protéger. Pas même Kate qui se trouvait à moins de trois mètres de lui.

«L'accident», dirait-on.

« L'accident de la piscine » – comme s'il fallait développer.

Combien de fois Kate répéterait-elle d'un ton incrédule : « Je surveillais Derek, naturellement. Mais je ne le regardais pas continuellement… évidemment. Et quand j'ai regardé… il flottait à la surface, la tête dans l'eau. »

Elle avait emmené Derek nager dans la piscine pour enfants du centre d'animation de Hudson Ridge, comme elle le faisait souvent l'été. Cette matinée de juillet chaude et ensoleillée avait ressemblé à toutes les autres, Kate n'avait pas eu la moindre prémonition, et l'« accident » lui-même ne se serait jamais produit si, par pur hasard, un autre incident n'avait eu lieu au même moment dans la piscine. Une fillette de dix ans, nerveuse, larmoyante, la fille d'un ami des Knight, avait avalé de l'eau par le nez en sautant du plongeoir, elle pleura et se débattit, et le maître nageur se précipita pour la réconforter, bien qu'elle ne courût aucun danger de se noyer. Kate aussi s'était précipitée au bord de la piscine, toute son attention, et celle des autres mères, s'était concentrée sur cet incident mineur ; quoi qu'il fût arrivé à Derek, à l'autre bout du bassin, personne n'avait rien remarqué. Derek nageait ou plutôt barbotait, avec son défaut de coordination habituel, dans cinquante centimètres d'eau et (c'était une possibilité : une théorie que Kate ne souhaitait pas approfondir, car elle manquait de preuves) un garçon plus âgé l'avait peut-être poussé sous l'eau sans penser à mal (Kate devait le croire, bien sûr, comment, sinon, aurait-elle pu affronter les autres mères ?) et il avait paniqué, avalé de l'eau, gigoté avec désespoir, avalé plus d'eau encore, et (en théorie, le croire était trop douloureux) le ou les garçons avaient continué à lui maintenir la tête sous l'eau (combien de secondes terribles s'étaient-elles écoulées ? dix ? quinze ?) jusqu'à ce qu'il perde conscience. Ses poumons s'étaient remplis d'eau javellisée, il avait coulé, avalant toujours plus d'eau, respirant de l'eau, et avait commencé à se noyer, *commencé à mourir.*

Le ou les garçons qui avaient fait cela à Derek, s'ils l'avaient fait (Kate n'avait pas de preuve, personne n'en apporterait, Derek n'accuserait jamais personne) se trouvaient à trois bons mètres de lui quand Kate le découvrit, la tête dans l'eau bleue scintillante, ses cheveux brun pâle ondulant comme des algues, les épaules et le dos enfoncés de plusieurs centimètres sous la surface. «Derek! Derek!» – elle se jeta dans la piscine, tira son corps inerte, lui souleva désespérément la tête pour qu'il puisse respirer: mais il ne respirait pas. Il avait les yeux entrouverts mais vides, son petit corps était étrangement lourd. Elle entendait des cris de femme... hystériques, déments. Le maître nageur donna aussitôt un coup de sifflet, hissa l'enfant sans connaissance sur le carrelage et se mit à pratiquer le bouche-à-bouche; mais Derek ne respirait pas, ne respirait toujours pas; trempée, dégoulinante, Kate contemplait sans comprendre ce corps pâle inanimé qui était son fils, son Derek, assommée comme si elle avait reçu un violent coup sur la tête mais qu'elle ne fût pas encore tombée, les yeux ouverts, incrédules. *Cela ne peut pas être en train d'arriver. Ce n'est pas en train d'arriver. Ce n'est pas réel.* Puis, titubante, sanglotante, elle se laissa conduire à l'arrière d'une ambulance. L'un des urgentistes, une jeune fille rousse qui ne devait pas avoir plus de seize ans, la réconfortait, l'appelait Mme Knight. Ils fonçaient vers un hôpital de la banlieue voisine, et *Derek est mort, il est mort dans l'ambulance, son cœur s'est arrêté de battre* et cependant aux urgences Derek fut ressuscité, on fit rebattre son cœur, il se remit à respirer, *il avait été sauvé!* dirait-on. *Ramené à la vie.*

Kate n'avait eu le temps d'absorber ni l'un ni l'autre de ces faits. Le premier, que Derek fût mort, elle comprendrait (Stephen lui ferait comprendre) qu'il était absurde et illogique; Derek avait temporairement cessé de respirer, son cœur avait temporairement cessé de battre, mais il n'était pas *mort*. C'était le second, le fait qu'il avait été sauvé par la technologie médicale, «ramené à la vie», sur lequel elle se concentrerait; sur lequel tout le monde se concentrerait, son mari, leur famille, leurs amis; car c'était le plus vrai des deux faits, le plus logique, le plus raisonnable.

6.

«Votre fils va intégrer cet accident, comme le font les enfants en bonne santé. Physiquement, il est entièrement remis, et il oubliera peu à peu ce traumatisme si vous ne le lui rappelez pas.» Tel avait été le conseil du médecin des urgences qui avait sauvé la vie de Derek, et dont la spécialité était en fait la médecine de crise. Ils comprirent que c'était la sagesse même, bien entendu.

Stephen était d'avis de ne pas parler du tout de l'accident à Derek à moins qu'il n'aborde lui-même le sujet. Kate se demandait si ce n'était pas excessif – «Et s'il en rêve? S'il fait des cauchemars? Nous ne pouvons pas prétendre que ce n'est pas arrivé.

– Nous ne prétendrons rien du tout, dit Stephen. Nous laisserons l'initiative à Derek.»

Kate avait remarqué que, depuis l'accident, il appelait leur enfant «Derek», la voix hésitante, comme si ce nom même était douloureux à prononcer. Par contraste, Kate devait réprimer son émotion quand elle parlait de «Derrie», et quand elle lui parlait; elle était toujours étonnée en le voyant, car dans son imagination il était beaucoup plus jeune, plus frêle. Il lui fallait faire un effort pour réaliser qu'il n'avait plus quatre ans, ni trois... c'était maintenant un enfant de six ans, et solidement bâti pour son âge.

Elle n'osait plus l'étreindre aussi désespérément qu'elle le souhaitait, une dizaine de fois par jour, car le médecin l'avait déconseillé, et Derek lui-même ne semblait pas le souhaiter ; depuis qu'il était rentré de l'hôpital, il était silencieux, sombre, renfermé. « Ça va, maman », disait-il, en évitant son regard anxieux. Et : « Je détestais cette piscine de toute façon. »

Quand Stephen était à la maison, Kate s'y prenait très bien avec Derek, trouvait-elle. Mais quand ils étaient seuls ensemble, ce qui était souvent le cas, elle devait lutter contre un besoin presque physique de le serrer dans ses bras et de fondre en larmes. *Mon bébé. Mon chéri. Je t'aime. Je serais prête à mourir à ta place. Pardonne-moi !* Car elle ne pouvait se débarrasser de la conviction qu'il savait très bien que sa mère était responsable, si indirectement que ce fût, de ce qui était arrivé dans la piscine.

De ce qui était presque arrivé dans la piscine.

Ce fut une surprise désagréable pour Kate d'apprendre, après coup, que Derek n'avait pas aimé la piscine – qu'il l'avait « détestée ». Naïvement elle avait cru qu'il adorait l'eau, comme les autres enfants ; avec le recul, elle se rappela toutefois l'hésitation qu'il avait eue, au début, à entrer dans une eau qui lui arrivait aux genoux, le temps qu'il lui avait fallu pour y jouer, sa façon d'y patauger comme s'il mimait l'« amusement ». *Il a essayé d'aimer la piscine, le centre, pour moi. Voilà la vérité.* Une vague de honte la submergea. Elle ne dirait jamais à Stephen qu'elle n'avait pas su voir que son fils détestait l'eau, la compagnie chahuteuse des autres garçons dans la piscine ; avec égoïsme, elle avait savouré l'atmosphère privilégiée du centre d'animation de Hudson Ridge, qui avait peu à envier à un country-club de grand standing, et où elle-même pouvait nager si elle le souhaitait, jouer au tennis, retrouver ses amies. Sans voir que son enfant de six ans était aussi vulnérable qu'un cœur à nu.

Elle dit à Derek qu'il n'aurait pas à y retourner – « Jamais, chéri. »

Se baissant pour poser un baiser sur son front. (Il semblait ne pas souhaiter être embrassé sur, ou près de la bouche.)

Se rappelant avec horreur ce hurlement dément. Le hurlement d'une femme... le sien. Qui retentissait continuellement à ses oreilles si elle prenait le temps d'écouter. Elle se demandait si, bien qu'inconscient, couché sur le carrelage mouillé, Derek l'avait entendu. *Oui bien sûr. Il a entendu. Il sait.* Car c'était ainsi que devait être la mort : crue, hurlante, confuse, violente. Certainement pas paisible.

7.

Les jours passèrent. Une semaine. Deux semaines. Depuis que ce qui était presque arrivé n'était pas arrivé.

Derek était pâle, silencieux, sombre – il n'était pas encore redevenu « lui-même ». Le moindre bruit à l'extérieur ou à l'intérieur de la maison le faisait sursauter comme un animal effarouché, les paupières frémissantes, le corps rigide. Ses yeux bougeaient continuellement, roulaient dans leurs orbites. Il avait la respiration rapide et courte, la peau brûlante. Il était incapable de rester assis pour lire, jouer à l'un de ses jeux, regarder une vidéo – si Kate entrait dans une pièce, il s'esquivait peu après, sans un bruit. Il ne semblait pas se cacher dans la maison, et pourtant... où était-il ? Kate ne cessait de parcourir les pièces en appelant : « Derrie ? Chéri ? » d'un ton calme et gai qui ne laissait rien paraître de l'anxiété qu'elle éprouvait. Par bonheur, Stephen ne savait pas grand-chose de tout cela. Stephen était absent presque toute la journée, ne rentrait qu'en début de soirée, et Derek faisait alors un effort – du moins Kate en avait-elle l'impression – pour être plus normal. Même alors, cependant, il n'aimait pas qu'on le touche. Comme si être touché blessait sa peau sensible. Comme si être embrassé lui répugnait. Kate se disait – une idée folle et sans fondement – qu'il redoutait la bouche de ses parents – il semblait les regarder, regarder leur bouche avec appréhension. « Chéri ? Qu'est-ce qui ne va pas ? » demandait-elle de son ton le plus neutre. Invariablement Derek haussait les épaules et secouait la tête. « Rien », marmonnait-il parfois. Ou, avec irritation : « Tout va bien, maman. »

Le cœur de Kate se serrait quand elle pensait à son fils. Quoi qu'il lui fût arrivé. Où qu'il fût allé pendant ces quelques minutes où son cœur s'était arrêté. Cet endroit où il était allé, personne d'autre ne pouvait l'y suivre. Elle entendait de nouveau ce hurlement terrifié et terrifiant… le sien. Quelquefois, seule dans la maison, quand Derek était dans le jardin, Kate pressait une serviette contre sa bouche et hurlait, hurlait. *Non ! Non ! Faites que mon fils ne meure pas.* Elle pensait que cette réaction, brute, angoissée, primitive, était une réaction normale ; se conduire « normalement » – comme si rien n'était arrivé, ou presque arrivé – était contre nature. Bien entendu elle ne disait rien de tout cela à Stephen. Ruminer le passé n'était pas dans le caractère de son mari.

Il n'avait jamais reproché à Kate de ne pas avoir vu Derek glisser ou être poussé sous l'eau. Il n'avait jamais reproché à Kate d'avoir manqué laisser leur fils se noyer dans un mètre d'eau.

Nous allons laisser l'initiative à Derek.

Kate comprenait que c'était la sagesse même. Une sagesse virile, vigoureuse et saine. Parfois, néanmoins, elle qui était la mère de Derek ne pouvait s'empêcher d'être submergée par une émotion qui la laissait tremblante, accablée. Car elle avait perdu son petit garçon, après tout. Lui qui, avant l'accident, était si tendre, si spontané, frémissant d'énergie, qui se précipitait dans ses bras pour être étreint et embrassé, affectueux comme un chiot, était maintenant raide, méfiant, fermé. Avait-il oublié comment sourire ? Cela demandait-il trop d'effort ? La façon même dont il se tenait indiquait *Non ! On ne touche pas.* Il avait maigri, perdu ces quelques grammes superflus qui arrondissaient son visage ; ses traits étaient devenus anguleux, sa mâchoire était plus saillante. Et ces yeux inquiets, fuyants. « Regarde-moi, Derrie. Quelque chose ne va pas ? » Le ton innocent, plein de sollicitude maternelle, elle souriait. Si elle était effrayée, elle ne le montrait pas. Avec douceur, elle prit Derek par les épaules, s'accroupit devant lui, comme elle l'avait fait des centaines de fois par le passé, et elle remarqua alors qu'il la dévisageait comme s'il ne la reconnaissait pas ; il avait les yeux si dilatés, les pupilles d'un noir si profond, bavant sur l'iris, qu'elle frémit. *Ce sont les yeux d'un animal,* pensa-t-elle.

Comme s'il lisait dans son esprit, Derek se dégagea, la respiration courte, rapide, les lèvres retroussées sur les dents : « Je t'ai *dit* que ça allait », marmotta-t-il.

Il se précipita hors de la cuisine et hors de la maison. L'une de ses cachettes se trouvait quelque part au-delà du garage, dans un fouillis de ronces et de buissons qui, en l'absence de clôture, mordaient sur un terrain municipal boisé où il n'y avait pas de sentiers. Kate resta gauchement accroupie, les jambes douloureuses, les yeux rougis. *Mais je suis ta mère. Je suis maman. Je t'aime. Tu m'aimes. Tu m'as toujours aimée. Tu dois m'aimer !*

8.

Après la cascade initiale d'appels inquiets de parents, amis et voisins, le téléphone des Knight se fit silencieux. Et Kate, qui avait toujours été sociable, ne se sentait plus l'énergie d'appeler ses amies. Car il lui aurait fallu préparer ses phrases pour trouver le ton juste: «Oui, c'était terrible! Mais c'est fini maintenant, Derek va bien. Il retournera nager d'ici peu, vous savez comment sont les garçons, il avait juste avalé un peu d'eau, Dieu merci, nous avons la chance d'habiter ici, et l'ambulance est arrivée immédiatement, il n'a jamais été véritablement en danger.» Non, elle n'avait pas cette énergie.

Quand Kate demanda à Derek avec lesquels de ses amis il aimerait jouer afin qu'elle puisse se mettre d'accord avec leurs mères, comme elle le faisait jusque-là, Derek haussa les épaules et dit qu'il ne voulait jouer avec personne. «Pas même avec Molly? Sam? Susan?» dit sa mère, nommant ses meilleurs amis, mais Derek refusa d'un hochement de tête agacé. Il s'éloigna sans un regard pour Kate, qui l'aurait rappelé si elle n'avait craint une rebuffade.

Si elle n'avait craint ses yeux: dilatés, inexpressifs, impersonnels.

Il ne me reconnaît pas, en fait. Sauf quand je lui parle, quand je le touche. Quand je l'oblige à me considérer comme son dompteur.

Incroyable de penser que, quelques semaines à peine auparavant, cet enfant se jetait dans ses bras en riant: «Je t'aime, maman! Je t'aime, maman!» C'était comme s'il était bel et bien mort, comme si l'enfant Derrie était mort et que cet autre, un inconnu, l'eût remplacé.

Mais c'était absurde, bien entendu. Non?

Kate n'osait pas en parler à Stephen, qui continuait obstinément à se conduire comme si ce qui était presque arrivé n'était pas arrivé. C'était bien dans son caractère : il n'aurait pas réussi aussi entièrement, et relativement jeune, dans sa société de courtage de Wall Street, s'il avait été moins résolu, moins assuré. Quand il rentrait de New York en début de soirée, il souhaitait avoir la paix, il souhaitait ce bonheur familial dont, comme Kate, il était devenu dépendant à son insu ; dans son coûteux complet laine et soie, il mettait un genou en terre, bras tendus, et s'écriait : « Comment va mon garçon ? Comment va mon grand garçon ? » Son visage se plissait d'exubérance paternelle, et sa voix résonnait comme une télé réglée fort. Dans la pièce d'à côté, Kate tressaillait en voyant Derek se raidir, lui qui naguère courait se jeter dans les bras de papa, pour être soulevé dans les airs comme par une grande roue. À présent, Derek ne regardait plus vraiment Stephen, il regardait dans sa direction, la tête détournée, les yeux aux aguets, méfiant comme un animal sauvage pris au piège. Stephen insistait pourtant : « Comment va mon petit Derrie ? » Plus Derek était silencieux, moins il se montrait disposé à se laisser cajoler, plus Stephen était déterminé à se comporter comme si rien n'avait changé ; il prenait l'enfant dans ses bras, de force si nécessaire, l'embrassait, le taquinait, comme le fait tout père affectueux, heureux de retrouver son petit garçon à son retour du travail. Mais un soir, alors que Kate était dans la cuisine, elle entendit un bruit de lutte, un cri d'enfant, et le cri de Stephen, plus fort, plus aigu. Quand elle se précipita dans la pièce, Derek s'était enfui, et Stephen, blême, incrédule, encore accroupi, contemplait son index droit, perlé de sang – « Il m'a mordu. Il m'a mordu jusqu'à l'os. »

9.

« Ce n'est pas le même enfant. Ce n'est pas Derrie.

– Ne sois pas ridicule. Tu deviens morbide. Il est encore en état de choc.

– Non. Tu as vu ses yeux. Il t'a mordu.

– Il a réagi d'instinct. C'était un réflexe.

– Un réflexe animal. »

Stephen garda le silence. Il avait vu ses yeux, bien sûr. C'était tout ce qu'ils voyaient maintenant, que l'enfant fût là ou non : ces yeux.

Fixes, implacables, indéchiffrables, inhumains. Monstrueusement dilatés, même le jour. Quelque chose de terrifiant dans ces yeux.

Je ne vous connais pas. Je ne vous aime pas. Vous n'êtes rien pour moi.

10.

Ce samedi-là, ils emmenèrent Derek chez le pédiatre de Hudson Ridge qui le soignait depuis des années, depuis tout bébé, et l'homme examina Derek et ne lui trouva rien de particulier ; dans son cabinet, Derek parut en effet plus coopératif que d'habitude, quoiqu'il se rétractât au moindre contact, se refusât à regarder le médecin dans les yeux et répondît par des monosyllabes à ses questions amicales. Ses yeux semblaient toutefois moins dilatés et, d'après le médecin, sa tension et son pouls étaient normaux. Les Knight ne lui parlèrent pas du doigt mordu, dont Stephen en particulier avait honte, ni du mal qu'ils avaient eu ce matin-là à faire monter Derek dans la voiture.

Autant que pour emmener un chien ou un chat anxieux chez le vétérinaire, pensait Kate.

Le doigt mordu de Stephen, qui lui avait causé des élancements assez inquiétants, avait été soigné par un autre médecin, un inconnu, à qui ils avaient expliqué l'origine de la morsure avec un certain embarras. Après une semaine d'antibiotiques, le doigt allait mieux, Stephen refusait d'en discuter avec Kate, mais le papa de Derek avait appris à ne plus étreindre son fils de force, à ne plus le manger de baisers comme par le passé.

En privé, le pédiatre leur demanda si Derek parlait jamais de noyade, et ils répondirent que non, jamais, et s'il en rêvait, s'il faisait des cauchemars, ils l'ignoraient. «Il a changé, comme vous le voyez, dit Kate, avec un sourire courageux. Il semble plus âgé. Plus indépendant. Ce n'est plus un petit garçon.» Stephen intervint aussitôt, comme s'il craignait qu'elle n'en dise trop, et avec trop d'émotion : «À mon avis, il a oublié. Les enfants ne remâchent pas le passé. Il a changé cet été, dans sa façon de parler, ses comportements, les jeux auxquels nous jouions ensemble. Il grandit, bien sûr. Il aura bientôt sept ans. Ce n'est plus un bébé.» Stephen donnait l'impression de confirmer un principe : l'étrange froideur de Derek envers ses parents devait être interprétée comme un signe positif de santé, de croissance. Kate écouta sans faire de commentaire. Elle soupçonnait le pédiatre d'en savoir davantage ou d'en soupçonner davantage qu'il n'était prêt à le dire ; mais il n'était pas prêt à le dire, ni les parents de Derek à entendre ; la visite se termina par une poignée de mains amicale, comme toujours. Deux jours plus tard, une infirmière appela de la part du médecin pour leur annoncer gaiement que toutes les analyses de Derek étaient bonnes, et Kate s'exclama : «Quelle bonne nouvelle. Merci!»

Peut-être était-ce tout ce qu'il fallait pour être une mère normale et heureuse, finalement : se conduire comme si on était une mère normale et heureuse. Comme s'il n'y avait aucune raison de se conduire autrement.

11.

« Quand Derek retournera à l'école, il sera davantage lui-même, j'en suis sûr, concéda Stephen. Cet été a été un peu trop long pour lui, voilà tout. »

Pour la première fois depuis des années, les Knight n'étaient allés passer le mois d'août ni chez leurs parents du Colorado ni chez ceux du Maine. Ils s'étaient dit que le remue-ménage du voyage, l'agitation de maisons pleines d'enfants auraient déstabilisé Derek, cet été-là. Ni l'un ni l'autre ne souhaitaient penser que sa présence parmi d'autres enfants normaux aurait été profondément pénible pour tout le monde. Ni l'un ni l'autre ne souhaitaient penser qu'il aurait rechigné à voyager avec eux, comme il rechignait à les accompagner dans leurs courtes sorties et excursions dans les environs. Il préférait être seul, dans sa chambre, porte fermée (mais pas à clé : la porte de Derek n'avait pas de serrure) ou, plus souvent encore, dehors. Il allait alors rôder dans les bois, de plus en plus loin, hors de portée de la voix inquiète de Kate. « Derrie ? Derrie ? *Derek ?* »

Derek finissait par rentrer de lui-même, quand il en avait envie. Où que Kate le cherchât, elle ne le trouvait pas ; là où elle ne pensait pas à regarder, il apparaissait soudain. Il s'approchait souvent d'elle par-derrière, sans un bruit, lui arrachant un cri de frayeur. Il souriait presque, devant la frayeur de maman. *Ces yeux. Des yeux de fauve. Il ne me connaît pas.* Il semblait à Kate que les dents de Derek étaient plus apparentes, sa mâchoire inférieure plus longue et plus anguleuse, un peu comme un mufle de chien ; il reniflait l'air avec ostentation ; le blanc même de ses yeux avait pris une couleur fauve, comme s'il avait la jaunisse, et les pupilles se dilataient parfois jusqu'à occuper l'iris entier. La surface de l'œil, lisse et vitreuse, réfléchissait la lumière. Kate surprit un jour l'enfant dans sa chambre obscure du premier étage, accroupi dans une sorte de transe devant une fenêtre. Contemplait-il la lune ? Le ciel nocturne, traversé de lambeaux de nuages, de vrilles vaporeuses de lumière ? Elle entendait sa respiration, rapide, haletante ; elle vit que sa bouche remuait, que ses mâchoires se contractaient, comme s'il avait très froid, ou était très excité. Elle serait entrée l'étreindre, le réconforter, si quelque chose ne lui avait soufflé *Non! On ne touche pas* et elle se retira sans bruit.

Stephen restait de plus en plus tard en ville. Il lui arrivait souvent de ne pas rentrer avant 21 heures, heure à laquelle, en théorie du moins, Derek était couché et endormi.

Il était rare, maintenant, qu'ils prennent leurs repas tous les trois ensemble. Derek préférait manger seul, avidement, la tête dans son assiette, et avec les doigts. Des hamburgers presque crus au centre, suintant le sang. Il buvait son lait goulûment, à même la brique, devant la porte ouverte du réfrigérateur. Kate se disait *C'est bien. Il a retrouvé son appétit. C'est forcément bien.* Qu'il était difficile pour elle, quand elle tendait des plats à bout de bras à cet enfant étrange, de se rappeler qu'un jour elle l'avait nourri amoureusement de sa main, en glissant des cuillerées de pot pour bébé dans son petit bec affamé ; qu'elle avait éprouvé un plaisir extatique à l'allaiter. Ses seins gonflés de lait, les pointes sensibles que le nourrisson cherchait à l'aveuglette et tétait, le regard dans le vague... comme elle avait été heureuse! Comme elle en était devenue dépendante sans s'en rendre compte. *L'amour, l'amour d'un bébé. Quelle faim.*

Aujourd'hui, ce souvenir la faisait frissonner de répulsion. Ses seins, qui n'étaient plus chauds ni gonflés de lait, lui faisaient mal ; leurs pointes étaient endolories, comme si Derek les avait mordues et mâchonnées. Il lui semblait presque se rappeler des filets de sang coulant de ses seins craquelés, teintés de lait…

Il ne faut pas. Je ne peux pas. Je dois garder la raison. Je suis la mère de cet enfant.

Comme Stephen, Kate avait espéré que le retour de Derek à l'école, en septembre, apporterait une amélioration, mais tel ne fut pas le cas. Lui qui avait aimé l'école semblait maintenant la détester. Lui qui trépignait d'impatience le matin traînait maintenant dans sa chambre, ou disparaissait (où cela ? – au sous-sol, derrière la chaudière), obligeant Kate à le chercher, l'appeler, l'implorer. Lui qui revenait de l'école plein de commentaires enthousiastes sur son maître, ses camarades, ses études, était maintenant maussade et refusait totalement de parler. Brusquement, en cours élémentaire, il semblait ne plus avoir d'amis.

Kate fut convoquée par l'instituteur de Derek et par une assistante du directeur pour discuter des notes médiocres et de la conduite médiocre de son fils en classe, de son ennui, de son agitation, de son insubordination et de son comportement « antisocial ». Tout cela était nouveau, terriblement nouveau pour Kate, qui, depuis l'école Montessori où son petit Derek avait été l'un des enfants les plus adorables et les plus aimés, se considérait comme une mère bénie par la chance ; une femme devenue mère sur le tard, visiblement plus âgée que presque toutes les autres, mais bénie par la chance. À présent, tout avait changé. *Souhaitais-je penser que je ne faisais que l'imaginer. Moi et Stephen. Notre fils aux yeux hagards de fauve.* Début octobre il y eut un incident « inquiétant », Derek montra les dents à l'un de ses camarades, comme s'il allait mordre, et mi-octobre il y eut un incident «mordant», Derek mordit pour de bon un autre enfant, lui plantant dans la main ses dents, petites mais étonnamment pointues, jusqu'au sang. Pour cela, il fut puni de deux semaines de renvoi. Convoquée, Kate se dit stupéfaite, totalement stupéfaite ; jamais son fils n'avait fait une chose pareille ; selon Derek, l'autre garçon le tourmentait, il l'avait même menacé ; ce devait être l'explication. Derek refusa obstinément de discuter de l'incident. Être renvoyé de l'école lui était parfaitement égal. Quand Kate et Stephen lui demandèrent comment il avait pu faire quelque chose d'aussi «terrible», d'aussi «animal», Derek se contenta de hausser les épaules et de marmonner : «J'les déteste.» On conseilla aux Knight de conduire immédiatement Derek chez un thérapeute pour enfants, et d'engager un professeur particulier ; et naturellement ils furent d'accord, naturellement ils feraient tout leur possible. Ils étaient des parents américains aisés et éduqués, ils feraient tout ce qui était humainement possible pour aider leur enfant, pour le rendre à la normalité de l'espèce. *Il est notre seul enfant. Nous l'aimons tant. Nous ne comprenons pas. Nous sommes innocents. Ce n'est qu'une phase, une phase de croissance. Ce n'est plus un bébé. Qu'y pouvons-nous ? Il s'est noyé, ce qui était humain en lui s'est noyé. Ce qui est humain a disparu. Ce qui était nôtre a disparu. Où cela ?*

Pourtant : des années plus tard, alors que Derek était perdu pour eux, qu'il avait disparu depuis longtemps de leur existence, alors qu'en fait ils n'étaient plus mariés, qu'ils n'étaient plus que des inconnus polis l'un envers l'autre – une politesse empreinte de la mélancolie d'un chagrin ancien et inexprimable –, Kate se rappellerait avec un élancement de douleur que, quelques jours à peine après que Derek fut retourné sans entrain à l'école, elle avait tenté dans un élan d'enthousiasme d'organiser une fête pour le septième anniversaire de son fils. Un après-midi de novembre sombre et venteux, entre deux gorgées de vin rouge, elle avait bravement téléphoné aux mères d'une dizaine d'enfants de la classe de Derek pour les inviter à la fête ; comme dans un cauchemar de rejet et d'humiliation, toutes avaient refusé ; même celles que Kate considérait comme ses amies n'avaient pas souhaité accepter l'invitation. Si certaines réponses étaient compatissantes et embarrassées – « Je suis vraiment navrée, Kate, mais Molly est terriblement occupée en ce moment, je me vois difficilement charger davantage son emploi du temps de ce samedi, mais merci » – d'autres étaient sèches, à limite de la grossièreté – « Merci, mais une fête d'anniversaire pour votre fils ne me semble pas très indiquée en ce moment, du moins pas pour Andrew. » Malgré tout, résolue, souriante, le vin âpre courant dans ses veines tel un feu liquide, les tempes prises dans un étau de douleur et de panique, Kate continua à composer des numéros. Il lui était difficile de croire. *C'est donc réel. Mais comment cela peut-il l'être, ce n'est qu'un petit garçon.*

Qui, au même moment, rôdait dans les bois voisins sous une bruine froide et venteuse qu'il préférait à la chaleur de la maison. Et à elle.

12.

Le premier professeur particulier n'avait pas marché, ni le second. Derek avait craché sur le premier, un jeune homme de dix-neuf ans, étudiant en mathématiques au Purchase College ; le deuxième, une femme agréable d'une cinquantaine d'années qui enseignait au centre universitaire, il l'avait mordue à la main – pas assez fort pour entamer la peau, mais presque. *Votre fils est malade. Dérangé. Il lui faut de l'aide. Vous le savez sûrement.*

Le thérapeute non plus n'avait pas marché. Derek était devenu fou furieux quand ils avaient voulu le faire monter dans la voiture pour la seconde séance, il avait deviné où ils l'emmenaient, ils avaient eu beau lui dire avec un sourire vague qu'on ne lui ferait aucun mal, que c'était juste pour l'aider, il avait su d'instinct, senti l'odeur de panique qui montait de leur peau – ses yeux dilatés décelaient vite la peur dans leur regard. Il avait joué des pieds et des poings, égratigné l'avant-bras de Kate de ses ongles cassés en criant qu'il les détestait, qu'il les détestait tous les deux, et quand Stephen s'efforça de le calmer – « Derek ! Non ! Derek, bon Dieu ! » – l'enfant s'arracha des mains maladroites de son père et s'enfuit, ramassé sur lui-même comme un animal sauvage terrifié, traversa la pelouse, et s'enfonça dans les bois où Kate le suivit, car Stephen s'était détourné avec écœurement, Stephen en avait son compte pour la journée, ce fut la mère de l'enfant qui s'enfonça dans les bois peu familiers et appela, les mains en porte-voix : « Derrie ? Der-rie ? », tâchant de ne pas laisser transparaître son désespoir, de se dire que c'était un jeu, que l'on pouvait prendre cela comme un jeu, qu'elle devait regagner la confiance de l'enfant, voilà tout.

Mais sa mère ne le surveillait donc pas ? Un enfant de six ans ? Dans une piscine ?

Comment cela a-t-il pu se produire ? Dans quelques centimètres d'eau. Alors que la mère était tout près.

Une distraction ? Vous vous rendez compte !

Comment peut-elle se regarder en face ? Laisser son propre enfant se noyer !

Ces voix railleuses et cruelles murmuraient autour d'elle tandis qu'elle trébuchait dans le sous-bois mouillé, secouée de sanglots, le cœur battant comme un reproche, à grands coups douloureux. Elle avait une peur panique de se perdre dans ce no man's land : en dehors d'une tranchée de trois mètres que la municipalité y entretenait pour les poteaux téléphoniques et électriques, la végétation était touffue, une vraie jungle. Un peu au-delà d'une route de service gravillonnée se trouvait le réservoir de Hudson Ridge, lui semblait-il – mais dans quelle direction ? Pendant quarante minutes elle chercha l'enfant en fuite en criant : « Derrie ? Chéri… », et puis soudain, elle le vit : debout à quelques mètres d'elle, il l'observait. Il avait la tête curieusement baissée et les yeux fixés sur elle, la bouche étirée par un étrange sourire torve. À moins que ce ne fût qu'une grimace, une contraction des muscles. « Te voilà enfin, chéri ! Reviens à la maison avec moi, s'il te plaît, nous sommes si tristes. Ton papa et… » Kate entendait sa voix exubérante, elle se força à sourire, car il se pouvait que ce fût un jeu après tout, cache-cache dans les bois, et que rien d'inhabituel ne se fût passé à la maison. Stephen et elle manquaient peut-être de jugement, ils étaient bien intentionnés mais maladroits ; l'important était de regagner la confiance de l'enfant. Avec un sourire, Kate tendit gaiement la main à Derek, mais il ne fit pas un mouvement, la fixant toujours de ses yeux noirs dilatés, et un avertissement résonna dans son esprit, comme prononcé par une voix impersonnelle *Non ! Ne touche pas ! Il attaquera* ; elle sut donc ne pas lui prendre la main de force, mais simplement le guider jusqu'à la maison, et il se montra étonnamment docile, malgré un visage fermé, renfrogné. Elle était épuisée, mais bavarda avec nervosité pendant tout le chemin du retour, de cette voix de maman américaine apprise à la télévision, une voix qui, bien que lui étant peu naturelle, était néanmoins une révélation, offerte à Derek pour qu'il puisse croire, s'il le souhaitait, que du côté de maman rien n'avait changé – « Tu sais que je t'aime, mon chéri. Tu le *sais*. » Ce qu'il savait était un secret, bien sûr. L'inanité et la vanité de ses paroles l'accablèrent. Elle se refusa pourtant à céder au silence, car elle était la mère de cet enfant et elle l'aimait véritablement, ou aimait du moins ce qui restait de lui, ce qu'elle se rappelait de lui, et dans la cuisine, étonnante avec ses lumières gaies, ses surfaces nettes et brillantes de publicité télévisée, elle fit dîner l'enfant, posa une assiette devant lui sur la table en Formica, le contempla avec une fascination atterrée. Pendant qu'il mangeait. Elle se rendit compte qu'il était rentré avec elle, qu'il s'était laissé trouver, parce qu'il avait faim ; parce que, dans la nature, il n'avait pas encore mis la main sur la nourriture dont il avait besoin.

13.

Cette nuit-là ou une autre. Les yeux ouverts dans le noir. À distance l'un de l'autre. Ne se touchant pas.

Leurs corps évitaient tout contact, maintenant. Le frôlement accidentel de la peau brûlante de l'autre... c'était presque répugnant. Indécent.

Car de ce contact, de leurs baisers, de leurs étreintes... qu'était-il venu au monde ? Quel être né de leur désir aveugle ? Cette pensée leur était insupportable.

Une nuit au creux de l'hiver, non, une nuit du début mars – le gémissement de la maison sous le vent, une odeur de pluie et de feuilles mortes pourrissantes. Une nuit que Kate ne pouvait identifier car elle avait enduré bien des nuits similaires, des nuits de sommeil haché, un sommeil à cœur battant et des heures de veille pareilles à des rocs blanchis, difformes, trouant un remous d'eau noire, et voilà que Stephen la secouait en lui demandant si elle avait entendu?... Un bruit de pas furtifs dans le couloir devant leur chambre, Derek rôdait dans le noir, se coulait hors de sa chambre, bien qu'on le lui eût interdit, mais l'enfermer, munir la porte d'un verrou, clouer les fenêtres, aurait été admettre qu'il devait être encagé comme un animal captif, et donc Stephen lui secouait l'épaule comme pour la réveiller, feignant de ne pas savoir qu'elle ne dormait pas plus que lui: «Tu entends, Kate? C'est lui.» Comme si cela pouvait être quelqu'un d'autre.

Kate, qui trouvait maintenant une consolation dans le sommeil, heures confuses de sommeil diurne quand elle était seule à la maison, bribes agitées de sommeil nocturne où, étrangement, les yeux fauves n'apparaissaient pas, où c'était son bébé perdu, le petit Derrie joufflu qui la contemplait avec les yeux de l'amour, Kate se leva aussitôt avec son mari, oui elle l'accompagnerait, pour suivre Derek et le ramener, comme elle l'avait fait, et plus d'une fois. Ils s'habillèrent à la hâte et dans l'escalier un vertige monta de l'obscurité mais Kate refusa d'abandonner, Kate se montrerait courageuse, forte, obstinée, elle était la mère de l'enfant, elle devait prendre ses responsabilités et elle les prendrait, et à la porte de derrière ils virent une petite silhouette agile détaler vers le bois – «Le voilà!» Une nuit de vent où des lambeaux de nuages passaient sur la face bulbeuse de la lune, une face lubrique et grêlée semblait-il, une face moqueuse, et curieusement, aucune étoile autour, et Derek courait, ramassé sur lui-même comme un animal sauvage qui connaît le terrain et ils coururent derrière lui, déjà essoufflés, haletants, car ils avaient plus de quarante ans, un âge trop avancé pour des parents, c'était leur punition pour avoir osé donner la vie, une vie brute qu'il ne leur appartenait pas de protéger. «Derek! Derek...» criaient-ils, mais le vent de mars moqueur emportait leurs cris. La Lune

pouparde les toisait. Dans les bois marécageux qui sentaient la
pourriture, dans les trous qui trempèrent leurs pieds en l'espace
de quelques secondes, à travers les broussailles qui déchiraient
leurs vêtements, égratignaient leur peau, les ronces, les épineux,
les branches qui leur cinglaient le visage, ils progressèrent péni-
blement, cinq cents mètres ou peut-être un kilomètre jusqu'à
la route de service boueuse et, de l'autre côté de cette route, ils
aperçurent Derek ou une silhouette qu'ils prirent pour Derek,
filant à ras du sol, pénétrant l'obscurité de ses yeux perçants
comme ils ne pouvaient le faire, sauf quand une trouée d'une
clarté marmoréenne s'ouvrait dans le ciel et que la lune brillait
au travers de filaments de nuages déchirés, et haletants, gre-
lottants, s'efforçant désespérément de suivre la course de leur
enfant, tantôt le perdant, tantôt l'apercevant, ils débouchèrent
enfin dans une clairière herbeuse où ils le virent un peu plus
loin, devant eux, Kate reconnut avec difficulté le côté oriental
du réservoir, une masse d'eau aperçue d'ordinaire uniquement
de la route, et uniquement en voiture, quand elle allait au village
ou en revenait – mais à présent Stephen et elle se retrouvaient
là, à une heure de la nuit dont ils n'avaient aucune idée, bien
après minuit, mais à de longues heures de l'aube, ils virent la
surface du réservoir frissonner sous le vent comme la peau d'un
animal nerveux, et dans l'eau couraient des pièces de puzzle
d'un ciel vaporeux et la lune moqueuse, et de l'autre côté au
milieu de hautes quenouilles fouettant l'air… Derek n'était
pas seul.

Il y en avait d'autres avec lui. De petites silhouettes sveltes
comme la sienne, et quelques silhouettes plus grandes. Qui ils
étaient, hommes, femmes, leurs visages, leurs yeux, ils ne pouvaient le voir, redoutaient de le voir, ils entendaient un murmure
de voix, à moins que ce ne fût le vent, ils entendaient… étaient-ce

des rires ? Ils n'osèrent s'aventurer plus loin. Ils se tenaient par la main comme des enfants effrayés. « Ne nous faisons pas voir ! Ne bouge pas. » Une même terreur faisait battre leur cœur, car que leur arriverait-il si on les voyait ?

Le chasseur

Dans la cabine téléphonique devant le Kwik Shoppe de la route 31, à Spedwell, New Jersey, baignée de lumière. Mes yeux savaient suivre pareille lumière. Des cheveux pâles chatoyants lui tombant à la taille. Un visage tourné vers moi tel un croissant de lune. Un petit sourire timide. Elle dirait *Il était écrit que nous nous rencontrions, voilà pourquoi je souriais.* Car elle avait fait le numéro de quelqu'un qui ne répondait pas et s'il avait répondu elle ne se serait pas tournée agitée et inquiète et ses yeux n'auraient pas rencontré les miens de l'autre côté de la chaussée tachée d'huile où je m'apprêtais à monter dans mon pick-up. Clé de contact à la main.

À cet instant-là de cette façon-là nos vies furent unies à jamais.

Son nom était Hannah : un nom ancien. Venu du passé. Un nom comme on en voit gravés sur les tombes dans les très vieux cimetières.

J'avais su à l'instant où j'avais vu Hannah à une dizaine de mètres de moi qu'il y avait cela en elle, toute jeune qu'elle soit et mince comme un garçon et les os de moineau de ses épaules découverts par son débardeur trop large que j'avais envie de caresser, et d'embrasser, si fragiles qu'un coup brusque aurait pu les fracasser. J'avais su que l'âme de Hannah n'était pas une âme

d'enfant mais datait d'avant ses années sur Terre comme mon
âme est une âme ancienne égarée en ces temps d'impiété et de
bâtardisation des races.

Liam Gavin était le nom que j'avais reçu car je tenais de
l'épervier, ce chasseur du ciel. Liam Gavin m'avait nommé ma
grand-mère-née-à-Galway, car ma jeune mère m'avait abandonné
à la naissance en me laissant à ma grand-mère. Car ma mère
n'avait pas une âme ancienne mais une âme enfantine, indifférente et cruelle. Superficielle, et condamnée à s'user vite. Quand
il m'a été révélé que ma mère était morte avant que j'aie dix ans,
je ne l'ai pas pleurée.

Liam Gavin, chasseur du ciel.

Le chasseur est quelqu'un qui ne pleure jamais.

Hannah n'était pas une fugueuse comme le prétendraient les
tabloïds et la télévision. Hannah n'était pas une fille à la conduite
irresponsable, mais il était vrai qu'elle avait fait des centaines de
kilomètres pour venir à moi. Des plaines de l'ouest du Michigan
elle avait voyagé vers l'Est pour voir de ses propres yeux l'océan
Atlantique disait-elle. (Et je l'emmènerais voir l'océan, à deux
heures de route de Spedwell.) Elle était mon ange et légère dans
mes bras comme duvet de chardons, elle pleurait d'amour, de
connaître enfin la bénédiction de l'amour. Car dans ce premier
instant et de l'autre côté de la chaussée, la vilaine peau abîmée
de Hannah ne m'était pas visible.

Une cicatrice sur la joue droite qui descendait sous le menton
parce qu'un chien l'avait attaquée et mordue quand elle avait sept
ans. Depuis Hannah avait peur de tous les chiens, même des
plus petits, comme elle avait peur des mouvements soudains ou
des bruits retentissants et un aboiement de chien faisait battre son
petit cœur avec violence. (Cela je le sentirais, et plus d'une fois,
en la serrant contre moi dans ces occasions.) Depuis, disait-elle,

elle mettait sa foi en Dieu pour lui accorder des moments de chance car c'était par pure chance que ce jour-là dans une caravane voisine une femme avait entendu ses cris, par pure chance que cette femme était rentrée de bonne heure de son travail ce jour-là, à temps pour accourir et ouvrir de force les mâchoires du rottweiler et dégager le visage de l'enfant qui ruisselait de sang. Et par pure chance que Hannah s'était tournée vers moi et avait vu la lumière autour de moi.

Hannah et Liam Gavin, tels furent nos noms alors. Comme s'ils avaient été de tout temps ensemble, gravés dans la pierre.

Elle vint vivre avec moi. L'appartement que je louais à Spedwell. Au premier étage au-dessus de l'animalerie à la vitrine poussiéreuse. À cinq minutes à pied de la pizzeria Luigi où je travaillais. Et Hannah voulait travailler, mais elle était trop jeune. Mais Hannah venait souvent m'aider à la pizzeria. Il n'y avait rien de mal à cela, mon employeur ne disait rien. Quand je livrais, Hannah montait avec moi dans la camionnette pour me tenir compagnie après la tombée du jour. Elle m'accompagnait à la porte des clients et sonnait. Si c'était Hannah avec ses longs cheveux brillants et son sourire brûlant dans l'obscurité comme la flamme d'une bougie qui leur tendait la pizza dans sa grande boîte plate en carton, le pourboire était d'un bon dollar de plus que si Liam Gavin l'avait apportée.

Cela contrariait-il Liam Gavin ?

Sûrement pas. Car tous les faits existent pour être pris en considération et utilisés.

Dans les petites villes comme Spedwell on voit par les fenêtres éclairées, le soir. Surtout l'été quand les fenêtres sont ouvertes. Souvent une porte d'entrée est entrebâillée ou grande ouverte. Même si on souhaite ne pas voir, résister à la tentation, vos yeux vous entraînent à voir. Car dans une petite ville comme Spedwell, on ne prend pas la peine de baisser ses stores. C'est une ville plutôt paisible, et les gens sont confiants.

Hannah disait : Ça me plaît qu'on nous voie ensemble. Ça me plaît qu'on voie Liam et Hannah.

Il n'a pas été clair avant que nous ayons été quelques semaines ensemble que Hannah ne disait pas toujours la vérité. Je la prenais à raconter de petits mensonges. Qu'elle niait en secouant la tête comme une enfant fourbe. Longs cheveux onduleux et sur son visage la cicatrice brillait comme des dents. Il y avait des hommes à qui elle souriait dans la pizzeria quand elle croyait que je ne la voyais pas. Dans la rue, une voiture ou un camion passait et Hannah plissait les yeux pour regarder. Des coups de téléphone secrets, que j'avais des raisons de connaître. Quand je lui en parlais, elle niait, elle niait toujours ce que je savais être vrai et c'était une insulte pour moi. L'homme qu'elle avait essayé d'appeler, ce premier jour devant le Kwik Shoppe, était un routier qui faisait le trajet Newark-Atlanta, et j'avais appris que Hannah avait voyagé avec lui dans son camion avant de venir vivre avec moi. Et il y avait le postier qui garait sa fourgonnette le long du trottoir et montait les marches de pierre jusqu'à la maison où nous habitions, construite sur une petite colline au bout de la rue principale. Six fois par semaine passait ce postier, un Noir dont on ne pouvait pas dire l'âge, leur peau est si lisse et sombre et leur manière si pateline. Ce nègre avec sa mince moustache noire comme tracée au crayon sur les lèvres.

Six jours par semaine il venait mettre du courrier dans la rangée de boîtes aux lettres devant chez nous, des boîtes en mauvais métal rouillé qui ne fermaient plus depuis longtemps. Il était rare que je le voie parce que je travaillais, mais je me doutais que Hannah le voyait, assise sur le perron au soleil, ses minces jambes nues et pâles et ses pieds nus, en train de se peindre les ongles des orteils. Mon transistor à côté d'elle. Le visage fourbe de Hannah, son lent sourire. La vilaine cicatrice de son visage ne la décourageait pas de s'offrir même à un homme noir dont l'odeur lui resterait des heures sur la peau.

Disant : Salut. Toujours pas de courrier pour moi, j'imagine ?

Jamais de courrier pour Hannah. Qui n'avait pas de nom de famille.

La seulitude ronge le cœur, ai-je écrit. *Toute ma vie j'ai été seul. Mais j'ai confiance, un jour prochin cela changera.*

Notre professeur s'appelait Mme Knudsen. Nous avions pour instruction de l'appeler Mme Knudsen et quand elle dit, à notre troisième cours, Appelez-moi Evvie, c'est mon nom, certains d'entre nous ne réussirent pas à s'y faire. Parce que vous ne voulez pas que votre professeur soit quelqu'un comme vous. Il y a le besoin de croire que votre professeur est quelqu'un de différent de vous.

À ce moment-là elle était Mme Knudsen pour moi. C'est du très bon travail, Liam, dit-elle. Tu t'exprimes avec clarté et précision, ton vocabulaire est bien choisi et ce que tu dis est toujours intéressant. Mais tu as mal orthographié quelques mots, je vais te montrer.

Elle me montra, de son écriture qui était si belle :

solitude   prochain

Nous étions une vingtaine dans ce cours. Le nombre changeait chaque fois. Des hommes étaient libérés, ou quelqu'un de nouveau s'inscrivait. Améliorez vos compétences en anglais c'était le nom du cours. Les mardis et vendredis matin à 10 heures. Je parle du centre pénitentiaire de Red Bank où ma peine était de onze mois à deux ans, mais serait réduite à sept mois pour bonne conduite. Car toujours dans ces endroits-là Liam Gavin est un prisonnier coopératif, un Blanc.

Le bruit courait dans Red Bank que le professeur d'anglais Mme Knudsen était une belle femme sexy, ce qui était vrai dans un sens, mais Mme Knudsen n'était pas le genre de belle femme sexy que le prisonnier moyen de Red Bank désire. Car Mme Knudsen n'était pas jeune. Plus tard j'apprendrais qu'elle avait trente-sept ans. Elle avait l'air beaucoup moins vieille, mais on voyait qu'elle n'était pas jeune. Ses cheveux étaient brun-gris et on avait l'impression qu'elle les avait lavés et bien peignés mais rien d'autre parce qu'ils étaient tout mous et frisottés. Elle avait un visage plein et plissé autour de la bouche par des années de sourire. Sous l'éclairage au néon on voyait des rides près de ses yeux. Certains jours elle avait un rouge à lèvres sombre qui lui donnait l'air sexy, une bouche qu'on avait envie d'embrasser ou de mordre, mais autrement son visage était pâle et un peu luisant comme si elle l'avait frotté avec un chiffon. La plupart du temps elle portait un pantalon et un col roulé ou une chemise et une veste. Il est possible qu'on lui ait demandé de porter des vêtements amples pour venir à la prison, ce qui est un conseil intelligent. C'est le conseil que je donnerais à n'importe quelle femme.

Ce qu'on remarquait le plus chez Mme Knudsen c'était son rire. Un rire soudain et bruyant comme si on la chatouillait. Un rire qui faisait plaisir à entendre. Dans une prison, personne ne rit beaucoup. Mais quand nous avions nos « discussions » Mme Knudsen essayait l'humour pour mettre ses élèves à l'aise, nous traitait comme si nous étions de grands lycéens, et c'est un fait que la plupart des élèves de Mme Knudsen étaient plus jeunes qu'elle, au moins sous le rapport de l'âge. À Red Bank comme dans les autres prisons d'État il y a peu d'hommes qui dépassent un certain âge, la plupart d'entre nous étaient plus jeunes. Par jeunes je veux dire moins de trente ans. Beaucoup de jeunes nègres qui se connaissent entre eux de la rue et qui font leur business en prison, ou essaient. Il y a tout de même quelques détenus qui ne sont pas des villes, mais viennent de petits bourgs ou de la campagne, et ceux-là sont généralement des Blancs. J'étais l'un d'eux.

Améliorez vos compétences en anglais était un cours permanent à Red Bank quand ils arrivaient à trouver des professeurs. Les professeurs étaient bénévoles. Je n'ai suivi le cours que quand il était donné par Mme Knudsen. Et seulement dix semaines parce que après j'ai eu ma libération conditionnelle. Pour bonne conduite comme je l'ai dit. Dans ces endroits-là les surveillants sont généralement des Blancs comme moi, et ils me font confiance. Mme Knudsen m'aimait bien et me faisait confiance, et j'ai des raisons de croire qu'elle a fait un bon rapport sur moi à la Commission. C'était évident, car quand nous nous sommes revus, cinq semaines après ma libération, nous nous sommes rencontrés par hasard au centre commercial de Medlar, Mme Knudsen m'a tout de suite souri et m'a tendu la main comme personne ne le faisait jamais à Red Bank ni nulle part ailleurs, et elle a dit, Liam, c'est bien ça ? Bonjour !

Comme si c'était une surprise et que ça lui fasse plaisir. Comme si j'étais quelqu'un qu'elle connaissait et pour qui elle avait de l'affection.

Ce feu dans les yeux de Mme Knudsen. Je n'étais pas sûr de l'avoir vu avant, à Red Bank. Ses vêtements amples l'avaient caché. J'ai vu alors que ses yeux étaient chaleureux et sombres et pleins d'espoir.

Je vous offre une tasse de café, Liam Gavin. Vous avez l'air très en forme.

Vous avez l'air très en forme n'est pas le genre de chose que les gens me disent, ceux que je connais ou avec qui je travaille. Pourtant quand Mme Knudsen a prononcé ces mots, je me suis senti très heureux.

Starbucks! Le genre d'endroit où je ne vais jamais. Mais Mme Knudsen a insisté et à l'intérieur, assis à une petite table, j'ai respiré les odeurs, regardé autour de moi et vu que ça allait, personne ne me dévisageait ou ne se demandait qui j'étais. *Tu n'es pas des nôtres. Tu n'as pas ta place ici* – des mots railleurs auxquels je me serais attendu, mais qui ne sont pas venus. Car tellement de gens me ressemblent maintenant. Des Blancs de vingt ans, et même des lycéens. Mme Knudsen avait le truc pour me mettre à l'aise, elle m'a posé des questions de cette façon lente et pénétrante qu'ont les professeurs, comment j'allais, ce que je faisais maintenant, si j'avais un travail, si j'avais une famille, où est-ce que j'habitais. Disant avec ce sourire qui creusait des rides comme des marques de coups de couteau de chaque côté de sa bouche : Tu étais l'un des meilleurs élèves, Liam. Tu étais toujours si attentif, tu te tenais si droit. Tes compositions étaient très intéressantes. Grâce à toi je me sentais moins… désespérée.

Entendre ça m'a surpris. Je ne savais pas où regarder. La tasse de café était lourde dans ma main, et elle tremblait.

Mme Knudsen a ri et dit en baissant la voix que oui, quelquefois elle était vraiment désespérée. Il y avait de la gêne entre nous parce qu'on ne s'attend pas que son professeur parle comme ça mais aussi de l'excitation à cause de cet aveu. La main de Mme Knudsen tremblait un peu, elle aussi, sur la tasse de café. Il y avait une expression de jeune fille – hardie, flirteuse, provocante – sur son visage que je n'avais pas vue à Red Bank où Mme Knudsen nous avait demandé de l'appeler Evvie mais où nous ne l'avions pas fait, par politesse et par gêne nous ne l'avions appelée d'aucun nom. Où elle portait des vêtements amples sans presque jamais se maquiller et n'avait jamais eu l'allure qu'elle avait maintenant dans le centre commercial de Medlar, jamais de pantalon sexy montrant la courbe de ses hanches avec un pull rentré dans la ceinture, et la bouche brillante de rouge à lèvres.

Disant d'un ton grondeur : Appelle-moi Evvie, je t'en prie ! Je t'appelle bien Liam.

Evvie, j'ai dit. Ev-vie.

Cela faisait bizarre sur mes lèvres, comme un mot étranger que je pouvais prononcer mais sans le comprendre.

Mme Knudsen me parlait de sa famille. Son mari était un homme très occupé, disait-elle, un comptable. Son fils avait quatorze ans et n'avait plus besoin d'elle. Même pas pour le consoler quand il a le cafard. Il se met à son ordinateur et la porte de sa chambre est fermée. Les e-mails, il n'y en a plus que pour ces satanés e-mails. Bien sûr je comprends que ce n'est plus un petit garçon, je le comprends. Je ne voudrais pas qu'il reste un enfant. Je l'aime trop pour ça. Mon mari…

Voilà de quelle étrange façon intime Mme Knudsen me parlait dans le Starbucks. Comme si nous étions de vieux amis qui se retrouvaient après de longues années. Elle était penchée en avant, les coudes sur la table. Elle avait pris trois cafés, et moi deux, que je n'avais pas finis. Elle m'a demandé si j'avais faim et quand j'ai dit oui, elle a commandé des biscuits aux pépites de chocolat que j'ai mangés en essayant de ne pas faire de miettes. Cette première fois où nous nous sommes rencontrés dans le centre commercial de Medlar, et qui semblait être, si vous nous aviez vus, le fait du hasard. Mme Knudsen le penserait. Elle ne se doutait pas que je m'étais installé à Medlar. Quand on m'avait relâché, j'avais feuilleté les annuaires de trois comtés avant de trouver la bonne famille Knudsen. Medlar n'était pas trop loin, la commission de libération conditionnelle m'avait autorisé à habiter Medlar pourvu que j'y aie un travail, ce qui était le cas. Et donc je m'étais installé, et j'allais souvent au centre commercial à différentes heures de la journée. Je ne passais pas devant la maison de Mme Knudsen. Je connaissais l'adresse et je savais où était la rue, mais je ne passais pas dans cette rue. Je ne téléphonais pas non plus à ce numéro, même pas pour entendre la voix de Mme Knudsen. Jamais je n'aurais fait une chose pareille. J'étais en liberté conditionnelle, je savais à quoi m'en tenir, et Mme Knudsen aussi : il n'est pas permis de voir des gens de Red Bank à l'extérieur de l'établissement quand ils sont en liberté conditionnelle. J'ai pensé *Elle l'oublie. Elle fait semblant d'oublier.* Cette idée m'a rendu heureux, car c'était un secret entre nous.

Après le Starbucks, Mme Knudsen a demandé si cela m'arrangerait qu'elle me dépose quelque part et j'ai répondu que oui, ce serait bien. Elle m'a donc emmené jusqu'à l'endroit où j'habitais, quelques kilomètres au nord de la ville, dans un ancien motel transformé en studios à louer. Mme Knudsen a dit que je devais me sentir seul, que c'était un endroit mélancolique, et j'ai haussé les épaules et répondu que ça allait.

La station-service Amoco où je travaillais se trouvait tout près. Pour aller au centre commercial, je prenais le bus. J'aurais bientôt une voiture. J'ai attendu que Mme Knudsen dise qu'elle aimerait voir mon appartement, la façon dont je l'avais décoré, mais elle ne l'a pas fait.

Mais Mme Knudsen a pris mon numéro de téléphone. Et deux jours après Mme Knudsen m'a appelé. Car elle pensait que je devais me sentir seul, a-t-elle dit. Je lui avais raconté que ma famille était dispersée un peu partout, ce qui était vrai. Elle comprenait que ce devait être dur pour moi, la liberté conditionnelle. À Red Bank on ne demandait pas pourquoi un détenu était bouclé, et Mme Knudsen ne m'avait pas demandé pourquoi on m'y avait envoyé. Dans l'une des rédactions que j'avais écrites pour Mme Knudsen, j'avais parlé de ma condamnation pour violences avec voies de fait, une bagarre que j'avais eue dans un bar de Trenton avec un homme que je ne connaissais pas et que je n'avais pas eu l'intention d'amocher autant. C'était deux mois après la trahison de Hannah, mais j'étais encore dans cet état d'esprit où je m'emportais vite et avais envie d'amocher même un inconnu qui m'énervait par sa façon de me regarder. Mais de cette inculpation et si ma condamnation était juste, Mme Knudsen n'en parlait et n'en parlerait jamais.

La semaine suivante, le mercredi où je ne travaillais que la demi-journée, Mme Knudsen m'emmena déjeuner dans un restaurant de Pinnacle, et ensuite dans une librairie appelée le Bouquivore. Dans une vieille maison à charpente de bois, et en bas il y avait le Trésor-des-poches, une cave qui sentait le cimetière mais que Mme Knudsen avait l'air de bien aimer, des étagères de vieux poches moisis qui coûtaient à peine 50, 25 ou 10 cents. Mme Knudsen en a choisi une dizaine pour moi en disant, Oh Liam, tu vas aimer celui-ci! et *celui-là*!… tu vas adorer celui-là! excitée comme une adolescente. Cela me faisait sourire de la regarder. Certains de ces livres étaient pour jeunes adultes, *Le Système solaire à l'ère des grands dinosaures, Le Poney rouge*. Des biographies de John Fitzgerald Kennedy, Babe Ruth, des premiers astronautes. Dans les yeux bruns chaleureux de Mme Knudsen, je voyais l'espoir de quelque chose, si intense que c'était comme une douleur. Son désir de croire quelque chose sur moi que je ne pouvais pas comprendre, encore moins nommer.

Ces vieux bouquins moisis, j'avais envie de les jeter avec dégoût. Je n'avais pas quinze ans. Je n'étais pas un débile mental. Mais j'ai remercié Mme Knudsen de sa gentillesse. Pour les livres et pour le déjeuner. Mme Knudsen m'a effleuré le poignet en disant d'un ton grondeur : Voyons, Liam, appelle-moi Evvie, je t'en prie !

Entre nous il y a eu cet éclair de lumière, si ardent qu'on n'imagine pas qu'il puisse jamais s'éteindre. Mais j'ai appris à me méfier.

Liam Gavin était le nom que j'avais reçu, mais tout au fond de Liam Gavin il y avait un être qui ne pouvait être nommé. Cet être-là n'avait jamais été baptisé dans aucune église. Aucune femme ne lui avait chanté des berceuses en le tenant dans ses bras.

Cet être semblait résider dans mes yeux. Quelquefois dans la région du cœur. Quelquefois dans mon ventre. Et quelquefois entre mes jambes musclées.

Entre mes jambes, quelque chose comme un poing qui devenait dur et s'enflammait d'un sang soudain.

Cette chose n'avait pas de nom. Elle venait d'un temps avant qu'il y ait des noms, ou même des mots. Avant que Dieu parle avec une langue humaine.

Cette femme en particulier, je ne voulais pas lui faire de mal. Je pleurais dans ses bras et elle pardonnait ma faiblesse. Comme les femmes pardonnent la faiblesse si c'est un pont pour leur force.

Une lumière jouait autour de sa tête qui était petite et nette, les cheveux coupés court. Elle avait fait une chimiothérapie, disait-elle, ses cheveux avaient été épais, ils étaient tombés et avaient repoussé fins et vaporeux, doux comme ceux d'un enfant, et sans couleur, pareils au duvet des chardons. Alors elle se les était coupés elle-même, aux ciseaux, pour ne plus avoir à y penser. Comme elle avait cessé de penser à tout ce qui était futile, disait-elle.

Elle était potière et tisserande. Tant d'objets créés étaient exposés dans sa maison que vous les regardiez avec étonnement. Une maison aux couleurs vives de fleurs, et une odeur de pâte à modeler, de peinture. Et l'odeur du pain qu'elle faisait elle-même et dont elle me nourrissait : du pain complet avec des noix, des raisins secs, des graines de tournesol. Des repas préparés pour moi dans des plats en grès : riz sauvage, polenta. Elle aimait me regarder manger, disait-elle. Car elle-même avait très peu d'appétit, mais souhaitait nourrir les autres.

Sa peau était pâle comme du parchemin. Son visage lui-même semblait ratatiné. Ses yeux étaient cernés d'ombres mais devenaient vifs et scintillants quand elle travaillait. Pour me parler, si elle n'était pas fatiguée, elle levait ces yeux-là et je sentais quelque chose se retourner dans mon cœur, ils étaient beaux d'une façon qu'aucun autre homme ne pouvait voir. Car Liam Gavin a reçu le don de discerner la beauté là où un autre homme, indifférent et grossier, ne la verrait pas.

Je n'étais pas certain de son âge. Elle était peut-être plus âgée que Mme Knudsen. Mais elle était peut-être beaucoup plus jeune. Elle était menue d'une façon différente de Hannah. Dans mes bras elle cherchait protection. Je me disais *Enfin quelqu'un qui a davantage besoin de moi que de la vie même.*

Devant ses fenêtres il y avait des mangeoires pour les oiseaux. Je l'ai aidée à accrocher la plus neuve à un coin du toit. Elle m'a remercié et ses yeux se sont remplis de larmes pareilles à des pierres précieuses. De sa cuisine, nous regardions des cardinals, des mésanges, des juncos, des geais battre des ailes dans l'air, se poser sur les perchoirs. Ces oiseaux, elle me les nommait. Les plumes du cardinal mâle, rouge sang, stupéfiantes à voir. Si elle était fatiguée, nous nous étendions sur son canapé sous l'un de ses dessus-de-lit faits main en fin d'après-midi quand le soleil s'inclinait dans le ciel et que le soir tombait et nous regardions les oiseaux sans être vus et entendions leurs petits cris. Quelquefois nous dormions, les cris des oiseaux se mêlaient à nos rêves. Et parfois nous partagions le même rêve, de nous deux étendus ensemble sous un dessus-de-lit fait main en train de regarder des oiseaux manger, battre l'air de leurs petites ailes.

Cela a été une époque heureuse pour moi. La plus heureuse, je crois. Mais une époque étrange. Car Olive était la seule femme que j'aie connue qui savait regarder dans mon âme comme par une fenêtre. Les autres, c'était un miroir qu'elles avaient vu. Leur propre visage qu'elles avaient vu et adoré.

Ma bien-aimée était si frêle qu'on aurait dit ses os creux. Pourtant quand j'étais emprisonné dans l'un de mes cauchemars, elle me réveillait. Elle prenait mon visage brûlant de fièvre dans ses petites mains fraîches et elle me parlait comme on parlerait avec douceur à un enfant, pour le réveiller, mais sans l'effrayer.

Liam! Liam Gavin! Je suis là, je serai toujours là. Tu es en sécurité avec moi.

Quand Olive a disparu, ils sont venus me poser des questions. Car on savait que j'étais l'ami d'Olive. Je vivais chez elle depuis cinq mois. Ils m'ont posé une quantité de questions, et pourtant j'ai répondu à toutes. Je n'ai pas essayé de m'enfuir. À croire que j'étais surpris comme tout le monde, et inquiet, qu'Olive soit partie. Ils m'ont demandé comment nous nous étions rencontrés, et je leur ai dit qu'en passant par cette petite ville, Upper Black Eddy sur la Delaware, j'avais vu une foire artisanale à côté d'une église, et que je m'étais arrêté, j'avais admiré les belles couleurs de certains des vases et des pots, et il y avait des tissus comme je n'en avais jamais vu, et des tableaux…! J'étais resté là à regarder sans pouvoir en détourner les yeux.

Je ne leur ai pas dit toute la vérité : que les pots, les vases, les tissus d'Olive ou des autres ne m'intéressaient pas beaucoup. Ce qui avait attiré mon attention c'était un petit tableau d'un garçon d'une douzaine d'années qui avait mon visage.

Un visage irlandais anguleux, osseux, renfrogné, des yeux bleu pâle, et des cheveux raides couleur cuivre, légèrement plus clairs que les miens à cette époque-là de ma vie.

Olive ne peignait plus beaucoup, a-t-elle dit, mais avant elle avait fait des portraits, et celui-là était un « portrait rêvé », quelqu'un dont elle avait eu la vision mais qu'elle ne connaissait pas.

Je ne leur ai pas dit que j'avais vu le nom écrit en petit dans le coin de la toile : *Olive*. Que j'avais su qu'*Olive* serait mon destin avant de lever les yeux et de remarquer la femme qui m'observait.

Cette femme n'avait prononcé qu'un mot, à voix basse, quand je m'étais tourné vers elle.

Toi !

Je n'ai pas dit aux policiers ces vérités-là, car elles étaient privées et sacrées pour moi. Car je savais que ce serait compris de travers.

On m'a demandé et redemandé ce que je savais d'Olive Lundt – car tel était son nom entier – et si j'avais une idée de l'endroit où elle pouvait être allée, mais je ne pouvais que leur répéter que je ne savais pas. Qu'il y avait beaucoup de choses dont Olive ne me parlait pas. Car Olive était une artiste et pas une femme ordinaire, et à cause de cela sa vie était intérieure et secrète. À Upper Black Eddy on savait qu'elle partait souvent toute seule. Elle allait chez des amis sur la côte. Elle allait chez des amis dans les Poconos. Les mois de grand froid elle partait à Key West habiter chez des amis artistes. Elle avait été mariée longtemps auparavant. Elle n'était pas proche de sa famille qui vivait à Rutherford dans le New Jersey. Elle avait beaucoup d'amis mais certains de ces amis ne se connaissaient pas entre eux, car tel était le souhait d'Olive. Que personne n'en sache trop sur elle. Dans ses périodes de maladie, elle ne voulait pas que ses amis la voient. Peut-être était-ce l'une de ces périodes, ai-je dit. Peut-être son cancer était-il revenu. Et Olive avait souhaité être seule.

Ils ne voulaient pas me croire, car de toutes les personnes qu'ils avaient interrogées à Upper Black Eddy, Liam Gavin était celui qu'ils soupçonnaient. Ou souhaitaient soupçonner. Car j'étais en liberté conditionnelle et j'avais ce qu'on appelle un casier judiciaire, et j'avais partagé la maison d'Olive. Pourtant ces agents de police étaient des hommes comme moi. Comme les surveillants de la prison de Red Bank, ils se savaient une certaine parenté avec moi. Je répondais sincèrement à leurs questions. Je n'avais pas essayé de quitter Upper Black Eddy. je parlais sans culpabilité. Je ne parlais pas avec l'air de quelqu'un qui a été blessé ou trahi. Mais plutôt en butant sur les mots, étonné, désorienté. Qu'Olive soit partie un soir sans dire au revoir, et sans explication.

Est-ce que j'accepterais de passer au détecteur de mensonge, m'ont-ils demandé.

Oui! Volontiers.

Au début, Olive était si confiante qu'elle me donnait ses chèques à encaisser. Elle me donnait de l'argent pour les courses. Elle disait souvent: Je pourrais me blottir dans ton cœur, Liam Gavin.

Plus tard je me suis dit qu'elle me mettait à l'épreuve. Elle mettait à l'épreuve sa foi en moi. Presque comme si elle désirait que je vole son argent et disparaisse. Car alors elle aurait souri en disant *C'était écrit. Je suis destinée à vivre seule.*

J'habitais chez Olive depuis trois mois quand son fils est venu la voir. Elle m'avait dit qu'elle avait un fils mais il ne m'avait pas paru réel. Il avait huit ans. Au moment du cancer d'Olive, il avait cinq et six ans et comme elle ne pouvait pas s'occuper de lui, il était allé vivre avec son père et la nouvelle femme de son père à Tom's River dans le sud du Jersey. C'était un enfant silencieux, menu comme sa mère. Mais maussade et méfiant en ma présence. Je me suis juré de gagner sa confiance. De gagner son amour. Je parlais doucement en sa présence. Je l'ai emmené faire du canoë à New Hope. J'ai réparé sa bicyclette cassée. Malgré tout il ne me souriait pas, me parlait rarement. Très vite ce garçon est devenu une graine ou une petite arête que je n'arrivais pas à avaler mais ne pouvais pas cracher non plus. Je ne le haïssais pas. Je veillais à cacher mon impatience. Car j'avais encore au cœur l'espoir de l'aimer et d'être un père pour lui. Car il était temps pour moi de me marier. Quand elle me voyait avec son fils, Olive disait : Je t'aime d'aimer mon fils, Liam Gavin ! La tragédie de sa vie est que son propre père ne l'aime pas.

Olive ne semblait pas s'apercevoir que son fils ne m'aimait pas, un étrange aveuglement chez quelqu'un qui se servait si habilement de ses yeux dans son travail. Je finirais par comprendre que c'est l'aveuglement volontaire de l'artiste, qui ne voit que ce qu'il souhaite voir. Car au plus profond de son cœur Olive ne vivait pas pour les autres mais pour *son travail* comme elle disait.

Vint le jour où le garçon se rétracta en ma présence même quand je lui souriais, et je me dis *Il va devoir mourir.* C'était une pensée calme, comme un épervier, haut dans le ciel, repère sa proie sur terre, loin au-dessous de lui, et se prépare à frapper, vite et cependant sans hâte. Puis un soir dans mes bras dans notre lit

Olive se mit à pleurer parce que son garçon ne dormait pas – elle le savait! – dans sa chambre, et qu'elle se sentait terriblement coupable de ne pas pouvoir l'aimer comme une mère devrait aimer son enfant. Oh Liam, dit-elle, je l'ai abandonné quand je croyais que j'allais mourir. Je voulais l'épargner. Je l'ai repoussé. Je l'ai obligé à vivre avec son père et sa belle-mère, et il ne m'a jamais pardonné. Il ne fera plus jamais confiance à une femme.

J'ai dû reconnaître que c'était vrai. Je me sentais une fureur de pitié pour lui. Cet enfant si pareil à moi que sa mère ne pouvait pas aimer, dont sa mère avait détourné son visage. Et j'ai su que je ne pourrais pas lever le petit doigt contre lui.

Après cela, il se fit que je mis Olive à l'épreuve par certaines mesures. Je voulais savoir si elle aimait Liam Gavin ou si elle aimait *son travail*. Car elle parlait de *son travail* avec férocité et tendresse, comme si elle le détestait et l'aimait tout à la fois, *son travail* logé profond dans son corps comme un œil dans son orbite, ou un os dans la chair. *Son travail* qu'elle plaçait plus haut que son fils. Par maladresse j'ai renversé un grand vase couleur de terre dont elle avait parlé avec dédain et pourtant j'ai vu un éclair de fureur passer dans ses yeux, et j'ai su qu'elle était fière de ce vase, comme elle était fière de tout ce qu'elle créait, bien qu'elle parle et se conduise avec humilité. C'était la première fois qu'une femme ou une fille regardait Liam Gavin de cette façon. Ma main a jailli, le dos de ma main a frappé son visage de parchemin. De stupeur elle est tombée à la renverse, elle sanglotait, grelottait. Et cependant il y avait de l'exaltation en elle, qu'un homme ait enfin osé la frapper comme elle le méritait. Mais j'ai fui la maison, couru à travers un champ marécageux jusqu'au bord de la rivière où brisée en morceaux comme des yeux fous la lune se reflétait et où quelques minutes plus tard la femme est venue à moi me toucher le bras avec douceur. Car je savais qu'elle viendrait à moi, qu'elle ne me chasserait pas de sa maison et de son lit. Je savais que sa fierté était telle qu'elle s'était convaincue qu'elle était sans fierté.

Elle renverrait le garçon à son père, dit-elle. Pour m'apaiser. Car elle pensait que c'était le garçon qui nous avait séparés. Elle ferait cela pour moi en se racontant que c'était pour Liam Gavin et non pour elle, que le garçon était un fardeau pour elle, un hameçon dans le cœur, le rappel d'une faiblesse dont elle ne souhaitait pas se souvenir.

Nous avons été tendres comme de nouveaux amants, cette nuit-là. Car je n'avais pas souhaité faire de mal à cette femme, en vérité. Elle était si diminuée et si frêle : l'os de son crâne presque visible sous ses cheveux fins d'enfant. Pardonne-moi, demandai-je, et bien sûr elle me pardonna, c'est un signe de la force de la femme de pardonner la faiblesse d'un homme. Pourtant à l'instant où le vase s'était fracassé à mes pieds, j'avais compris qu'Olive n'avait pas besoin de moi. C'était une potière, une tisserande. Elle avait *son travail*. Elle n'était pas assoiffée d'amour comme l'avait été Mme Knudsen. Elle n'avait pas l'innocence de Hannah qui était une enfant en duperie comme en amour. Dans son cœur Olive me trahissait chaque minute de chaque jour car dans son cœur il n'y avait de place pour aucun homme.

Pourtant je n'agis pas aussitôt. Le propre de l'épervier est de s'élever, de contempler sa proie d'une grande hauteur. Le propre du chasseur est la vitesse, mais non la hâte. Il y avait une douceur dans nos étreintes, qui exigeait de moi une grande délicatesse, comme si je faisais l'amour à un enfant, qui m'excitait, et quand j'étais en colère, l'excitation qui passait entre nous était douce, elle aussi. Quand le feu courait dans mes veines, Olive osait s'approcher de moi et me serrer dans ses bras. Olive était assez forte pour cela, et elle en était fière. Tu vois, disait-elle, je suis ton paratonnerre, Liam! Je peux te sauver de toi-même. Tu es en sécurité avec moi, mon amour.

En hiver dans les champs recouverts de neige et dans les bois de pins, on voit quelques plumes souillées, des os minuscules d'oiseau, quelquefois des bouts de pattes, des becs. Les « restes » abandonnés par des prédateurs tels qu'éperviers, hiboux. Car les prédateurs doivent faire leur proie de créatures plus petites et plus faibles pour survivre. *C'est notre destin.*

Hannah. Evvie. Olive. Et d'autres à venir, car Liam Gavin s'est installé dans la vallée de la Delaware, à la limite des États du New Jersey et de Pennsylvanie, où la Delaware court, large et belle, reflétant le ciel lointain.

Pas de restes grossiers « abandonnés », mais des enterrements soigneux : profonds ! Dans les bois de pins où la terre moussue est humide et molle.

Ce test au détecteur de mensonge, Liam Gavin le réussit sans difficulté, comme les précédents.

Les jumeaux : un mystère

« Qu'y a-t-il au programme ? »

Le vieux Dr A*, médecin à la retraite, prend la télécommande de plastique noir dans sa main légèrement tremblotante, l'affermit de son autre main et appuie sur le bouton de mise en marche. Comme sous l'effet d'une baguette magique, la face miroitante du poste de télévision prend vie. Aussitôt une image grotesque, peu convaincante, apparaît sur l'écran. Mécontent, le Dr A* zappe, poignardant l'air de sa télécommande.

« Rien. Rien de stimulant pour l'intellect ne passe jamais. »

Avec un grognement, le Dr A* prend un DVD noir sur une étagère, le glisse dans le lecteur, apparaît alors sur l'écran un visage familier. Deux visages. Avec un sourire satisfait, le Dr A* s'installe pour regarder.

« Ma foi, c'est toujours mieux que rien. »

Ils étaient jumeaux. Vrais jumeaux. Ils préféraient se considérer comme de simples frères.

Être jumeaux dans l'enfance est adorable. Être jumeaux à l'âge adulte est abominable.

Et donc ils étaient deux jumeaux – deux frères – ayant une attitude saine et sceptique sur la mystique de la *gémellité*. Ils découpaient les articles tapageurs des tabloïds – histoires de JUMEAUX TÉLÉPATHES – histoires de JUMEAUX SÉPARÉS À LA NAISSANCE – pour se les envoyer.

Biologiquement parlant, ils étaient de «vrais» jumeaux parce que leur ADN était identique. Leurs chromosomes étaient identiques. En fait, ils étaient des jumeaux en miroir.

C'est-à-dire que leurs deux visages de Caucasiens mâles, très ordinaires à tout autre égard (quoique un peu asymétriques), divisés par le milieu et appariés, formaient un visage complet.

Si par exemple vous aviez découpé verticalement les visages de B* et de C* et que vous eussiez joint la moitié droite du visage de B* à la moitié gauche de celui de C*, vous auriez obtenu un appariement «parfait».

Leur raie se formait naturellement sur les côtés opposés de leur tête. L'œil gauche de B* était plus faible que son œil droit, et l'œil droit de C* était plus faible que son œil gauche. Le sourire de B*, qui relevait d'abord le côté gauche de sa bouche, était reflété en miroir par celui de C*, qui relevait d'abord le côté droit de sa bouche. B* était droitier, C* gaucher. (Quoique C*, doué d'une forte volonté, eût réussi à devenir ambidextre. «Pour s'intégrer dans un monde droitier tyrannique.») La dent de sagesse incluse de B*, arrachée à vingt-neuf ans, se trouvait juste derrière sa molaire gauche supérieure, et la dent de sagesse incluse de C*, arrachée à trente ans, se trouvait derrière sa molaire droite supérieure.

Naturellement leur mère bien intentionnée les avait habillés comme des jumeaux dans leur petite enfance. Leur père avait pris de nombreuses photos d'eux, bébés, petits garçons, vêtus et dévêtus, fasciné par leur *gémellité* qui, selon lui, venait de ses gènes ancestraux.

Leur mère se rendit compte, à mesure qu'ils grandissaient, que leur *gémellité*, si commentée par les autres, les mettait mal à l'aise. Elle cessa de les habiller comme des jumeaux vers l'âge de huit ans. Ils allèrent à la même école primaire, mais furent envoyés dans des pensionnats distincts de Nouvelle-Angleterre. Ils allèrent dans des universités distinctes. B* se maria le premier, à vingt-six ans ; quand C* se maria, à l'âge de vingt-sept ans, on remarqua que, à l'encontre des clichés sur la *gémellité*, il épousait une femme très différente de celle de son frère.

Du moins le semblait-il.

Les épouses des deux frères s'efforcèrent de « s'apprécier ». Mais elles ne firent guère d'efforts pour se voir. Il se peut que la proximité physique de C*, le vrai jumeau de l'homme dont elle partageait l'intimité, ait été déroutante pour la femme de B* ; ce malaise étant très vraisemblablement ressenti aussi par la femme de C*, leurs rencontres étaient empruntées. Et il y avait le Dr A*, qui supervisait les réunions de « famille ». Peu à peu la femme de B* encouragea son mari à voir C* seul, à dîner ; la femme de C* était peut-être légèrement jalouse de la proximité des deux frères, mais sans excès. La femme de B* était peut-être jalouse de la femme de C*, mais sans excès.

B* était expert-comptable. C* dirigeait l'agence locale d'une grande compagnie nationale d'assurances. Ni l'un ni l'autre n'avaient jamais envisagé un seul instant de faire des études de médecine.

Le Dr A* était-il amèrement déçu que ses fils eussent refusé de l'honorer en adoptant sa profession ? Ou n'était-il que modérément déçu, et porté à des remarques ironiques en présence de ses fils afin de leur laisser connaître les contours de ses sentiments, mais non leur profondeur ? Pendant les soirées qu'ils passaient ensemble, les deux frères discutaient de cette question à perte de vue, sans parvenir à aucune conclusion.

Le fait est que B* et C* étaient des hommes d'un naturel doux. Comme à dessein tous deux étaient devenus des hommes mûrs avant même leurs trente ans. Leurs cheveux couleur écureuil s'éclaircirent au sommet de leur crâne, leur donnant un air jeune et interrogateur. B* portait des lunettes à monture d'acier, et C* des lunettes ovales sans monture. Il leur fallut des verres à double foyer à la quarantaine. B* avait l'allure aimable et résignée d'un homme portant un fardeau mou, peu lourd, mais encombrant, un sac de linge par exemple. C*, résolu à être le frère «actif et sportif», mettait un point d'honneur à marcher d'un pas élastique, même en l'absence de tout observateur.

Leur mère mourut, d'un cancer particulièrement virulent et rapide alors que B* et C* avaient quarante-deux ans. Ils la pleurèrent amèrement, mais en silence, sans éprouver le besoin d'en parler. Peut-être avaient-ils été saisis de spasmes de douleur identiques au moment de la mort de leur mère, peut-être enduraient-ils les mêmes cauchemars au moment de l'anniversaire de sa mort et rêvaient-ils souvent d'elle, mais ils n'en parlaient jamais. Ils étaient stoïques, ils souffraient intérieurement. Le fait que leur mère fût morte en les laissant avec leur père était une source d'anxiété perpétuelle dont ils ne parlaient pas non plus.

Car qu'y avait-il à dire? *Si seulement il était mort à sa place…?*

Quand les deux frères se retrouvaient, ils ne s'embrassaient jamais, mais échangeaient une chaleureuse poignée de main, et dans leurs yeux brillaient la douleur et l'étonnement continuel que leur causait l'absence de leur mère au monde. Et la conscience écrasante de l'existence continuée de leur père. Puis un sourire nerveux s'ébauchait au coin gauche de la bouche de B*, et un sourire nerveux s'ébauchait au coin droit de la bouche de C*, et leur humeur changeait.

Les deux frères n'étaient pas pleurnicheurs de nature. Ils n'avaient que mépris pour les discours victimaires. La passivité, l'apitoiement sur soi-même. C'étaient des hommes intelligents, aisés, qui se croyaient immunisés contre les agents pathogènes de la société de leur époque.

Leur père était en vie. Et vieillissant.

Il fut remarqué par la femme de B*, comme par la femme de C*, que leur beau-père, le Dr A*, dont le caractère avait toujours été difficile et assez énigmatique, devenait plus difficile et plus énigmatique en prenant de l'âge.

Le Dr A* avait fini par prendre sa retraite, à contrecœur, à soixante-quinze ans. Le vieil homme se vantait néanmoins d'être un « conseiller fort bien payé » dans son domaine de spécialité très pointu, la neurophysiologie.

Depuis la mort de sa femme, le Dr A* attendait de ses fils qu'ils lui téléphonent au moins une fois par semaine. Il avait coutume de leur téléphoner le dimanche soir, quoique pas systématiquement ; si le Dr A* téléphonait à ses fils, c'était le dimanche soir. Les deux frères se rendirent vite compte que le Dr A* téléphonait d'abord à B*, puis à C*. Jamais il ne dérogeait à cette habitude. Si B* n'était pas chez lui, il n'appelait C* qu'après le retour de B*.

(Pourquoi ? Parce que B* était l'aîné de huit minutes.)

Le Dr A* avait depuis longtemps cessé de photographier les spécimens de jumeaux qu'étaient B* et C* ; il avait néanmoins longtemps « dressé » les deux frères l'un contre l'autre. (« La compétition est la source de l'excellence génétique. "La survie des meilleurs". Sans elle, la société devient dysgénique. Les races sombrent dans la dégénérescence et disparaissent. »)

B* et C* n'avaient compris qu'à la sortie de l'adolescence que leur père les manipulait en entretenant leur rivalité, et ils avaient alors conclu une trêve secrète.

« C'est à nous que nous devons mutuellement allégeance. Pas à *lui*. »

Lorsque le Dr A* remarqua qu'aucun de ses fils ne montrait de « grands signes de virilité, ni surtout de fertilité » (allusion grossière quoique elliptique au fait que ni B* ni C* ne semblaient enclins à avoir des enfants), les frères gardèrent un silence digne.

B* croyait néanmoins secrètement que C* était le préféré de leur père, et C* croyait secrètement que B* était le préféré de leur père. Chacun pensait de l'autre : « Père lui pardonne tout. »

Le Dr A* avait peut-être pleuré la mort de sa femme, mais il s'en était remarquablement remis. Enthousiaste depuis toujours, il était maintenant enclin à un nihilisme robuste et enjoué. B* pensait que son père avait une personnalité dépressive, C* le pensait plutôt enclin à la paranoïa, à la manie. Leurs épouses estimaient que le vieillard était « normal » – quoique « excentrique ». Il était fortuné, mais regardant, jusqu'à la mesquinerie, sur des dépenses insignifiantes. L'enterrement au rabais de sa femme, par exemple. (« À quoi sert un enterrement coûteux sinon à nourrir les directeurs de pompes funèbres, vous pouvez me le dire ? ») La maison familiale, une élégante demeure de style Tudor, bâtie en retrait de la rue dans le quartier historique de la ville, s'était délabrée depuis la mort de Mme A*, un état d'abandon qui semblait délibéré. Une mousse vert vif poussait par plaques sur les toits de tuiles, des chardons et des arbrisseaux naissaient dans les gouttières à la façon de pensées incontrôlables. L'allée circulaire asphaltée était festonnée d'une myriade de fissures arachnéennes. Les stores des fenêtres donnant sur la rue, souvent baissés, ressemblaient à des yeux vides, aveugles, et qui cependant regardaient.

Les deux frères s'inquiétaient : quand le Dr A* mourrait, hériteraient-ils conjointement de la vieille demeure ? Ou, suivant un scénario secrètement ourdi, le Dr A* laisserait-il la maison et peut-être même le gros de l'héritage à l'un des frères en excluant l'autre?

Pour cette seule raison, B* et C* redoutaient la mort de leur père, tout en y pensant constamment.

Un soir, alors que les deux frères avaient quarante-neuf ans, B* leva les yeux d'un livre sur les explorations arctiques (B* avait une passion d'amateur pour les explorations polaires, C* pour la guerre de Sécession) avec une expression légèrement inquiète. Sa femme lui demanda ce qui n'allait pas et, avant qu'il ait pu répondre, le téléphone sonna. La femme de B* dit, avec un sourire : « C'est ton frère. » B* répondit : « J'espère que non. » Une remarque qui, bien entendu, se voulait amusante.

Quand il décrocha, cependant, C* était au bout du fil. Son frère lui avait à peine dit bonjour que B* déclarait d'un ton caustique : « Quelque chose est arrivé à père, n'est-ce pas? C'est pour cela que tu appelles. »

C* garda le silence, comme pris au dépourvu. Peut-être avait-il mal interprété le ton de B*. Il était souvent contrarié par ce qu'il appelait « le sens de l'humour agressif » de son frère.

« Pardon, dit B*. Quelque chose ne va pas? »

C* répondit qu'à sa connaissance tout allait bien. Il appelait simplement pour dire bonjour.

B* se montra sceptique. B* dit : « Tu as eu des nouvelles de père, je pense?

— Non. Pas moi. Il ne t'a pas appelé dimanche dernier? Je n'ai pas eu de ses nouvelles depuis.

— Dimanche dernier? Je ne crois pas. C'était il y a deux semaines.

— Deux semaines? Tu es sûr?

— Je crois, oui. À moins qu'il ne t'ait appelé plus récemment.

– Il ne m'aurait pas appelé sans t'appeler. Tu le sais.

– Non, je ne le sais pas. Je n'ai aucun moyen de le savoir.

– Bref, as-tu appelé papa ? Lui as-tu parlé cette semaine ?

– Je l'ai appelé, mais il n'a pas répondu. J'ai appelé plusieurs fois.

– Moi aussi, et il n'a pas répondu. J'ai supposé qu'il appellerait ce dimanche-ci.

– Tu veux dire dimanche dernier.

– Tu crois ? Non. Je ne pense pas. »

Silence sur la ligne. Les deux frères commençaient à être préoccupés. La femme de B*, debout sur le seuil derrière lui, vit ses épaules se raidir et sa main lisser ses cheveux clairsemés d'une façon qui la toucha au cœur. La femme de C*, à peu près dans la même position, voyant son mari s'assombrir, passer une main dans ses cheveux clairsemés, éprouva une pointe de ressentiment et de jalousie. Car personne ne comptait autant pour C* que B*. Aucun mariage ne pouvait compter autant pour C* et B* que leur *gémellité*.

Les deux frères s'entretinrent, avec une inquiétude croissante. Ils établirent que ni l'un ni l'autre n'avaient parlé à leur père depuis plus de deux semaines, bien que tous deux eussent consciencieusement appelé. Le Dr A* n'ayant que mépris pour des appareils tels que répondeur ou messagerie, il était impossible de lui laisser un message.

« Papa était fatigué ces derniers temps, dit B*, avec hésitation. Il n'était pas lui-même.

– Qui est-il, alors ?

– Touché, répondit B* en riant.

– Je suis sérieux, dit C*. *Qui est-il ?* »

De nouveau, les deux frères se turent. Une pensée terrifiante leur traversait l'esprit.

Quand ils reprirent la parole, ce fut en même temps : «Nous ferions bien d'aller chez lui. Tout de suite.»

Chacun dans sa voiture, de leurs maisons situées aux extrémités opposées de la ville, les deux frères se rendirent chez le Dr A*. B*, qui avait arrêté de fumer (mais conservait un paquet de cigarettes mentholées dans la boîte à gants de sa voiture, en cas d'urgence) alluma une cigarette, sa première depuis près d'un an. Lorsqu'il arriva à destination, C* l'attendait dans l'allée, une cigarette à la main et un sourire étrange aux lèvres. Comme B*, C* avait arrêté de fumer quelque temps auparavant. «J'ai sonné, dit-il, et j'ai frappé à la porte. J'ai essayé de regarder par les fenêtres du rez-de-chaussée.»

«Papa est sans doute au premier, dit B*.

– Sans doute dans sa chambre.»

B* et C* sonnèrent de nouveau et frappèrent à la lourde porte en chêne. Pas de réponse. Pour ce qu'ils pouvaient en voir, pas de lumière au rez-de-chaussée. Les stores étaient tirés et les vitres, poissées par des années de crasse accumulée, presque membraneuses.

«Le fusil de chasse de papa. Tu as jugé que nous ne devions pas le lui prendre.

– Comment aurions-nous pu le lui "prendre" ? Il ne nous aurait pas laissés faire.

– Nous aurions pu le prendre sans lui en parler. Pour prévenir ce genre de chose.»

Les deux frères avaient haussé le ton, sans se regarder. Ni l'un ni l'autre ne se rappelaient clairement lequel d'entre eux avait suggéré de «prendre le fusil de chasse de papa», ni l'endroit où pouvait se trouver ce fusil ; ni même si leur père l'avait toujours en sa possession. Le vieil homme ne chassait plus depuis au moins dix ans. Vingt ans ? Il avait été déçu, à sa façon sardonique, qu'aucun de ses fils n'eût souhaité chasser avec lui, même à l'adolescence. Le seul fait de mentionner ce fusil devant lui aurait été embarrassant et insultant, si bien que les deux frères s'en étaient finalement abstenus. B* vit C* passer une main tremblante sur son visage. C* paraissait bouleversé, pâle. *Il est déjà entré. Il a vu, et il sait.* Lorsque C* regarda B*, il grimaça, comme sous le coup d'une douleur ou d'un sentiment de culpabilité.

« Tu es déjà entré, n'est-ce pas ? dit soudain B*. Tu sais ce qui est arrivé à papa.

— Tu plaisantes ? protesta C*. Non.

— C'est pour cela que tu m'as appelé, n'est-ce pas ?

— Mais c'est toi qui m'as appelé !

— Ça, c'était la semaine dernière. La dernière fois. Ce soir, c'est toi qui m'as appelé.

— Pas du tout. C'est absurde. J'étais en train de lire quand le téléphone a sonné.

— C'est moi qui étais en train de lire. »

B* dévisageait C*. Son cœur s'emballait. Il pensait qu'ils n'étaient presque plus des frères, encore moins des jumeaux.

« Eh bien, tu l'as fait ou pas ? dit-il, en s'efforçant de parler avec calme.

— J'ai fait quoi ?

— Tu es entré dans la maison ? Plus tôt dans la journée ? Sais-tu... ce qui nous attend au premier ?

— Et toi ? » dit C*, la voix tremblante.

B* eut un geste d'exaspération, d'écœurement. C* fit le même geste, en jurant tout bas. Les deux frères se trouvaient dans l'allée envahie de mauvaises herbes qui conduisait à l'entrée de derrière. Ils virent avec consternation de gros morceaux d'ardoise et de mortier, tombés du toit sur la pelouse montée en graine. Une volée d'étourneaux criards tournoyait au-dessus d'eux. Il flottait une odeur de déchets accumulés, d'égouts bouchés. La vieille Lincoln Continental royale de leur père n'était qu'à moitié dans le garage, comme si elle était tombée en panne d'essence à l'instant d'y entrer. L'arrière de la voiture était couvert de déjections d'oiseaux.

À la porte de derrière, qui donnait sur un étroit vestibule et sur la cuisine obscure, les deux frères hésitèrent. La porte était-elle fermée à clé ? (Elle l'était.) Qui briserait la fenêtre pour tourner la poignée ? (Car si le Dr A* attendait à l'intérieur, en parfaite santé, il serait furieux contre l'intrusion de ses fils.)

« Vas-y, souffla C*. Fais-le.

– Fais-le, toi, souffla B*. Tu es le préféré de père.

– Tu parles. C'est toi l'"aîné".

– Et toi, le "petit".

– C'est toi que papa a toujours préféré. Reconnais-le.

– Il t'a toujours préféré, toi. Je ne suis pas aveugle.

– C'est moi qui ne suis pas aveugle. »

B* fut à deux doigts de rudoyer C*, il le poussa du coude comme le ferait un gamin, non pour faire mal mais pour affirmer son pouvoir, son bon droit. C*, haletant, lui fit face, comme s'il le défiait de le toucher.

Finalement ce fut B* qui passa à l'action. Il brisa la fenêtre, pas avec son poing, mais avec des cisailles rouillées qui se trouvaient sur la véranda.

« Bien. Toi d'abord.

– Non, *toi*. »

Dès que les frères entrèrent dans leur ancienne maison, qui leur semblait à peine reconnaissable, l'odeur les frappa comme un mur.

(Une odeur de… quoi?)

(Pourriture, décomposition? Décomposition organique?)

(Une odeur de mort?)

«Seigneur, murmura B*.

– Mon Dieu…», chuchota C*.

Comme des enfants apeurés, ils pénétrèrent dans la cuisine. Elle était beaucoup plus grande et plus miteuse que dans leur souvenir. Le plafond était à plus de trois mètres au-dessus de leur tête, le linoléum, très usé, collait à la semelle de leurs chaussures. Dans l'évier, qui ressemblait davantage à un baquet d'autrefois qu'à un évier de cuisine, des piles d'assiettes sales trempaient dans une eau grise fongueuse.

«C'est de la folie, dit B*. Il devait le planifier.

– Si tu le pensais, pourquoi n'as-tu rien dit? dit C*. C'est toi qui lui as parlé en dernier.

– Non, ce n'est pas moi! C'est toi.

– Si tu savais qu'il était suicidaire…

– Je ne le *savais* pas. Mais je pense que toi, tu le savais.»

Cette fois les deux frères se frôlèrent, comme par accident. Une sensation pareille à des flammes bleues translucides courut sur leurs bras, à l'endroit où ils s'étaient touchés, et parut allumer un feu identique, violent et quasi invisible dans leurs cerveaux. Tous deux haletaient, mais s'efforçaient de respirer à petits coups par le nez, écœurés par l'odeur.

Ils n'avaient d'autre choix que de continuer. Leur père devait se trouver au premier. Ils entrèrent dans le vestibule obscur et s'approchèrent de l'escalier. L'odeur y était encore plus forte, descendait du premier tel un brouillard. Quelque chose détala sur le tapis, comme avec indignation.

«Tu es déjà venu ici, n'est-ce pas? dit B*, d'un ton presque implorant. Tu peux me le dire.»

C* écarta la question du même geste désinvolte et exaspéré, et cette fois B* lui saisit le bras. « Dis-le-moi. Dis-moi la vérité.

– Je ne suis pas venu, dit C*. Mais je crois que toi, si. Et comme tu as eu peur de le découvrir tout seul, tu m'as appelé.

– Je t'ai déjà dit que *je ne t'avais pas appelé*! C'est toi qui m'as appelé.

– Et c'est toi qui as la clé. L'"aîné" bien-aimé. Le fils préféré.

– C'est absurde. Je n'ai pas de clé. Tu sais bien que papa ne confiait ses clés à personne.

– Ah bon? Je le sais? Et par qui? Par toi? »

C* parlait d'un ton railleur, bien qu'il fût terriblement pâle et manifestement terrifié. Les deux frères étaient maintenant dans l'escalier, qui craquait sous leur poids. Ils se mouvaient avec une lenteur pénible, comme si la force de gravité de la terre avait brusquement triplé. En haut des marches, l'air était humide, vibrant. Ils devaient lutter contre la nausée. B* agrippait maintenant C* par le coude, et C* ne le repoussait pas.

Ils avancèrent lentement dans le couloir du premier, plus sombre que celui du bas, et plus long qu'ils ne s'en souvenaient. Ils dépassèrent leurs anciennes chambres : les portes semblaient avoir été clouées. Au bout du couloir se trouvait la chambre à coucher somptueusement meublée de leurs parents, une pièce qui leur avait été interdite dans leur enfance. Si la porte était ouverte et si leur mère les appelait, ils étaient autorisés à y pénétrer (et quel délice c'était d'y entrer!), sinon, non. À présent, cette porte fermée leur rappelait, et leur reprochait, leurs désirs enfantins indicibles.

« Il est là. Je le sais. »

Il était du devoir de B*, supposait-il, de pousser la porte. Mais il pouvait à peine lever son bras, lourd comme du plomb.

C*, la respiration rapide et courte, tenta faiblement de tourner la poignée.

On ne sait comment, ils parvinrent à ouvrir la porte. Ils appuyèrent tous deux la paume d'une main tremblante contre le bois, et la porte céda.

À l'intérieur, confortablement installé dans une méridienne en cuir, un plaid de laine sur ses genoux arthritiques, le Dr A* regardait la télévision. Dans sa main droite levée, telle une baguette magique, il tenait la télécommande en plastique noir. Un long moment, le Dr A* contempla ses deux fils jumeaux, immobiles comme si le vieil homme avait appuyé sur la touche *pause*, et ses deux fils jumeaux le contemplèrent. Aucun d'eux ne pouvait parler.

Puis, avec un écœurement à peine dissimulé, le Dr A* dit : «Eh bien. Vous êtes trop occupés pour appeler votre vieux père veuf, mais vous vous introduisez chez lui sans invitation. Que pensiez-vous… qu'espériez-vous? Que "quelque chose était arrivé à papa"?»

B* et C* bégayèrent des excuses.

«Nous pensions…

– Nous avons essayé d'appeler, papa…

– Tu ne nous avais pas appelés, papa…

– Nous nous inquiétions, papa…

– Nous étions t…très inquiets…

– Allez-vous-en. Partez. Votre vue me donne envie de vomir. Je ne doute pas que vous soyez venus renifler votre héritage. Mais vous êtes venus trop tôt, beaucoup trop tôt.»

Le Dr A* leva la télécommande et appuya sur *avance rapide*.

Les deux frères étaient en bas dans la cuisine, haletants et désemparés. L'espace d'un instant, B* fut perdu : venaient-ils d'entrer dans la maison? Venait-il de briser la porte de derrière avec les cisailles ? C* essuyait son front, moite et blême comme celui d'un mort. Il ôta ses lunettes pour en essuyer les verres embués. Il semblait à C* que leur père les avait poussés de force hors de la chambre, il ne se rappelait pourtant pas avoir été touché.

« C'est ta faute ! murmura B* d'une voix rauque. Tu m'as ridiculisé. Papa ne me pardonnera jamais.

— En quoi est-ce ma faute ? protesta C*. C'est toi qui as voulu venir ici. Tu as défoncé la porte.

— Non, c'est toi, bon Dieu !

— Tu croyais qu'il était mort, pas moi. Tu n'arrêtais pas de dire…

— Tu savais ! Vous avez comploté ça ensemble, papa et toi. Pour m'humilier.

— Mais tu n'arrêtais pas de dire qu'il était mort. C'est toi qui voulais lui prendre son fusil.

— Et c'est toi qui pensais qu'il ne fallait même pas en parler, alors que papa est manifestement suicidaire depuis des années.

— Il n'est pas suicidaire. Nous venons de le voir, non ?

— Nous ne sommes pas encore montés au premier, comment aurions-nous pu le voir ?

— Si. Nous sommes montés au premier. Il nous a chassés, il nous a renvoyés. Il est furieux contre nous deux. Et c'est ta faute. »

Brusquement les deux frères se querellaient. Sans se soucier que leur père les entende, la voix enfantine et blessée. Cela aurait pu être le jour, l'heure même de la mort de leur mère. Leur chagrin était fureur, leur cœur battait comme un poing furieux dans leur poitrine. Des larmes brûlantes coulaient de leurs yeux, des larmes au goût salé de sang. B* cherchait à saisir un couteau à steak, long d'une quinzaine de centimètres, dans l'eau stagnante de l'évier. Mais, plus sportif et plus actif, les réflexes plus rapides, C* ouvrit un tiroir à côté de la cuisinière et en sortit un couteau à pain d'au moins vingt-cinq centimètres, pas très aiguisé, plutôt émoussé, mais suffisant pour ce qu'il voulait en faire, car il ne souhaitait que se défendre contre son frère aîné, pris de folie. Le couteau étincela, frappa B* aux épaules et aux bras, comme animé d'une vie démoniaque autonome. «Arrête! s'écria B*. Non. » Les deux frères luttaient, comme un couple ivre s'efforcerait de danser. Une musique assourdissante résonnait dans leur crâne, le linoléum poisseux tanguait sous leurs pieds. B* eut soudain les mains lacérées et poissées de sang, mais il parvint à saisir l'une des chaises de la cuisine, une chaise en métal aux pieds tubulaires, recouverte de vinyle, et il l'abattit maladroitement sur le visage de C*, déformé par la haine. Le couteau à pain vola dans les airs, glissa sur la table en Formica et tomba sur le sol. Les deux frères se jetèrent dessus. Sur l'écran de la télévision, habitué à des scènes de combat au couteau professionnellement chorégraphiées, leur lutte était involontairement comique en dépit du désir de meurtre qui les animait; ils parvinrent néanmoins à empoigner le couteau, leurs doigts se refermèrent ensemble sur le manche, B* agrippait C*, C* agrippait B*, le couteau étincela, décrivit un arc et s'abattit avec une rapidité et une finalité stupéfiantes dans le ventre mou de l'un des deux frères, à la façon dont on viderait un poisson. Les deux frères glissaient maintenant dans le sang. À quatre pattes, glissant dans le sang. Le couteau à pain allait et venait par saccades, sciait un cou, à ceci près que la lame n'était pas très aiguisée, et qu'il y aurait fallu une force inhumaine.

Très vite, le Dr A* pressa la touche *retour*.

Le téléphone sonna au moment précis où B*, l'air inquiet, levait les yeux de son livre, *Grandes expéditions tragiques : le Yukon*.

Sa femme dit, avec un sourire : « C'est ton frère. » B* répondit : « J'espère que non. » Une remarque qui, bien entendu, se voulait amusante.

Dépouillement

Se dépouiller des choses salies. Des choses tachées. Des odeurs. Sur le sol avec les choses salies. Sur le sol avec les choses tachées, les odeurs. Sous le pommeau de la douche. Aussi brûlant que supportable. Une cascade d'eau brûlante sur tes yeux clos. *Hé salut ! Salut toi on se connaît ?* Sourire accrocheur. Sourire aguicheur. *Je crois bien qu'on se connaît hein ?* Se dépouiller de son odeur. Sur le sol avec sa saleté et son odeur. Et dans la douche dans la vapeur qui monte savonner rudement tes cheveux qui te semblent étrangers, graisseux et hérissés comme la fourrure rêche d'un animal. Savonner ton torse, tes aisselles. Ton torse, cuirasse de chair couverte de serpentins métalliques. Tes aisselles hérissées de fils de métal. Laver les odeurs corporelles. Et tes mains sales. Jointures, poignets écorchés. Ongles cassés noirs de sang séché. Racler les ongles sur la savonnette, nettoyer le sang. Le savon échappé de ta main maladroite que tu te baisses pour ramasser en grognant, la tête soudain lourde et le sang battant dans tes yeux tu l'entends crier de terreur *Non non pourquoi ! non lâche-moi ! pourquoi* tandis que l'eau brûlante ruisselle sur ton visage comme un feu liquide *Pourquoi me faire du mal, pourquoi faire du mal* une énigme qui résonne dans la vapeur de la douche dans les aiguilles d'eau acérées jaillissant du pommeau dirigé sur ton visage. Le savon d'un blanc lumineux comme un objet flottant dans un rêve, tu ne dois pas glisser dans un rêve mais te laver frotter nettoyer soigneusement, éliminer au savon le sang et les particules de peau sous tes ongles cassés contre sa peau répugnante, et l'odeur, les cris perçants, paupières frémissantes et bouche sanglante béante comme la bouche d'un poisson se noyant dans l'air *Non non oh lâche-moi lâche   Pourquoi fais-tu ça?* l'eau emporte des bouts de peau morte, une eau savonneuse teintée de rouge tournoie et disparaît dans la bonde et ton bas-ventre puissant pareil à une anguille couvert de savon, un voile de savon d'un blanc lumineux que percent les poils de métal. Si le corps pouvait parler *Oui je suis seul, c'est ma solitude qui doit être vengée* c'est pour cela que tu es né, la simplicité de la vie-dans-le-corps, dans-l'instant, l'instinct du prédateur rôdant dans les rues lavées de pluie comme un requin rôde gueule ouverte dans l'océan à la recherche d'une proie, rôdant dans la ville nocturne, le sifflement mélancolique d'un train au loin s'éteignant comme le cri d'un oiseau lointain. Implorant de vivre, une vie pourtant si sordide! Implorant de vivre mais telle est la vie. Nul besoin de la forcer, tombant d'elle-même à genoux. *Je te connais crois que je te connais mmm?* Son âme était un papillon frêle. Son âme était un battement d'ailes blanches souillées. Son âme, des ailes déchirées, des ailes brisées, battant bravement. Son âme, une soudaine odeur de terreur animale. Salive aux coins de la bouche déformée. Dans les ruines de la maison abandonnée. Briques effritées, planchers pourris. Sur le sol, une moufle d'enfant raide de saleté. Sur le sol, un calendrier déchiré, des journaux souillés. Trébuchant riant dans le noir elle a osé prendre ta main *Viens par ici   Tu connais le chemin je suis sûre* yeux accrocheurs aguicheurs gais vitreux, shootée aux amphétamines, cheminant à travers la saleté vers le matelas connu d'elle, déjà souillé de son sang ou du sang de quelqu'un de très semblable à elle *Où t'ai-je déjà vu   m'as-tu vue* souriant comme si elle riait au-dedans où son âme était saleté et une vague de dégoût te montant à la bouche comme une eau sale tu as pensé qu'elle était peut-être connue de toi, dans ta mémoire connue de toi, dans une vie précédente tu avais été maître d'école jusqu'à ce que l'école te soit interdite, les yeux des enfants acérés comme des coups de bec, peut-être cette femme avait-elle été un jour l'un des enfants de tes classes au collège St. Ignace dans une vie précédente avant que l'école ne te soit ôtée et que tout t'apparaisse soudain clairement *Oui je suis seul, c'est ma solitude qui me nourrit* sous la douche sous les aiguilles d'eau acérées et cuisantes, quel plaisir, quel bonheur, maintenant que tu t'es dépouillé des choses sales, des choses souillées, les odeurs et le sang, disparus en tournoyant dans la bonde et le parfum du savon dans tes narines, la simplicité du corps nu cuirassé de chair couvert de poils métalliques palpitant de vie, de chaleur *Ma solitude que j'ai appris à aimer* c'est pour cela que tu es né, dépouille-toi de tout le reste et voilà.

Le Musée du Dr Moses

1. 1956

« Maman ! »

Les choses ont jailli du ciel. J'ai cru que des aiguilles à repriser me piquaient le visage. Il y en avait dans mes cheveux, et d'autres étaient entrées dans la robe rose bouillonnée que maman m'avait faite. J'essayais de me protéger les yeux. J'avais quatre ans, je ne savais pas me défendre, mais instinctivement je savais me protéger les yeux. Un bourdonnement furieux, piquant, cuisant contre mon visage, mes joues, mes oreilles tendres ! J'ai hurlé : « Maman ! *Maman !* » Et maman est venue à mon secours, elle qui précisément à cet instant se demandait où je pouvais être, parce que je m'étais aventurée derrière la grange de mon grand-père ; qui précisément à cet instant, comme elle le raconterait ensuite, avait tendu l'oreille pour guetter le cri d'une petite fille, que l'on aurait aisément pu confondre avec les cris aigus des oiseaux ou des cigales, ou des chats à moitié sauvages qui vivaient dans la grange.

« *Maman !* »

Elle entendit. Elle n'hésita pas un instant. Elle courut droit à moi avec la rapidité d'une jeune fille, bien qu'elle eût trente-deux ans et fût mal remise de sa fausse couche du printemps précédent, et qu'elle n'eût de toute façon pas l'habitude de courir. Elle entendit mes cris désespérés et, malgré son affolement, elle eut assez de présence d'esprit pour arracher une serviette de bain de l'étendage de ma grand-mère dans laquelle elle m'enveloppa, brutalement, efficacement, comme elle aurait étouffé des flammes. À l'aide de cette serviette, mais aussi de sa chair nue et vulnérable, maman me protégea des guêpes. Bien que piquée elle aussi, des dizaines de piqûres, elle s'efforça de me réconforter, d'apaiser mes hurlements de douleur et de terreur – «Tout va bien, Ella! Maman est là.» Me portant à demi, elle m'entraîna loin du verger, loin du poirier défiguré par un nodule noir, et par un gigantesque nid de guêpes gris fumé, fixé sur le tronc comme un goitre, à une hauteur d'environ trois mètres; loin du nuage de guêpes déchaînées qui avait jailli de nulle part.

Longtemps après, ma mère dirait avec son petit rire haletant que, sur le moment, elle n'avait presque pas senti la douleur. Cela n'était venu qu'ensuite. Car rien d'autre n'avait compté que mon salut.

«Ma mère m'a sauvé la vie quand j'avais quatre ans.»

C'est une déclaration que je ferais souvent, à de nouveaux amis ou à des gens que, pour une raison ou une autre, je souhaitais impressionner. *J'ai été si aimée autrefois. J'ai été une enfant très chanceuse.*

«Ma mère m'a donné la vie, et ma mère m'a sauvé la vie. Quand j'avais quatre ans.»

Est-ce vrai? Question: un enfant peut-il mourir de multiples piqûres de guêpe? Oui, sans doute. Je pense que le choc des piqûres, le traumatisme de l'attaque, joints au venin des guêpes, pourraient tuer un enfant. Peut-être une femme adulte pourrait-elle en mourir, elle aussi.

2. L'appel

Vingt-deux ans plus tard, roulant en direction du nord pour aller voir ma mère, avec qui j'étais brouillée depuis une dizaine d'années et à qui je ne parlais plus, je pensais à cet épisode. Roulant en direction du nord vers la ville où j'étais née, Strykersville dans l'État de New York, puis vers les champs abandonnés et les avant-monts du comté d'Eden, je me racontais, comme pour me réconforter, cette histoire familière : la petite Ella, âgée de quatre ans, partant explorer le champ de poiriers de grand-père, loin des adultes assis sur la véranda de la vieille ferme, attaquée soudain par des guêpes qui semblent jaillir du ciel, hurlant « maman ! » – et maman accourant à sa rescousse. C'était un conte de fées qui finissait bien.

(Mais où était papa dans cette histoire ? Il ne nous avait pas encore quittées. Il devait être là, quelque part. À moins que lui aussi ne se fût éloigné des adultes sur la véranda, dans une autre direction ? Peut-être même était-il parti en voiture à Strykersville, histoire de changer d'air ? Une heure de distraction dans un bar de la ville. Il n'y avait pas de papa dans mon histoire, et il n'y en avait jamais eu.)

Comme toutes les histoires familiales bien aimées, celle-là s'était embellie au fil des ans. Elle avait été augmentée d'une description de la jolie petite robe d'été rose au corsage bouillonné qu'Ella portait pour la première fois ce jour-là, et des cheveux d'or d'Ella, joliment tressés – par maman – en deux nattes entrelacées de rubans de satin rose. Elle avait été augmentée d'une description de l'état physique de ma mère, qui n'était pas très brillant. *Malgré cela Ginny n'a pas hésité un instant. Ce qu'elle a pu courir ! Et dire qu'aucun de nous n'avait entendu Ella crier.*

Des photos de ces années évanouies nous montrent, mon frère aîné Walter et moi, souriants et apparemment heureux ; ma mère, plus sombre, ébauche cependant son sourire sérieux habituel ; une femme plutôt jeune à la bouche sensuelle, étonnamment grande, les cheveux noirs séparés par une raie à gauche dans le style très apprêté des années 50. Sur les photos, maman était en général accroupie entre Walter et moi, nous enlaçant fermement pour nous soutenir ou nous empêcher de gigoter ; le visage flou, le regard timidement détourné de l'appareil. (Lequel était probablement tenu par papa, qui aimait tout ce qui était mécanique, mais n'aimait pas être photographié, du moins avec sa jeune famille.)

Pauvre Ginny. Elle n'allait pas bien… À cause de la fausse couche, disait-on vaguement ; à cause de l'accouchement dont elle ne s'était jamais remise, trente heures de travail pour mettre au monde sa petite fille ; à cause de certaines «faiblesses féminines». (Ce qui voulait dire ? À cette époque où les cancers du col et des ovaires ainsi que des problèmes menstruels plus ordinaires étaient mystérieusement qualifiés de «honte des femmes», il était difficile de deviner ce que signifiait ce terme inquiétant.) Et peut-être aussi, bien que cela ne fût jamais dit devant moi, parce qu'elle avait un mari prompt à s'emporter et à jouer des poings qui s'était lassé de l'aimer pendant sa première grossesse. *Mais Ginny est si dévouée. Si prête à pardonner.*

Pardonner ! C'était pour cette raison que je m'étais brouillée avec ma mère. Non seulement elle avait supporté la conduite grossière, souvent dangereuse de mon père pendant notre enfance, mais, après son divorce, alors que j'étais au lycée, elle avait reproduit le même schéma avec Walter. Mon frère avait abandonné ses études et ne gardait jamais un emploi plus de quelques semaines, c'était un garçon «charmant» mais qui buvait déjà sec à l'adolescence. Ma mère me suppliait de me montrer plus compréhensive. «Tu es trop dure pour ton frère, Ella. C'est *ton frère*, Ella!» Et, aigrie comme seule peut l'être une bonne fille obéissante, face à la faiblesse et à l'amour malheureux de sa mère pour un fils qui ne le mérite pas, je pensais secrètement *Non. Ce n'est pas mon frère, c'est ton fils.*

Après la mort de mes grands-parents, ma mère hérita de leur ferme. Bien que ne faisant que quatre hectares, c'était une propriété de bonne taille pour le comté d'Eden. Ma mère vendit les terres par petits bouts, année après année; elle occupa divers emplois à Strykersville pour nourrir sa famille (réceptionniste chez notre dentiste, vendeuse dans le grand magasin de la ville, professeur remplaçante au collège – un poste qui fut pour elle un cauchemar), et je travaillai à mi-temps dès le lycée; mais Walter mangeait nos maigres économies, mon maudit frère était toujours le centre de nos préoccupations, et quand ma mère paya pour lui une amende de deux mille cinq cents dollars après qu'il eut causé un accident en état d'ivresse et gravement blessé le conducteur de l'autre véhicule, je cessai de lui parler. *Tu as choisi entre nous. Très bien!* J'en avais assez de la vie familiale et de la vie de province. Je quittai Strykersville à dix-sept ans, étudiai à l'université d'État d'Oneida grâce à une bourse, et travaillai à mi-temps pendant quatre ans pour payer mes études, fière de mon indépendance. J'associais Strykersville au passé et n'éprouvais aucune nostalgie pour le passé, je ne suis pas une sentimentale. Car que sont les sentiments sinon une faiblesse, et généralement une «faiblesse féminine»? *Je ne suis pas comme vous.*

Je vivais maintenant aux environs de Philadelphie. J'avais un bon poste, quoique exigeant, dans une école privée. Je me disais que ma mère ne me manquait pas, et encore moins mon frère – qui avait disparu quelque part dans le pays vers 1975.

J'avais des amis, et j'avais des amants… dans une certaine mesure. (Je n'ai jamais été excessivement proche de quiconque. Ma mère exceptée, raison pour laquelle je ne me fie complètement à personne.) Si le sujet de la famille était abordé, j'expliquais que j'étais «en froid» avec la mienne. Une expression qui avait un petit côté xixe plein de dignité. Un soir pourtant, en compagnie d'une amie plus âgée, je me mis à parler avec émotion de ma mère qui m'avait «sauvé» la vie. Je décrivis à mon amie les merveilles que ma mère tricotait, cousait, brodait; elle me demanda si j'en avais quelques-unes et je répondis que oui, j'avais emporté quelques vêtements quand j'avais quitté la maison, un cardigan en cachemire, un corsage en soie à manches longues, un gilet en jersey aux boutons de nacre. Mon amie les contempla avec admiration – «Ta mère est une couturière hors pair. Elle n'en a jamais fait un métier?» Je haussai les épaules avec indifférence. Peut-être pour ne pas me laisser gagner par l'émotion. «Je ne porte pas ce genre de vêtement, dis-je. Ce n'est pas mon style.» Mon amie examinait l'envers du corsage en soie à la lumière. «Tu vois ces coutures délicates? C'est le point Fortuny. Et cet exquis ourlet de dentelle. Ta mère doit être une femme intéressante!»

Je regardai et constatai qu'effectivement les coutures étaient délicates et compliquées, mais à quelle fin? Et l'ourlet de dentelle: pourquoi ma mère s'était-elle donné tant de mal pour ourler un corsage de dentelle sur l'envers du tissu, que personne ne verrait jamais?

En roulant vers Strykersville, un trajet de plusieurs centaines de kilomètres, voilà à quoi je pensais pour éviter de penser au présent.

En roulant vers Strykersville dans la chaleur oppressante du mois d'août, après ces années de séparation, je pensais à ma mère telle qu'elle avait été pour éviter de penser à la femme qu'elle était peut-être aujourd'hui.

Elle avait cinquante-quatre ans. Pour moi qui en avais vingt-six, c'était *vieux*.

Elle était maintenant «Mme Moses Hammacher», elle s'était remariée soudainement, au mois de mars précédent.

La femme du Dr Moses!

Après avoir été pendant près de vingt ans une femme divorcée dans un petit bourg où le divorce était rare, mais une femme divorcée dont le mari avait été un alcoolique notoire, ce qui lui valait l'entière sympathie des habitants, dont pas un n'aurait songé à la critiquer, ma mère s'était remariée, brusquement et sans avertissement : elle avait épousé un médecin à la retraite connu dans la région, l'ancien coroner du comté d'Eden, Moses Hammacher, appelé familièrement «Dr Moses».

Le Dr Moses! Un vieil homme, les cheveux blancs, émacié, déjà à l'époque où j'étais au collège. C'était du moins le souvenir que j'en gardais.

Comment as-tu pu, maman?

J'avais essayé de l'appeler. En fin de compte je lui avais écrit une courte lettre, que j'avais envoyée à des parents pour qu'ils la lui transmettent. Je supposais qu'elle l'avait reçue même si – naturellement – elle n'avait pas répondu. Depuis, je dormais mal. Un sommeil léger, pareil à une brume ou à des embruns, perturbé par d'étranges échos et des rires étouffés. Et la voix de ma mère, soudaine, implorante : *Ella? Viens! Aide-moi.*

À Strykersville, je traversai les voies ferrées cahoteuses, et ce fut comme si je n'étais jamais partie. Pour je ne sais quelle raison j'avais imaginé ma ville natale dépeuplée, une ville fantôme, mais il y avait évidemment de la circulation dans les rues, des gens sur les trottoirs, dont certains que j'aurais sans doute reconnus si je m'étais attardée. Je remarquai néanmoins quantité de panneaux À LOUER, À VENDRE ; je vis des maisons abandonnées, condamnées. Je passai devant notre ancienne église, presbytérienne, où notre mère nous avait emmenés, Walter et moi, avant que nous ayons l'âge de nous rebeller ; je passai devant mon ancien lycée, qui avait été rénové et agrandi ; je sentais mon cœur battre d'appréhension et de peur. *Pourquoi suis-je ici ? Elle ne veut pas de moi. Si elle avait voulu de moi...*

Ma mère ne m'avait pas invitée à son mariage, naturellement. Elle ne m'avait même pas informée de son remariage, je l'avais appris par des parents.

Quel choc ! Quelle honte ! Apprendre par des parents que sa mère s'est remariée. Et qu'elle est désormais la femme du « Dr Moses ».

Je m'étais promis avant de partir de ne pas le faire, et voilà pourtant que je roulais dans Strykersville, promenant sur les lieux un regard captivé et énamouré. Avais-je la nostalgie de mon passé, finalement ? La nostalgie de *ça* ? Je m'étais estimée très maligne – et très chanceuse – d'avoir échappé à cette région de l'État de New York en pleine dépression économique, ainsi qu'à l'étroitesse de mon ancienne vie, et il me semblait risqué, un signe de témérité, d'y être revenue, comme un papillon de nuit se jette aveuglément dans une immense toile d'araignée.

« Maman ! La peste t'emporte ! »

Car voilà que je passais au pas devant notre ancienne maison à bardeaux d'Iroquois Street, avec ses parterres de fleurs que ma mère avait travaillé si dur à faire fleurir, l'olivier de Bohême qu'elle veillait à arroser pendant les sécheresses estivales, et j'avais les yeux embués de larmes. La maison appartenait maintenant à des inconnus, bien entendu. Je me demandai quel prix ma mère en avait obtenu, et ce qu'était devenu l'argent : car selon ma cousine Brenda, qui était ma source d'information, elle avait tout vendu très vite, y compris la plupart de ses meubles bien-aimés, et jusqu'à sa voiture, après son mariage « dans l'intimité » avec le Dr Moses Hammacher, et elle était allée s'installer avec son nouveau mari dans la maison de pierre qu'il possédait dans les collines d'Oriskany, quinze kilomètres au nord-est de Strykersville. Il avait eu un cabinet en ville, et même deux, en ses qualités de médecin généraliste et de coroner du comté d'Eden, mais il avait pris sa retraite depuis longtemps. Ma cousine Brenda pensait que le Dr Moses, ou le Dr Hammacher, voyait toujours certains de ses patients âgés, et qu'il avait transformé une partie de sa maison en une sorte de musée. « Un musée ? » avais-je dit avec incrédulité, et Brenda m'avait expliqué que ce n'était sans doute qu'un dada de vieillard – « Pour s'occuper pendant sa retraite, tu comprends. – Mais c'est un vrai musée ? Ouvert au public ? – Quand la Société d'histoire du comté a racheté la maison Fowler et que toutes ces antiquités, métiers à tisser, mannequins de couturière, barattes, planches à laver, etc. ont été exposées, le Dr Moses leur a demandé de l'argent pour faire son propre musée. Une histoire de la science médicale dans le comté d'Eden, c'est-à-dire une histoire du *Dr Moses*, j'imagine ! La Société lui a accordé une petite subvention pour lui faire plaisir, mais il espérait davantage et a rompu toute relation avec la Société, et il a sans doute fait ce musée à Oriskany avec ce qu'il avait en sa possession. Du matériel de formation médicale, tels que squelettes et "cadavres" en plâtre, des vieux instruments, du mobilier de cabinet, des trucs qui flottent dans le formol… Quelques personnes y sont allées par curiosité quand il a ouvert, il y a environ cinq ans, mais pas moi. » Brenda s'interrompit, se rendant brusquement compte que l'homme dont elle parlait avec amusement était mon nouveau beau-père. « Navrée, Ella. Je suis sûre… que ta mère est heureuse avec le Dr Moses. » Mais son ton manquait de conviction.

« Qu'est-ce qui a bien pu la pousser à épouser le Dr Moses ? dis-je d'un air malheureux. Il est assez vieux pour être son père. » *Et mon grand-père. Mais je ne veux pas d'un autre grand-père.*

« Je comprends que tu sois troublée, Ella, dit Brenda avec compassion. Nous l'avons tous été, au début. Ta mère est si *adorable. Si confiante.* Et le Dr Moses est… eh bien, un homme assez volontaire, disons. Il doit avoir dans les quatre-vingt-cinq ans, mais il ne fait pas terriblement vieux. Il a l'esprit toujours aussi vif, en tout cas. Une vraie lame de rasoir. Ta mère a peut-être besoin que quelqu'un de volontaire prenne soin d'elle. » Était-ce un reproche ? Brenda corrigea aussitôt : « Quand je l'ai rencontrée par hasard en ville, quelques jours avant le mariage, ta mère m'a dit qu'elle "commençait une nouvelle vie", qu'elle était "très heureuse", que pour leur voyage de noces le Dr Moses et elle partiraient au Mexique, où elle n'était jamais allée. Elle m'a dit qu'elle avait été "très seule", mais que c'était fini. Je suis certaine qu'elle a épousé le Dr Moses de son plein gré, qu'il ne l'y a aucunement forcée, je veux dire. Tu connais ta mère, Ella ! »

La connaissais-je ? Même quand je vivais avec elle, l'avais-je connue ?

Comme dans l'espoir de me consoler, maintenant qu'elle m'avait assombrie, Brenda ajouta que le Dr Moses jouissait toujours d'une bonne réputation dans le comté. Il conduisait encore son élégante voiture anglaise, une Bentley vert métallisé qu'il avait depuis vingt ans et qui était la seule de son genre dans la région ; il avait également acheté un Land Cruiser, un de ces véhicules mi-camionnette mi-caravane qu'affectionnent les retraités. Il avait toujours son allure fringante de gentleman, chapeaux melons distingués l'hiver, canotiers festifs l'été, complets à rayures fines, chemises amidonnées de coton blanc, boutons de manchette en or à son chiffre, cravates rayées. Les gens le respectaient, bien que enclins à plaisanter nerveusement sur son compte, comme ils l'avaient toujours fait. (Je me souviens que, des années plus tôt, mes amies de lycée feignaient de trembler et de frissonner quand le Dr Moses passait près de nous sur le trottoir et qu'il effleurait son chapeau, souriant de toutes ses dents blanches : «Bonjour, jeunes filles!» Son regard, un peu diffracté par ses lunettes à double foyer, s'attardait sur nous. Nous nous demandions qui pouvait souhaiter être coroner et examiner des cadavres, les corps parfois horriblement défigurés et déchiquetés extraits de véhicules accidentés. Et pour un salaire quasiment inexistant.) Ce grand gentleman aux cheveux blancs avait été à la fois le «Dr Hammacher», un médecin généraliste fortuné, et le «Dr Moses», le fonctionnaire enjoué, invité dans les établissements publics du district pour faire des conférences avec projection de diapositives sur des sujets tels que «Votre anatomie et vous» ou «Le miracle de la vision». En sa qualité de Dr Moses, il respirait le même zèle civique que ces hommes d'affaires fanatiquement actifs qui dirigeaient la chambre de commerce de Strykersville, le Rotary Club, l'Ordre royal de l'Élan et autres associations philanthropiques. Je l'avais cru plus âgé que mon grand-père quand il était venu parler du «miracle de la vision» dans notre collège, dans les années 60.

Pour cette conférence énergique, qui avait retourné le cœur des plus sensibles d'entre nous, le Dr Moses s'était servi d'un gros globe oculaire en plâtre de Paris pour illustrer son propos ; un globe qui s'ouvrait horriblement par morceaux pour révéler l'intérieur veiné de l'œil, évoquant de façon dérangeante une dissection. J'étais mal à l'aise et hostile. Le Dr Moses dut pourtant me faire une forte impression puisque je me rappelais encore, longtemps après, certaines parties de l'œil : pupille, cornée, cristallin, iris, rétine, sclérotique, humeur vitrée, humeur aqueuse, nerf optique, tache aveugle. Le Dr Moses avait conclu sa présentation par un plaidoyer : « Vous voyez donc, jeunes gens, que l'anatomie miraculeuse de l'œil humain nous enseigne à elle seule que l'"évolution" – le hasard aveugle de la sélection naturelle, la loi du plus fort – n'est tout simplement pas vraisemblable. Aucun organe aussi complexe que l'œil humain ne peut être le résultat d'une "évolution" au petit bonheur, comme le disent les darwinistes. Pas plus qu'il n'a pu évoluer à partir de je ne sais quel protoplasme primitif. Il faut que, comme notre âme, il ait été *créé*. » Le Dr Moses nous dévisagea, les yeux plissés derrière ses lunettes miroitantes. « Par un *créateur*. » De quel ton théâtral il parlait ! Dans notre naïveté, nous fûmes peut-être un certain nombre à confondre le Dr Moses dans son complet à fines rayures grises avec ce *créateur*. « Avez-vous des questions, jeunes gens ? » Nos bouches auraient voulu sourire, grimacer et pouffer, mais elles en furent incapables.

Et voilà que, comme dans un conte de fées malveillant, le Dr Moses avait épousé ma mère.

Le Dr Moses était mon beau-père.

Hébétée, j'entendis la voix prudente de Brenda. « Ella ? disait-elle. Tu ne pleures pas, au moins ? » Et je répondis aussitôt, avec indignation : « Bien sûr que non ! Je ris. »

3. À Oriskany

Étrange de rouler seule sur ces routes.

Je ne m'arrêtai qu'un court moment à Strykersville, puis repris la direction d'Oriskany. En arrivant dans les collines, j'eus le sentiment de m'enfoncer, poussée par une compulsion étrange et presque agréable, dans le passé : il y avait des fermes, des granges, des silos dont je me souvenais vaguement, quoique beaucoup fussent en vente ou abandonnés ; il y avait le vieux drive-in Starlite sur l'Oriskany Pike, une ruine funèbre surplombant des champs retournés en friche. À cinq ou six kilomètres au nord de Strykersville, je franchis le haut pont rouillé en dos d'âne qui enjambait Eden Creek, l'un des ponts terrifiants de mon enfance : en contrebas, le torrent, maigre et boueux, exposait ses rives difformes dans la chaleur languide du mois d'août. En descendant la pente raide du pont, je vis, cloué sur un chêne au bord de la route, un petit panneau, noirci par les intempéries :

MUSÉE DES SCIENCES MÉDICALES COMTÉ D'EDEN
10 KILOMÈTRES

Le Musée du Dr Moses existait ! Les panneaux suivants apparurent à trois kilomètres d'intervalle, tous petits et quelconques ; finalement, à l'endroit où l'Oriskany Pike bifurquait vers l'est, un panneau indiquait au carrefour que le musée se trouvait à cinq cents mètres de là, sur une petite route de campagne gravillonnée. À ce même carrefour se trouvaient une station-service Sunoco fermée et un magasin d'appâts délabré. Un peu plus loin se dressait une ferme abandonnée, entourée de champs envahis d'herbes hautes, de chardons, d'arbres rabougris. Le paysage avait pourtant une austère beauté : les avant-monts à l'horizon, où un damier de lumière dorée et d'ombre se déplaçait lentement, telles des pensées rêveuses, au passage de nuages isolés. Bien que l'air fût brûlant, brumeux et humide comme une haleine au niveau du sol, le ciel était d'un bleu cristallin.

Je pris la route gravillonnée et fis cinq cents mètres. Impossible de ne pas trouver la maison/musée du Dr Moses, car c'était apparemment la seule habitation humaine sur cette route, et un panneau était planté bien en vue dans son jardin envahi d'herbes :

MUSÉE DES SCIENCES MÉDICALES COMTÉ D'EDEN
Propriétaire Moses Hammacher
Tous les jours sauf lundi
10 h - 16 h 30
Entrée libre

Ce musée avait quelque chose de naïf et de touchant, pensai-je. Les heures d'ouverture soigneusement indiquées, l'appel implicite de cette *Entrée libre.* Car qui serait jamais venu dans un lieu aussi écarté et aussi lugubre ? La maison était haute, digne, imposante. L'une de ces austères demeures de pierre aux toits pentus (en raison des importantes chutes de neige, souvent mouillée, que connaissait le sud du lac Ontario de novembre à début avril), bâties au début du siècle ; la pierre grise des murs avait un aspect sinistre et semblait tachée. Il y avait deux baies jumelées et une étroite véranda. Au faîte du toit se dressait un paratonnerre, vestige d'un passé rural disparu, très légèrement de guingois. (Et il y avait une antenne de télévision.) Je garai ma voiture sur l'allée de cendrée avec le sentiment d'être observée. (Un mouvement derrière l'une des fenêtres du bas ?) J'avais écrit à ma mère pour la prévenir de mon arrivée, mais je ne pouvais être sûre qu'elle ait reçu ma lettre ni que l'on m'attende. Ni que l'on ait envie de me voir.

À en juger d'après l'herbe qui poussait à hauteur de taille autour de la maison, et par la quantité de mauvaises herbes dans l'allée, Le Musée du Dr Moses ne recevait guère de visiteurs.

En sortant de la voiture, je crus de nouveau voir un mouvement fugitif derrière l'une des fenêtres. Le Dr Moses? Ou… ma mère? Redoutant ce qui m'attendait, je souris et appelai timidement: «Bonjour? C'est moi, Ella.» Il me semblait que monter hardiment sur la véranda et sonner à la porte aurait été une erreur, même si les visiteurs du musée ne devaient pas faire autrement. «Ella McIntyre», ajoutai-je, comme si cette précision était nécessaire! J'avais les mains tremblantes, et la gorge douloureusement sèche.

La porte d'entrée s'ouvrit enfin, et une silhouette apparut sur le seuil. Je souris et agitai la main. «Bonjour! C'est Ella.» Le Dr Moses s'avança sur la véranda ensoleillée et me contempla en silence. Je fus stupéfaite qu'il ressemble autant, en chair et en os, au Dr Moses que j'avais imaginé. À ceci près qu'il n'était pas aussi grand que dans mon souvenir et que ses cheveux, quoique encore étonnamment épais, n'étaient plus d'un blanc de neige, mais couleur d'ivoire fané. Il portait une chemise blanche amidonnée aux manches négligemment relevées et un pantalon sombre repassé. À trois, quatre mètres de distance, il me semblait très séduisant, un homme distingué, bien que manifestement âgé. Et il avait coiffé, par galanterie, l'un de ses canotiers. Son bras droit avait cependant une raideur anormale, et il pressait la main contre une poche de son pantalon comme contre… quoi? Une arme? Pas un revolver, la poche n'aurait pas été assez grande. Un couteau ou un petit marteau. Un scalpel?

Des cigales poussaient des cris stridents dans les arbres voisins. La chaleur de la terre me montait au visage. L'attaque des guêpes me revint en mémoire. Je souris encore plus fort, comme une enfant flirteuse pourrait sourire à un grand-père taciturne et renfrogné.

«Docteur Moses? Je suis votre belle-fille, Ella.»

Le visage du Dr Moses s'illumina soudain d'un sourire. Ses dents étaient toujours d'un blanc éclatant et, derrière les verres miroitants de ses lunettes, son regard était admiratif, affectueux. « Chère Ella, bonjour ! Votre mère et moi vous attendions. »

Est-il possible qu'il se souvienne de moi ? De la jeune fille que j'étais, il y a des années ?
Le Dr Moses m'attend-il depuis tout ce temps ?

Courtoisement le Dr Moses me laissa seule avec ma mère dans le salon. Bien que nous fussions timides l'une avec l'autre, mal à l'aise et embarrassées. Je mourais d'envie de toucher ma mère, comme pour me prouver qu'elle était bien là, que j'étais bien là, que ce n'était pas un rêve. Je ne cessais de dire : « Tu fais si jeune, maman. Tu es si jolie.
— Et toi, Ella, tu es devenue… une ravissante jeune femme. »
Nous nous étreignions les mains et nous dévorions des yeux. Je me sentais défaillir, et il me semblait que ma mère était profondément émue, elle aussi. Ses doigts minces étaient glacés, et j'avais remarqué que ses deux mains tremblaient légèrement. Des larmes brillaient dans ses yeux, que je trouvais étrangement nus, et dilatés, comme dépourvus de cils. À plusieurs reprises elle voulut parler, mais bégaya et se tut. Avait-elle peur ? De moi ou de sa propre émotion ? Ou… de son mari ? Après m'avoir courtoisement accueillie en me qualifiant de « belle fille prodige », le Dr Moses s'était retiré au premier, peut-être par discrétion, mais le bruit de ses pas, lents et circulaires, résonnait directement au-dessus de nos têtes ; le plafond craquait ; distraite, ma mère levait les yeux. Je lui posais des questions simples et inoffensives sur son mariage, son voyage de noces, des membres de la famille,

des voisins et des amis de Strykersville, et elle répondait par monosyllabes ; je lui parlai de mon travail d'enseignante, de ma maison et de son petit jardin de derrière, du regret que j'avais de ne pas l'avoir vue depuis si longtemps. Une certaine circonspection m'empêchait de l'interroger sur des sujets plus cruciaux. Je la sentais fragile. Et une odeur prenante de médicaments, une odeur de gingembre, imprégnait la pièce et me prenait aux narines ; quelques minutes suffirent pour me rendre nauséeuse. Le salon était meublé de meubles fin XIXᵉ (dont pas un seul n'appartenait à ma mère) et ses deux fenêtres, hautes et étroites, étaient protégées contre la chaleur du mois d'août par des stores ; des lampes de cuivre aux étranges abat-jour de cuir diffusaient une faible lumière. Je ne voyais pas nettement ma mère, même de près. *Ella ! Aide-moi.* J'entendis cette prière muette alors que ma mère serrait mes mains.

« Maman ? Quelque chose ne va pas ? » murmurai-je, mais elle appuya aussitôt les doigts contre mes lèvres en hochant négativement la tête.

Ce qui voulait dire *non*, tout va bien ? Ou, *non,* le moment est mal choisi ?

De sa voix faible, elle demanda : « Combien de temps peux-tu rester, Ella ? Nous espérions… quelques jours ? »

Quelques jours ! Je ne pensais pas pouvoir tenir plus de quelques minutes tant l'odeur me levait le cœur.

« Ce serait avec plaisir, maman, répondis-je pourtant en souriant. Si toi et… (je m'interrompis, car appeler mon beau-père "Dr Moses" comme nous l'avions fait au collège me semblait déplacé)… et lui n'y voyez pas d'inconvénient ? » Dans la chaleur confinée du salon, je grelottais presque. Je mourais d'envie de fuir cet endroit oppressant, mais je ne voulais pas partir sans ma mère, si elle avait besoin de moi.

«Le Dr Moses compte bien que tu restes, protesta ma mère. Il m'a fait préparer la chambre d'ami. Je t'ai fait ton dessert préféré pour le dîner. Le Dr Moses tient beaucoup à te connaître, Ella. Je lui ai parlé de toi.» Son ton était mélancolique. (Qu'aurait-elle pu dire à mon sujet qui ne lui soit pas douloureux?) Je notai qu'elle aussi appelait son mari «Dr Moses». Je me demandai si ce formalisme à l'ancienne faisait partie de leurs relations. Car ma mère était tellement plus jeune que le Dr Moses Hammacher, une personnalité indécise de petite fille, si manifestement dépendante de lui qu'il lui aurait été difficile de l'appeler «Moses», comme un égal.

«Je pourrais rester, je pense. Au moins ce soir…

– Oh oui, Ella. Le Dr Moses et moi serions si déçus, autrement.»

Le Dr Moses et moi. Voilà qui ne me plaisait guère.

Bizarrement, je n'avais rien prévu pour ce soir-là. J'avais peut-être vaguement envisagé de retourner dormir chez Brenda ou dans un motel de Strykersville; le lendemain matin, je serais retournée voir ma mère à Oriskany, si ma première visite s'était bien passée. Mais en réalité je n'avais pas pensé aussi loin, j'avais l'esprit aussi vide que celui d'un enfant.

Au-dessus de nous, le plafond craqua. Je levai les yeux avec nervosité.

«J'ai été étonnée d'apprendre que tu avais épousé le Dr Moses, maman. Mais je suis contente pour toi, bien sûr.» J'observai son visage. *Devais-je l'être?* «Brenda m'a dit que… tu avais vendu la maison et tout ce qu'elle contenait, et ta voiture. Que vous vous étiez mariés "dans l'intimité".

– Pas de mariage religieux, répondit ma mère, avec un sourire de regret. Le Dr Moses ne croit pas aux religions superstitieuses, comme il dit. Mais il croit en un *créateur*.

– Il semble très… (je m'interrompis de nouveau, cherchant désespérément le mot approprié)… courtois. »

Ma mère se mit brusquement à rire, puis grimaça comme si rire lui faisait mal. Elle effleura tendrement son visage à la naissance des cheveux. « Oh oui ! »

– Et vous semblez… heureux. Ensemble. »

Était-ce vrai ? Je ne les avais vus ensemble que quelques minutes, à mon arrivée, et le Dr Moses avait alors monopolisé la conversation.

De nouveau ma mère rit, puis grimaça. Les pas avaient cessé de tourner au-dessus de nous. (Le Dr Moses allait-il descendre nous rejoindre ?)

« Je suis heureuse, Ella. Ma vie était vide et égoïste avant que je rencontre le Dr Moses. C'était à l'enterrement de ta grand-tante Helena May – tu ne te souviens sans doute pas d'elle, elle est morte à l'âge de quatre-vingt-dix-sept ans. Mais le Dr Moses la connaissait. Il assurait avoir été l'un de ses "galants". C'était l'automne dernier ! Depuis… » Elle posa sur moi ses yeux nus, sans cils. *S'il te plaît, Ella, ne me juge pas durement. Aide-moi.* Ses mains tremblaient visiblement. Un frémissement agitait sa paupière gauche. C'était manifestement une femme en détresse, esclave d'un homme tyrannique. Néanmoins, à son habitude, cette habitude exaspérante, elle souhaitait le défendre, à sa façon faible et optimiste, comme elle avait défendu mon père pendant des années, puis mon frère, comme si elle se croyait tenue à cette loyauté pour être une femme bonne. « Je peux aider le Dr Moses, tu comprends. Dans son travail. C'est un tel idéaliste ! Et parfois il ne va pas bien. Je ne parle pas de son âme, il a une âme forte et pure, mais de ses "replis mortels", comme il appelle son corps. Car il aura quatre-vingt-cinq ans en décembre. Un âge qu'il porte allègrement ! Malgré tout, il a besoin de moi.

Et je n'avais pas l'usage de cette maison, de ces biens, ni même d'une voiture. Le Dr Moses a une voiture, et un Land Rover. Il est prêt à me conduire partout où il me faut aller, et je n'ai guère de besoins. En fait, nous avons fait plusieurs voyages ensemble, et nous en projetons d'autres : l'Alaska, l'été prochain, une région où le Dr Moses est déjà allé, il y a longtemps, et qu'il décrit comme "belle et très pure". Parfois, dans des endroits isolés où il est difficile de trouver un médecin, le Dr Moses offre ses services ; et les gens lui sont immensément reconnaissants. Ils lui font des cadeaux, lui donnent des souvenirs. » Ma mère parlait vite, presque avec fièvre. Comme si elle cherchait à se convaincre elle-même. « Le Dr Moses est un homme exceptionnel, Ella. Il sort de l'ordinaire. Les gens murmurent derrière son dos – et sur mon compte aussi, je le sais ! – mais c'est pure jalousie. Je l'ai aidé pour son musée, tu sais. Je l'aiderai quand il l'agrandira. Je veux l'aider. Il en est si fier. Il te le fera visiter avant le dîner. La Société d'histoire du comté l'a insulté, en lui accordant une subvention ridicule ! Un homme de son envergure ! Le Dr Moses mérite davantage de respect de la part des habitants du comté d'Eden, et il l'obtiendra.

– Comment l'as-tu aidé, maman ? »

En lui donnant ton argent, évidemment. Quoi d'autre ?

Elle sourit mystérieusement. Le frémissement de sa paupière était plus prononcé. Ses yeux se remplirent de larmes et, subitement, elle enfouit son visage dans ses mains.

Plus tôt, à mon arrivée, nous nous étions enlacées gauchement, et timidement, nous touchant à peine. Car le Dr Moses était présent. Mais cette fois je la serrai dans mes bras pour la réconforter, tandis qu'elle luttait contre ses larmes. Je fus consternée par sa maigreur, on sentait ses côtes sous l'étoffe vaporeuse de son chemisier. Ce qui me consterna plus encore fut l'odeur de médicaments, cette odeur de gingembre qui l'enveloppait comme un parfum.

« Qu'y a-t-il, maman ? Dis-le-moi. »

Au même instant le Dr Moses entra dans la pièce, poussant la porte sans frapper. « Ma chère Ella, dit-il avec douceur, vous bouleversez votre mère, voyez-vous. Et ce n'est pas la chose à faire, si la santé de Virginia vous tient à cœur. »

4. Le Musée du Dr Moses : première visite

Le Dr Moses tenait beaucoup à me montrer le musée. Et j'étais maintenant très curieuse de le découvrir.

Sur une table près de l'entrée, un livre d'or ouvert attendait les visiteurs. Un coup d'œil discret m'apprit que les derniers en date étaient un couple de Troy, État de New York, venus le 8 juin 1978. Plus de deux mois auparavant. La visite précédente remontait au mois d'avril. « Tout le monde ne signe pas le livre d'or, dit le Dr Moses d'un air sévère, remarquant la direction de mon regard. Certains visiteurs oublient de le faire. »

Aussitôt, je pris le stylo et écrivis :

Ellen McIntyre   Bryn Mawr, PA   11 août 1978

(Étrange, ce désir de faire plaisir au Dr Moses ! Un désir enfantin de faire naître, sur ce visage émacié et sombre, ce brusque sourire paternel, approbateur et chaleureux.)

« Très bien, Ella ! "Ella McIntyre" fait désormais partie de l'histoire officielle du musée. »

Avec l'air d'un impresario, le Dr Moses alluma les lumières et me précéda dans une vaste pièce rectangulaire, encombrée d'objets, qui avait probablement été la salle de réception de la vieille maison de pierre. Il y avait des baies jumelées et une imposante cheminée en marbre. Le plafond, très haut, était sillonné de fissures, et les moulures ornementales étaient rehaussées de crasse. L'atmosphère était confinée et intense, comme si l'oxygène en avait été siphonné. L'odeur de gingembre que j'avais sentie sur ma mère était omniprésente, mais concurrencée par une autre, plus âcre, plus forte… du formol? Et il y avait l'odeur sous-jacente de poussière, de souris et de temps, caractéristique de ce genre de maison. J'étais prise de vertige en pensant à ma pauvre mère, emprisonnée ici, s'imaginant l'aide bien-aimée d'un époux vaniteux et excentrique. Je remarquai aussitôt sa contribution au musée : les panneaux de soie rouge foncé des fenêtres, qui pouvaient être tirés sur les stores vénitiens, et qui avaient le même motif que nos rideaux d'Iroquois Street; plusieurs jolis tapis crochetés, comme elle en faisait pour les offrir à des parents et des amis, comme celui que j'avais eu dans ma chambre à l'université et dont j'avais été fière; des abat-jour en lin faits main, de cette teinte élégante appelée coquille d'œuf. «Quel projet ambitieux! m'entendis-je dire d'une voix trébuchante, sentant la nécessité d'un commentaire immédiat et positif. Et si… *intéressant.*» Mes narines se contractèrent, je dus lutter contre un accès de nausée. Le Dr Moses ne remarqua rien de mon malaise, car il était manifestement captivé par son domaine. Il me montra avec fierté une rangée de vitrines qui venaient visiblement d'être époussetées et nettoyées, peut-être le matin même, car il y avait des lignes de démarcation parlantes entre saleté et verre étincelant. J'eus la vision désagréable de ma mère, frêle, malade, époussetant et nettoyant à la hâte ces vitrines sous l'œil acéré du Dr Moses. Dans notre maison de Strykersville, ma mère avait eu la manie de la propreté, perpétuellement angoissée à l'idée de laisser s'installer le moindre soupçon de saleté et de désordre ; j'avais dû combattre cette même obsession chez moi, à l'âge adulte, sachant qu'elle était aussi insatiable qu'une addiction. Je devais pourtant reconnaître que ma mère avait donné à ce lieu lugubre et austère un côté accueillant et même chaleureux.

« Certains de ces instruments sont les miens, dit le Dr Moses. Les autres, je les ai acquis peu à peu. Sur des dizaines d'années ! Les gens ont beau croire le Dr Moses aussi vieux que les collines d'Oriskany, il y a naturellement eu d'autres médecins dans le comté d'Eden, et ce depuis la fin du XVIIIᵉ. » Nous contemplions des instruments médicaux primitifs : stéthoscopes, abaisse-langue en bois, forceps, ventouses, poires à lavement, petites scies. Des scies ! Je montrai ces outils rouillés en riant. « Est-ce pour cette raison que les médecins étaient qualifiés de "charcutiers" ? » C'était une vraie question, comme aurait pu en poser une enfant éveillée. Avec un petit gloussement, le Dr Moses ouvrit la vitrine pour en retirer une scie de vingt-cinq centimètres, qu'il me tendit. « Naturellement, il fallait attacher l'amputé sur une table. En cas d'infection ou de gangrène, le membre devait être coupé. Si le patient avait de la chance, on l'anesthésiait avec une dose massive de whisky ou de laudanum. » Le Dr Moses me montra des lanières de cuir, fixées à une table d'examen et suspendues au mur. La tête me tournait dangereusement, mais je m'efforçais de sourire. Les dents de la scie, tachées de rouille, ou de sang, ou des deux, me parurent étonnamment émoussées. « Mais vous n'avez jamais procédé à ce genre d'amputation, Dr Moses, n'est-ce pas ? Pas *vous*. » La question était nerveuse, presque flirteuse. Le Dr Moses parut y réfléchir tandis qu'il replaçait la scie dans sa vitrine avec un soin méticuleux. « Jamais sur un être vivant, je crois », répondit-il d'un air pensif.

J'avais oublié que le Dr Moses avait été le coroner du comté d'Eden pendant quarante ans.

Sur le mur qui nous faisait face étaient accrochés des dessins anatomiques encadrés, certains primitifs et grossiers, d'autres d'un rendu travaillé et d'une beauté étonnante ; parmi ceux-là, l'être humain symétriquement idéal de Leonardo (un homme, naturellement) et plusieurs dessins au trait de Dürer. « Nos ancêtres pensaient que l'âme immortelle demeurait dans ses "replis mortels". Tout le problème était de savoir où. » Le Dr Moses me montra le dessin de ce qui était apparemment un cerveau humain disséqué, mais je détournai aussitôt le regard. Je feignis un intérêt plus grand pour la collection hétéroclite d'instruments médicaux que le Dr Moses avait réunie dans son musée. Il y en avait des quantités ! Encore des abaisse-langue en bois, qui me rappelaient les bâtonnets de glace de mon enfance, et des garrots, des engins en caoutchouc ressemblant à des bouillottes ; une balle en caoutchouc attachée à un tuyau fourchu – « Pour évacuer la cire de vos oreilles, ma chère. » Il y avait des aiguilles hypodermiques de toutes les tailles, dont une d'une longueur à faire frémir – « Déplaisant, certes, mais mourir de la rage l'était encore plus. » Il y avait de fins tubes transparents enroulés de façon suggestive – « Les premiers cathéters. Déplaisant, certes, mais mourir d'urémie l'était encore plus. »

Je contemplai sans mot dire une grande vitrine de spéculums métalliques, pourvus parfois de minuscules miroirs, et un spasme involontaire me contracta le ventre – ou le col de l'utérus. Le Dr Moses remarqua peut-être ma grimace, car il dit de sa voix bienveillante et ferme : « Là encore, Ella… en l'absence d'examens pelviens approfondis, les conséquences pour les femmes de tous âges pouvaient être bien plus déplaisantes que n'importe quel examen. » Le pas mal assuré, m'essuyant les yeux, je me dirigeai vers une autre aile. Une partie entière du musée était consacrée à l'accouchement, mais je n'étais pas d'humeur à examiner des dessins anatomiques de ventres enceints, d'embryons recroquevillés dans l'utérus de corps féminins sans tête. Je n'avais pas non plus envie de voir de près la table «d'accouchement», avec ses étriers écartés et ses lanières de cuir rongées. Il s'en dégageait une odeur séculaire d'urine, de sang, de souffrance féminine. «Je devrais peut-être aller aider ma mère à préparer le dîner, murmurai-je. Je le faisais toujours quand j'étais…» Mais, désireux de m'emmener plus loin, le Dr Moses n'entendit pas, ou n'y prêta pas attention.

Nous étions dans une partie du musée consacrée, comme il me l'expliqua, à des objets plus «personnels». Il avait commencé à exercer dans le comté d'Eden en 1922, près de soixante ans de carrière étaient représentés ici, il lui avait donc fallu être très sélectif. Sur une commode ancienne étaient disposés des instruments en acier plus modernes, scalpels et autres, qui semblaient aiguisés comme des rasoirs ; j'eus un frisson d'appréhension à la pensée que le Dr Moses me les ferait peut-être toucher, comme la scie, et que je me couperais. Je fus soulagé de découvrir une bascule à l'ancienne, comme j'en avais connu dans mon enfance, et je montai dessus. Le Dr Moses me pesa, fronçant les sourcils tandis qu'il manœuvrait les petits poids de plomb sur leur baguette. «Quoi ! Quarante-neuf kilos seulement ? Étant donné votre taille, Ella, vous devriez en peser une dizaine de plus.» Le Dr Moses me mesura, abaissant doucement la toise d'acier sur le haut de ma tête. «Oui. Un mètre soixante-quinze. Il va falloir que nous vous engraissions un peu avant votre départ, ma chère !» Il tapota ma tête, mon épaule, mon bras tremblant. De près, son beau visage en ruine était un labyrinthe de minuscules capillaires éclatés et, derrière les verres de ses lunettes, ses yeux alertes semblaient filer comme des poissons.

Vinrent ensuite une charte visuelle, une vitrine de lunettes et de verres d'autrefois et, à mon ravissement, l'œil géant. Gros à peu près comme une pastèque, il nous regardait, solitaire, dans un coin du musée. Tout excitée, je m'exclamai : « Je me rappelle cet œil, Dr Moses ! Votre admirable conférence dans notre école. Nous avons tous été si… impressionnés. » Le Dr Moses eut un peu de mal à ouvrir l'œil, dont certaines parties semblaient s'être soudées ensemble ; l'intérieur veiné était drapé de toiles d'araignée, que le Dr Moses ôta avec irritation. (Celui qui avait nettoyé le musée, qui qu'il fût, n'avait manifestement pas pensé à nettoyer l'intérieur de l'œil !) « Mais vous rappelez-vous la leçon, Ella ? Pourriez-vous me la réciter ? » Il m'indiqua différentes parties de l'œil et, avec une solennité d'écolière, je récitai : « Pupille, cornée, cristallin, iris, rétine, sclérotique, humeur vitrée, humeur aqueuse, nerf optique, tache aveugle. » Le Dr Moses fut sincèrement étonné. Il fit mine d'applaudir. « *Très* bien, Ella. De tous les élèves d'alors, aucun, interrogé aujourd'hui, ne répondrait aussi bien, j'en suis certain. » Une rougeur agréable me chauffait le visage. Je m'étais étonnée moi-même. « Votre mère m'a dit que vous étiez une excellente élève, et je vois que Virginia n'exagérait pas, comme cela lui arrive parfois. Dommage, toutefois, que vous n'ayez pas étudié la médecine. Nous aurions pu faire équipe, Ella. »

Je ris, le visage brûlant. J'étais véritablement flattée.

Mais vous êtes à la retraite, Dr Moses, non ?

La suite de la visite ne fut pas aussi agréable.

Au fond de la pièce se trouvaient des étagères de bocaux contenant des formes caoutchouteuses plus ou moins flottantes : des organes humains, dont des globes oculaires ; des fœtus humains. Le Dr Moses les qualifia de « spécimens », de « souvenirs ». Manifestement chaque bocal avait une signification particulière pour lui ; les étagères portaient des étiquettes datées, les bocaux, des étiquettes plus précises encore. La puanteur du formol était presque insoutenable, mais le Dr Moses ne semblait pas la remarquer. Il tapotait les bocaux en souriant. J'avais détourné le regard, au bord du malaise, mais me retrouvai bientôt en train de contempler un bocal d'un litre contenant une espèce de poisson racorni, décoloré et sombre, qui flottait dans un liquide trouble ; la chose, apparemment dépourvue de tête, avait des bras et des jambes rudimentaires, et une sorte de… tête ? de cœur ?… saillait sur sa cavité thoracique. « J'ai accouché ce pauvre être la nuit de Noël 1939 », dit le Dr Moses en tapotant le bocal. Je me sentis mal et détournai le regard. *Pas un fœtus. Un vrai bébé.* J'aurais aimé demander au Dr Moses ce qui était arrivé à la pauvre mère, mais il était déjà plus loin. On comprenait que le musée était sa vie, que le visiteur avait le privilège d'en être le témoin, mais nullement d'y participer.

Ce fut alors que le Dr Moses marmonna : « Quoi ! Qu'est-ce que ça fait ici ! » J'entraperçus ce qui semblait être des mains humaines. Des mains embaumées. Certaines étaient horriblement petites, des mains d'enfant. Le Dr Moses me bouchait la vue, le visage sévère ; il me saisit par le coude et m'entraîna avec fermeté. Je feignis de n'avoir remarqué ni les mains ni son agitation. J'espérais que, si une erreur quelconque avait été commise dans le musée, ma mère n'en était pas responsable.

La visite touchait à sa fin. J'étais épuisée, et cependant étrangement euphorique. Grisée, presque ivre. Les odeurs puissantes m'étaient montées à la tête. Et la proximité hypnotisante du Dr Moses. *Cet homme est mon beau-père.*

D'un ton espiègle, il dit : « Ma chère Ella, je vous présente le cousin Sam. »

D'une pichenette, il avait fait vibrer et cliqueter le squelette. Je dus me retenir pour ne pas frémir à l'unisson. « Le cousin Sam est en ma compagnie depuis longtemps, n'est-ce pas, Sam ? » Je me demandai naïvement si c'était un squelette commercial tel qu'on en vendait aux facultés de médecine, ou si le Dr Moses l'avait fabriqué lui-même en attachant et vissant les os avec soin. C'était apparemment le squelette d'un homme de taille moyenne, les os décolorés par les ans et le crâne cabossé ; ses orbites étaient immenses. Le crâne semblait nous écouter avec un air de sévérité moqueuse. Des fils de toile d'araignée flottaient entre ses côtes ; quelque chose détala à l'intérieur d'une orbite : une araignée ? Je détournai la tête, troublée. Le Dr Moses eut un petit rire. « Et voici la famille de Sam. » Tout près, sur le manteau d'une cheminée, une rangée de crânes nous contemplait en silence. Eux aussi semblaient nous écouter avec une feinte sévérité. « Aux yeux d'un observateur non averti, les crânes se ressemblent, dit le Dr Moses. Mais pour l'œil averti, les distinctions abondent. » Il souleva l'un des petits crânes et le tourna pour me montrer les fêlures sur la boîte crânienne. Je dus réprimer l'envie de fermer les yeux, comme si je regardais quelque chose d'obscène. « C'est le crâne d'une jeune fille d'environ treize ans. Elle est probablement morte d'un coup violent à la tête. Porté par un marteau ou par le bord contondant d'une hache. » Je voulus demander quand cette jeune fille était morte, mais ne pus prononcer une parole. « Elle est morte avant votre naissance, Ella, dit le Dr Moses.

— Où avez-vous trouvé ces crânes, Dr Moses ? » parvins-je à demander.

À la morgue du comté. Dans le cimetière du comté.

« La mort est généreuse, répondit-il, avec un sourire mystérieux. Les spécimens du genre *Mort* ne manquent pas. »

La visite était terminée. Il était temps de quitter le musée.

Mais j'avais remarqué une porte en chêne sculpté au fond de la pièce et je demandai ce qu'il y avait derrière. « Une nouvelle aile du musée, répondit le Dr Moses, "la chambre Rouge"… pas encore prête pour les visiteurs. Une autre fois, Ella. »

5. La révélation

Si je suis capable d'endurer ce repas, je peux tout endurer.

Et pourtant, à mon propre étonnement, j'étais affamée. Je n'avais rien mangé depuis le petit déjeuner du matin, douze heures auparavant, et ma main tremblait quand je pris ma fourchette. « C'est *délicieux*, maman. » En dépit de la chaleur et de son infirmité apparente, ma mère avait préparé l'un de ses repas héroïques. Fines tranches de rosbif, pommes mousseline délicatement fouettées, plusieurs légumes, pain complet cuit de frais. Et le dessert favori de mon enfance : une tarte « tressée » aux cerises. Le Dr Moses avait l'appétit pignocheur des vieillards, mais il était manifeste qu'il aimait se voir offrir un ensemble complet de plats préparés avec soin. Et quoique buvant peu, il nous servit également du vin rouge dans de beaux verres en cristal.

Un ventilateur aux pales de bambou tournait et bourdonnait au-dessus de la table de la salle à manger, brassant l'air languide et diluant la forte odeur de médicaments. Il y avait des roses rouges fraîchement coupées (dans la petite roseraie, méticuleusement entretenue par ma mère), des bougies parfumées dans des chandeliers d'argent. La salle à manger était meublée dans un style du début du siècle, mais des rideaux froncés de soie blanche, cousus par ma mère, ornaient les fenêtres, et je reconnus son œuvre dans les sets de table crochetés. *Partout où va ma mère, elle s'emporte avec elle. J'ai eu tort de l'abandonner.* Pendant tout le dîner, elle nous sourit faiblement, à moi et à son mari, mais n'ouvrit quasiment pas la bouche, comme si elle était très fatiguée ; elle effleurait machinalement la racine de ses cheveux, et sa mâchoire, qui semblait légèrement enflée. Rouge à lèvres mis à part, elle n'était pas maquillée. Elle avait oublié d'enlever son tablier. L'humidité rendait tout mous ses cheveux argentés. Elle but et mangea peu, tandis que, rasé de frais et séduisant, portant une veste en daim caramel et une cravate à rayures jaunes, le Dr Moses concentrait son attention sur moi. Il multipliait les « Ella », « Ella, ma chère », « ma chère Ella ! » au point que je finis par en être gênée.

Le Dr Moses m'apprit qu'il était né à Düsseldorf en 1893. Ses parents l'avaient emmené aux États-Unis, Boston, à l'âge de sept ans ; il avait obtenu son diplôme de médecine dans l'université de cette ville ; en 1920, jeune homme aventureux, il avait émigré dans la région sauvage de l'ouest de l'État de New York. Il s'était d'abord installé à Port Oriskany. Il avait épousé la fille d'émigrés allemands. Il s'était alors transporté dans le comté d'Eden, à Rockland, puis à Strykersville, où il avait exercé son métier de médecin tout en achetant cette maison de pierre dans les collines d'Oriskany, où il vivait heureux depuis lors. « Solitude et beauté, dit-il en levant son verre dans ma direction. Nous n'avons pas eu le bonheur d'avoir d'enfants.

– Je suis désolée, murmurai-je.

– Oh, mais il ne faut pas, ma chère. Il y a eu beaucoup d'enfants dans ma vie, des enfants que j'ai aimés et qui m'ont aimé. »

Je ne sais pourquoi, cette déclaration faite d'un ton neutre, sans vantardise, me mit très mal à l'aise.

Et qu'est devenue votre première femme, Dr Moses ?

Dans le salon, j'avais remarqué une photo sépia où le jeune et fringant Moses Hammacher posait avec raideur dans une

Model-T à côté d'une jeune femme au visage sévère, rondelette et très corsetée; j'avais supposé qu'il s'agissait de la première épouse du Dr Moses. Naïvement je demandai son nom, et il me répondit avec une sécheresse étonnante: «Il est mal élevé de discuter d'une précédente épouse en présence de…» Il indiqua ma mère, dont les joues s'empourprèrent de gêne.

«Oh, ça ne me dérange pas, chéri! Elle s'appelait…

– Mais moi, si!» Le Dr Moses abattit son poing sur la table. Nos verres à vin tremblèrent, la flamme des bougies vacilla. «Elle n'est *plus* Mme Hammacher.»

Le Dr Moses respirait bruyamment. Ses yeux roulaient derrière ses lunettes miroitantes. Comme des enfants coupables, ma mère et moi baissâmes le nez sur notre assiette. Je mourais d'envie de chercher la main de ma mère sous la table; je savais qu'elle serait mince, froide, inerte, mais qu'elle se refermerait avec force sur la mienne. *Aide-moi, Ella! Emmène-moi loin de ce terrible endroit.*

Le reste du dîner passa dans un brouillard de tension et d'appréhension, bien que le Dr Moses eût cessé de s'en prendre à ma mère ou à moi. Retrouvant ses manières cordiales et courtoises, il me parla longuement de ses projets d'agrandissement du musée et de son intention de faire de la publicité – «à l'échelle de l'État, au-delà du périmètre étroit du comté d'Eden. Vous pourriez peut-être m'aider à préparer une brochure, Ella?» Prise au dépourvu, il se peut que j'aie souri; je ne répondis pas. Comme s'il cherchait à m'impressionner, alors que ma mère, visiblement très fatiguée, gardait toujours le silence, le Dr Moses me raconta ses voyages – «Ses aventures de la frontière» – Mexique, Sud-Ouest américain, Alaska – «parmi les populations indigènes». Il avait pris sa retraite de coroner en 1964 et beaucoup voyagé l'été pendant les années qui avaient suivi – «J'allais vers

l'horizon. Attiré par les montagnes. Le ciel même m'appelait. »
Quel lyrisme dans la voix du Dr Moses, quelle nostalgie! J'avais
beau le craindre et me défier de lui, savoir maintenant que c'était
un tyran domestique, peut-être dangereux, j'étais charmée malgré
moi, comme je l'avais été dans le musée. Sa volonté sensuelle,
puissante. Sa volonté sexuelle. *Il a captivé des femmes. Et des
hommes.* Un homme qui a exercé sa volonté sur les autres ne
renonce jamais à cette volonté, ou au désir de l'exercer, quand
il prend de l'âge; ses victimes le comprennent et succombent.
La force de l'un entraîne la faiblesse des autres, comme par
une magie perverse. «Au cours de mes voyages, j'ai rencontré
beaucoup de gens, y compris des jeunes filles et des femmes,
dit le Dr Moses, avec un sourire mélancolique. J'étais une sorte
de joueur de flûte qui apportait attention et soins médicaux où
il n'y en avait guère… mais, évidemment, je n'abusais jamais de
leur confiance. N'est-ce pas, Virginia? »

Ma mère s'éveilla de sa transe mélancolique et sourit aussitôt.
«Oh oui. Je veux dire… non.

– Votre mère m'a été d'une aide inestimable pour mon musée.
Depuis l'automne dernier. Le saviez-vous, ma chère Ella? »

Ces mots contenaient-ils un message secret? Le Dr Moses
parlait avec une telle assurance, posait sur moi son regard
intense et singulier. Insinuait-il qu'un jour, je pourrais l'aider, moi
aussi?

Mais comment?

Un personnage étrange, original! Après un ou deux verres de
vin il ne me semblait pas bizarre de voir dans le Dr Moses plus
qu'un homme ordinaire. Si les circonstances avaient été un peu
différentes, il aurait pu être un personnage public d'un certain
renom; un éducateur médical, un inspecteur fédéral de la santé,
une personnalité médiatique. *Il aurait pu être mon père.*

Devant mon air perdu, le Dr Moses demanda gaiement :
« Avez-vous des questions, Ella ? »

Cette question ! Au collège, elle avait pour effet de nous
réduire tous au silence.

Ce jour-là, cependant, je posai une question que j'aurais sans
doute souhaité poser à l'époque, si j'avais eu le vocabulaire et
le courage nécessaires. « Qu'est-ce qui vous a poussé à devenir
médecin et coroner, Dr Moses ? »

Il me regarda d'un air songeur. « "Poussé"… ? Pourquoi ce
terme ? » Ses sourcils blancs broussailleux se froncèrent. « J'ai
choisi librement ma profession, Ella. De même que votre mère
a choisi librement de devenir mon épouse et mon assistante bien-
aimée, et vous de venir ici. »

On ne pouvait pas dire que la cuisine du Dr Moses fût bien
ou même correctement éclairée, mais la lumière du plafonnier
était assez forte pour que je voie nettement ma mère, pour la première fois depuis mon arrivée.

Elle n'avait pas voulu que je l'aide à faire la vaisselle, bien
entendu. Elle avait protesté faiblement. Mais j'avais insisté,
débarrassé la table et empilé les assiettes dans l'évier de la cuisine.
Ce fut alors que je vis que ma mère n'allait pas bien du tout. Elle
avait le visage enflé et décoloré sous le menton. Elle marchait
lentement, en épargnant sa jambe gauche ; elle semblait souffrir.
Je pris les assiettes qu'elle apportait, les mis dans l'évier et posai
fermement mes mains sur ses épaules étroites. J'étais nettement
plus grande que ma mère, qui s'était beaucoup tassée depuis dix
ans. À voix basse, je demandai : « Qu'y a-t-il, maman ? Que t'a-
t-il fait ? *Dis-le-moi.* »

Elle tremblait et ne put répondre. Ses yeux m'imploraient.
J'effleurai son visage aussi doucement que je le pus, mais elle

grimaça néanmoins de douleur. Malgré les efforts qu'elle faisait pour se libérer, je parvins à examiner son visage et découvris, à la racine de ses cheveux et derrière ses oreilles, des cicatrices d'incisions et d'horribles fils noirs. Un lifting? *Ma mère s'était fait faire un lifting?*

«Cela guérira bientôt, dit-elle aussitôt. Le Dr Moses voulait simplement "me rendre ma jeunesse". Il se rappelait m'avoir vue des années plus tôt, disait-il, quand j'étais plus jeune et… eh bien, c'est cette femme-là qu'il voulait pour épouse. Ne fais pas cette tête, Ella, j'ai accepté, évidemment! Et ce n'est pas terriblement douloureux, en fait. Le Dr Moses me donne des cachets. J'arrive à dormir presque toutes les nuits. Et j'ai vraiment l'air plus jeune, je crois? Tu ne trouves pas?»

Incrédule, consternée, je m'exclamai: «C'est le Dr Moses qui a fait le lifting? Ici? Dans cette maison? Mais… on dirait que c'est infecté.

– Non, je suis sûre que non. Le Dr Moses m'examine souvent. Lorsque les incisions seront un peu mieux cicatrisées, il enlèvera les fils. Et les agrafes.» Avec un petit un rire d'excuse, elle prit ma main et me fit palper les rangées d'agrafes, logées dans son cuir chevelu comme des clous. Des agrafes!

«Mais c'est terrible, maman. C'est barbare.

– Non, Ella. Si je ne guéris pas bien, c'est ma faute. Cette bosse près des oreilles, il faudrait que je la masse, selon le Dr Moses. Je ne guéris pas vite, depuis toujours. Après la naissance de mes bébés, j'ai été malade et faible pendant des mois.» Elle parlait d'un ton implorant et se tenait tout près de moi pour pouvoir parler bas. «Je ne m'en suis jamais vraiment remise, je crois! Mais je t'aime, Ella, et j'aime Walter, et je… je ne regrette pas d'avoir eu mes enfants, *pas du tout*. Et je ne regrette pas d'avoir épousé le Dr Moses, sauf que j'ai peur de…» Elle s'interrompit, la respiration accélérée. Elle s'appuyait contre moi, frêle et tremblante.

« Peur de quoi, maman ? »

Elle secoua la tête sans mot dire. *Peur.*

Étrangement, ce lifting barbare avait réussi, jusqu'à un certain point. Le visage de ma mère avait été tendu, les joues molles et la chair flasque de l'âge avaient disparu ; dans la lumière plus flatteuse du salon, elle m'avait paru séduisante, jolie. J'avais réagi de la façon la plus prévisible et la plus banale qui soit, en la complimentant sur son apparence, sur son air « jeune ». Comme si ces attributs étaient précieux et qu'ils vaillent les souffrances d'un lifting ; comme si jeunesse et joliesse féminine étaient invariablement supérieures à la dignité de l'âge. À mon insu, j'avais donné du poids à l'acte égoïste du Dr Moses. Et j'étais la fille de cette femme. « Laisse-moi t'emmener, maman, murmurai-je. Tout de suite ! » Je la conduirais aux urgences de l'hôpital de Strykersville, je ferais examiner ses blessures. Je la protégerais contre son mari tyrannique...

Mais elle résista. Faiblement et avec entêtement, comme à son habitude.

« N'en parle pas au Dr Moses, Ella, implora-t-elle. Je t'en prie !

– Bien sûr que je vais... »

Elle appuya le bout de ses doigts contre ma bouche. Non !

« Je t'en *supplie*, chérie. Pour le moment. J'aime le Dr Moses, tu comprends. Grâce à lui, je me sens utile et désirée. Il m'a permis de l'aider dans son travail. Sa mission. Il n'est pas toujours très en forme, à son âge. Ne nous juge pas durement, comme tu juges toujours les autres ! Je suis ta mère. »

Je suis ta mère.

Mais c'était pour cela que j'étais venue à son secours, non ?

À voix basse, le ton anxieux, serrant mes mains dans les

siennes, elle ajouta : « Le Dr Moses m'appelle sa "moitié". Oh, j'avais peur au début, mais il m'a fait boire une potion, et mes peurs se sont évanouies… ou presque. Il dit que sa première femme l'a déçue, qu'elle n'avait aucune *imagination* et aucun *courage*. »

Ma mère parlait avec agitation, désespoir. Je compris que je ne la convaincrais pas de partir avec moi sur-le-champ ; il aurait fallu pour cela que je la prenne à bras-le-corps et repousse le Dr Moses. Je reviendrais à la charge le lendemain. Si ma mère s'entêtait encore, j'affronterais le Dr Moses soi-même.

« Entendu, maman. J'attendrai jusqu'à demain. »

Ses mains ne lâchèrent pourtant pas les miennes. « Tu me le promets, Ella ? dit-elle, d'une voix anxieuse. Tu ne lui diras rien ce soir ? »

J'étais épuisée, tout à coup, l'épais vin rouge foncé que mon nouveau beau-père m'avait fait boire m'avait donné mal à la tête. « Oui, promis ! Pas ce soir. »

Je savais que, cette nuit-là, je rêverais d'horribles fils noirs enfilés dans ma chair, et de rangées d'agrafes plantées dans mon crâne.

6. Le Musée du Dr Moses : la chambre Rouge

Je suis dans Le Musée du Dr Moses. Je suis un spécimen moi aussi.

En pleine nuit, je fus réveillée par la fin d'un rêve qui, en s'évanouissant, claqua et me lacéra comme un fouet. Je me redressai, le cœur battant, et allumai une lampe.

Silence. La vieille maison de pierre, le toit pentu au-dessus de ma tête. Dans le ciel nocturne, une lune pâle opalescente dans un linceul de nuages.

Je ne m'étais pas déshabillée, n'avais ôté que mes chaussures. Étendue sur un lit étranger dans mes habits humides, froissés. Je n'avais pas eu l'intention de dormir, je comptais rester aux aguets toute la nuit.

La chambre d'ami dans laquelle ma mère m'avait conduite, au premier étage côté façade, n'avait qu'une fenêtre en saillie, encadrée de rideaux de chintz jaune ; j'avais aussitôt reconnu le motif, et cela m'avait réconfortée. Jeune fille, j'en avais eu de similaires dans ma chambre. J'avais même aidé ma mère à les faire, en étendant, mesurant et coupant le tissu sur la moquette de la salle de séjour. *Ma petite aide !* m'appelait ma mère.

Bien que j'eusse hésité à passer la nuit chez le Dr Moses, quand ma mère me fit entrer dans cette pièce et que je vis les rideaux, le couvre-lit et les oreillers assortis, et sur le sol, un tapis crocheté ressemblant à celui de ma chambre d'étudiante, j'eus un élan de bonheur. « Merci, maman. » J'aurais voulu la serrer dans mes bras, mais y renonçai de peur de lui faire mal. Elle eut un sourire presque timide, effleura son menton enflé. « J'ai pensé que cette pièce te plairait, Ella. Tu es notre première invitée depuis que je suis venue habiter ici. »

Le Dr Moses hésitait sur le seuil, désirant me souhaiter bonne nuit. Il me tendit la main, un geste cérémonieux et gauche que je feignis de ne pas remarquer, car je ne pouvais supporter de le toucher. « Bonne nuit, ma chère Ella ! » Je répondis par un murmure et ne souris pas. Il attarda sur mon visage un regard mélancolique.

Depuis la révélation choquante que m'avait faite ma mère, je le considérais avec répugnance et fureur. En sa présence, je n'avais quasiment pas ouvert la bouche.

Il sait. Nous savons à quoi nous en tenir l'un sur l'autre, maintenant.

C'était enfantin, mais j'avais traîné un lourd rocking-chair en acajou devant ma porte. Comme si cela aurait pu arrêter le Dr Moses, s'il avait voulu entrer pendant la nuit. (La porte n'avait pas de serrure.) Mais je m'étais dit que si quelqu'un poussait la porte, le bruit suffirait à m'éveiller.

Maintenant j'écartai moi-même le rocking-chair de la porte.

Il n'y avait pas de cabinet de toilette dans la chambre, il me faudrait donc aller dans celui que ma mère m'avait montré dans le couloir. « Il sera tout à toi, Ella. Personne d'autre ne l'utilisera. » Pieds nus, je me déplaçai sans bruit. Avec ma chemise et mon pantalon froissés, mes cheveux en bataille, rencontrer mes hôtes m'aurait embarrassée.

Je m'étais munie d'une torche de vingt centimètres que j'avais toujours dans mon sac de voyage.

Dans la vieille salle de bains mal éclairée, j'examinai mon visage dans la glace ; je touchai délicatement mon front, mes joues, mon menton, car je me trouvais étrangement bouffie, surtout sous les yeux. Et j'avais les paupières rouges. Avais-je pleuré ? Dans mon sommeil ? Je passai la main dans mes cheveux, effleurai mon crâne de mes ongles, cherchant avec appréhension… quoi donc ? Des agrafes ? Des petits clous ? Derrière les oreilles, impossible à voir, la peau était sensible, comme enflammée, mais il n'y avait pas de points de suture.

La voix de ma mère murmurait *Aide-moi, Ella ! Ne me juge pas.*

Je sortis hardiment de la salle de bains et m'immobilisai un court instant dans le couloir obscur. Je savais ce que je devais faire, mais hésitais à passer à l'action.

La maison était toujours silencieuse. Exception faite du vent, et du bourdonnement rythmé des insectes de cette fin d'été dans le feuillage et les hautes herbes autour de la maison. Le couloir, qui courait sur toute la largeur de la maison, se perdait dans l'obscurité. Je ne savais pas où se trouvait la chambre à coucher principale, mais la supposais assez éloignée de la mienne. *Il ne souhaitait sûrement pas que je sois trop près de ma mère et puisse entendre ses cris dans la nuit.*

Je me décidai. Je descendis les marches, recouvertes d'un chemin d'escalier élimé.

Au rez-de-chaussée je me dirigeai sans bruit ni hésitation vers le musée. Un flot d'adrénaline courait dans mes veines ! La lourde porte n'était pas fermée à clé. Une fois à l'intérieur, j'allumai ma petite torche, qui projeta un étroit et intense pinceau de lumière sur cinq mètres, et je m'avançai dans l'allée centrale, dépassant les vitrines, et le cousin Sam, immobile au bout de son fil, tel un propriétaire parodique du musée du Dr Moses. Puis, devant la porte en chêne à deux battants, je m'immobilisai, le cœur serré. *La chambre Rouge. Pas encore prête pour les visiteurs.*

C'était un avertissement, je le savais. Le Dr Moses m'avait avertie.

J'ouvris néanmoins la porte. Maintenant que j'étais là, je ne reculerais pas.

La chambre Rouge : ainsi nommée parce que les murs étaient couverts d'un papier de soie rouge. Autrefois élégante, elle était maintenant plutôt miteuse, mais encore impressionnante, séduisante. Le plafond, orné de moulures, avait été récemment repeint en blanc, il y avait même un beau lustre ancien, mais dont les branches étaient ternies, les cristaux de verre taillé obscurcis par la crasse. Cette pièce était plus petite que l'autre partie du musée, et les objets y étaient entassés, sans étiquette pour la plupart. Je me retrouvai en train de contempler, sans d'abord comprendre ce que je voyais, une vitrine contenant des crânes humains ; sauf qu'en regardant de plus près, je m'aperçus qu'il s'agissait de têtes ; des têtes humaines, réduites, le visage ratatiné ;

elles avaient une peau brune et rude, des cheveux raides d'un
noir terne, des yeux intacts, quoique mi-clos, terreux et sans
regard. C'étaient, ou avaient été, des têtes d'aborigènes – Indiens,
Mexicains, Esquimaux. Adultes, adolescents, enfants. Sur l'une
des vitrines, apparemment posée là en hâte, la collection de
mains que j'avais aperçue pendant ma visite, et dont la présence
dans le musée avait tant irrité le Dr Moses. Elles étaient griffues,
noircies, parfois amputées de quelques doigts et de leurs ongles,
mais parfaitement conservées. Certaines portaient encore des
bagues. J'entendis ma voix fluette et naïve – « Ce n'est pas réel,
c'est impossible. » Avec une fascination révulsée j'effleurai la plus
petite, qui avait dû appartenir à une fillette de dix ou onze ans.
Les doigts, totalement immobiles, semblaient néanmoins avoir
la chaleur de la vie. Quand je poussai la main par mégarde,
elle bougea.

« Non ! »

Sans m'en rendre compte, je m'étais mise à parler tout haut,
tant le choc avait dû être grand.

Le pinceau de la torche semblait se mouvoir de lui-même,
par à-coups. Mes mains transpiraient, j'avais du mal à la tenir.
Je contemplais maintenant une grande vitrine rectangulaire
en Plexiglas où étaient exposées d'épaisses torsades de cheveux
lustrés, brillants. Il devait y en avoir une dizaine de spécimens,
blond cendré, roux, châtain foncé, blond foncé, couleur de blé,
gris argent, poivre et sel… À la différence des têtes et des mains
embaumées, ces cheveux étaient un plaisir pour les yeux. Le
pinceau de la torche s'y attarda. Il ne semblait pas y avoir de
restes de cuir chevelu attachés aux racines. Plusieurs spécimens
étaient joliment tressés de rubans de satin. D'autres noués par un
nœud de ruban. L'effet produit était fascinant, festif, à la manière
de décorations de Noël. Ces cheveux appartenaient-ils à des filles

de Strykersville que j'avais connues ? Était-il possible que deux des tresses appariées aient été *les miennes* ?

C'est un assassin. Un démon. Voici ses victimes.

Des bocaux de verre où flottaient des choses abominables. Des globes oculaires, qui me fixaient et me traversaient d'un regard sans rancœur. Des organes que je préférais ne pas identifier : cœurs charnus, gros comme des poings, foies, parties génitales féminines et masculines. Chaque bocal portait un code énigmatique, écrit soigneusement à l'encre sur des étiquettes blanches : rq 4 19 211 ; ox 8 32 399. *Mais un code se déchiffre comme n'importe quel rébus.* Dans mon état d'hébétude, mon esprit fonctionnait avec la vitesse d'une machine : les chiffres pouvaient représenter des lettres de l'alphabet, les lettres pouvaient être inversées. Il y avait là une intelligence logique, une méthodologie scientifique.

Le pinceau de la torche m'entraînait plus loin. J'étais très fatiguée et n'avais qu'une envie, me coucher quelque part, fermer les yeux et dormir, mais mes yeux étaient ouverts et contemplaient des crânes fraîchement écorchés, luisant d'un éclat humide, fixés sur des perches ; des abat-jour faits de peaux humaines, fines et blanches, cousues avec un soin méticuleux ; le masque facial d'une femme séduisante, une peau détachée avec délicatesse de l'os, appliquée sur le visage inexpressif et lisse d'un mannequin ; des crânes sciés, peints comme des bols, exposés sur des étagères ; des choses suspendues que mon souffle mettait en mouvement, un mobile à la Calder de doigts, orteils, nez, lèvres, vulves ; une sorte de ceinture de seins féminins aux mamelons roses protubérants. Sur un mannequin de couturière, la peau d'un torse féminin mamelu, écorchée et transformée en une sorte de gilet, cousue sur un tissu solide du genre feutre. Terrifiée et néanmoins fascinée, je retournai l'ourlet du gilet…

« Ella ! »

Un murmure derrière moi. Mais mon cœur battait si fort que je n'étais pas sûre d'avoir entendu. Mes doigts moites laissèrent échapper la torche, qui tomba bruyamment sur le sol. Je me retournai, haletante, ramassée sur moi-même, mais je ne voyais pas bien. Une silhouette indistincte se tenait sur le seuil entre les deux pièces. Je voulus hurler mais en fus incapable. Mes jambes perdirent toute force. Le sol s'ouvrit brusquement sous moi et je m'effondrai, perdant connaissance.

7. Matin

C'est un assassin. Un démon.

Le matin ! Un rayon de soleil glissa sur mon visage rêveur comme un faisceau laser. Mes yeux s'ouvrirent, je me retrouvai couchée sur un lit inconnu dans mes vêtements froissés. J'avais la tête douloureusement inclinée, comme si j'avais essayé de hurler dans mon sommeil. La plante de mes pieds nus était poisseuse.

Je me levai aussitôt. Hébétée de fatigue, je tenais à peine debout. Je me rendis compte que j'étais dans la chambre aux rideaux de chintz jaune dans laquelle ma mère m'avait amenée – la « chambre d'ami ». Mais les rideaux n'avaient pas été tirés, le soleil entrait à flots par la fenêtre. Désorientée, je constatai que le lourd rocking-chair était de nouveau devant la porte.

Je fouillai à tâtons dans mon sac : ma petite torche n'y était plus.

Il était 7 h 20 à ma montre. Je n'arrivais pas à croire que j'avais pu dormir, après les horreurs de la chambre Rouge. Et d'un sommeil si lourd, si comateux que j'avais un violent mal de tête et un goût de cendres dans la bouche.

L'affolement me gagna. Je jetai mes affaires dans mon sac et me préparai à fuir. Dans le couloir, j'entendis des voix au rez-de-chaussée. Un flot d'adrénaline me monta au cœur. Je ne connaissais pas d'autre issue que cet escalier. Alors que je descendais, la voix du Dr Moses se fit plus forte, grondeuse. Celle de ma mère était faible, presque inaudible.

Ils étaient dans la cuisine, au fond de la maison. Je me demandai s'ils se disputaient à mon sujet.

Je crus entendre le Dr Moses dire : « Tu ne le feras pas » ou peut-être : « Elle ne le fera pas. »

J'entendis claquer une porte. Par une fenêtre, je vis le Dr Moses s'éloigner d'un pas rapide, je ne voyais que le sommet de sa tête nue, ses rares cheveux couleur d'ivoire jauni. Je me rappelai une petite grange derrière la maison, transformée en garage, et espérai que c'était là qu'il allait.

J'entrai dans la cuisine où je trouvai ma mère assise à une table, en robe de chambre et des mules aux pieds. Une robe de chambre que je ne lui connaissais pas, couleur champagne, vaporeuse et ornée de dentelle ; les mules de satin étaient assorties. *Son nouveau mari les lui a offertes. En cadeau de noces.* Cette pensée me révulsa. Les yeux gonflés que ma mère leva vers moi brillaient de culpabilité.

« Nous partons, maman ! Je ne te laisse pas dans cette horrible maison.

— Non, Ella. Je ne peux pas…

— Si, maman. Nous partons tout de suite. Il ne peut pas nous en empêcher. »

Je parlais avec colère, avec désespoir. Je forçai ma mère à se lever. Elle agrippa mes bras. « Je ne peux pas, Ella, dit-elle d'un ton implorant. Jamais il ne consentira à me laisser partir. "Où que tu ailles, j'irai." Il m'a fait prononcer ce serment quand nous

nous sommes mariés. Il était sérieux… "pour l'éternité". » À la lumière vive du soleil, je voyais sur le crâne de ma mère, au-dessus de la naissance des cheveux, sous les cheveux mous et argentés, les agrafes et les fils hideux qui avaient tiré son front, lissé ses rides pour la faire paraître «jeune», «jolie».

«C'est un vieillard dément et malveillant. Tu le sais.

– Il nous poursuivrait et nous ferait du mal à toutes les deux. Tu ne sais pas, Ella…

– Je sais. J'ai vu.

– Tu as vu… quoi donc?

– La chambre Rouge. »

Ma mère enfouit son visage dans ses mains et se mit à pleurer sans bruit.

«Tu nous juges trop durement, Ella. Tu ne *sais* pas.

– Je sais ce qu'il me faut savoir, maman! »

Mon cerveau fonctionnait rapidement mais confusément. Je savais qu'il me fallait fuir la maison du Dr Moses – si je le pouvais – et avertir la police – et revenir chercher ma mère. Mais… s'il lui faisait du mal dans l'intervalle? S'il s'enfuyait avec elle, la prenait en otage? S'il la tuait? Comme les autres? J'étais trop bouleversée pour lui parler et faire comme si de rien n'était. Il me percerait à jour, il était bien trop malin.

«Que cherches-tu, Ella?

– Quelque chose… pour m'aider. »

Je fouillais dans les tiroirs. Mes doigts se refermèrent sur une lame tranchante, un couteau à steak; je m'aperçus que je m'étais coupée.

«C'est un assassin, maman. Il est fou. Il a tué des gens pour son musée. Nous devons nous protéger. » Je pris le couteau et le cachai dans mon sac. Ma main tremblait violemment, m'élançait. Ma mère me regardait. Son visage enflé avait pris une expression passive, enfantine. Elle se frottait nerveusement le dessous du menton. «Viens, maman. Je t'en prie!»

Elle se laissa enfin conduire jusqu'à la porte d'entrée. C'était une fuite désespérée, pas question pour elle de faire sa valise, d'emporter quoi que ce soit! J'avais espéré que le Dr Moses était parti au volant de l'une de ses voitures, mais je n'avais entendu aucun bruit de moteur. Ma propre voiture était garée dans l'allée, à l'endroit où je l'avais laissée. Il me fallait espérer que le Dr Moses n'y avait pas touché, qu'elle démarrerait.

«Où emmenez-vous ma femme, Ella?»

Le Dr Moses nous attendait sur la véranda. Il avait fait le tour de la maison, comme s'il avait deviné mes intentions. Son ton était menaçant, plein d'une colère froide. Disparu, l'homme au charme courtois, c'était maintenant un vieillard ravagé, agressif, au regard brillant de fureur. Il ne s'était pas encore rasé, et un début de barbe aux éclats de mica étincelait sur ses joues. Il ne portait pas sa chemise de coton blanc amidonné, ni son élégant canotier, mais des vêtements de travail, une tenue crasseuse de jardinier. Des taches de terre, ou de sang, souillaient les revers de son pantalon. *Sa tenue de boucher. Et maintenant ton tour est venu.*

Je perdis brusquement tout sang-froid. Je me ruai sur lui. Le vieil homme stupéfait n'était pas préparé à ma férocité, mon désespoir. «Assassin! Démon!» Les deux mains à plat sur sa poitrine, je le poussai en arrière, ct il dégringola lourdement les marches de pierre, une expression abasourdie sur le visage. Ses lunettes volèrent, il tomba, et sa tête heurta violemment l'allée, lui arrachant un gémissement. Puis après un soubresaut, des convulsions, il n'émit plus un son. J'eus la vision fugitive d'un filet de sang coulant de son nez, soulignant sa bouche béante. Ma mère geignait, mais se laissa faire docilement quand je l'entraînai, la portant à demi, jusqu'à ma voiture. «Tu ne crains plus rien, maman. Il ne peut plus te faire de mal.»

Je n'avais pas eu à me servir du couteau, ce dont je me féliciterais toujours.

8. Fuite

Il est mort. Il ne peut pas nous poursuivre.

Un vieillard, le crâne mince comme une coquille d'œuf.

Était-ce vrai? Je souhaitais tant le croire!

Je pris la direction de Strykersville, mais ne m'y arrêtai pas. Je ne m'arrêterais pas avant plusieurs heures, fuyant les collines d'Oriskany, le comté d'Eden, pour gagner la Pennsylvanie. Ma mère, pelotonnée dans sa robe de chambre à côté de moi, mit ses pieds sous elle, comme une enfant si épuisée par la peur et l'angoisse que, finalement, elle se détend et dort innocemment, sans savoir ce qu'elle fuit ni si cela la poursuivra.

Remerciements

Les nouvelles de ce recueil ont paru, souvent sous une forme légèrement différente, dans les revues suivantes :

Suicide Watch (Surveillance antisuicide), *Playboy*, 2006.

The Man Who Fought Roland LaStarza (L'homme qui a combattu Roland LaStarza), *Murder on the Ropes*, New Millennium, 2001.

Feral (Fauve), *The Magazine of Fantasy and Science Fiction*, 1998.

Bad Habits (Mauvaises Habitudes), *McSweeney's*, 2005.

The Twins : A Mystery (Les jumeaux : un mystère), *Alfred Hitchcock's Mystery Magazine*, 2002.

The Hunter (Le chasseur), *Ellery Queen's Mystery Magazine*, 2003.

Valentine, July Heat Wave (Gage d'amour, canicule de juillet), *Harper's Bazaar*, 2006 (UK), et *Ellery Queen's Mystery Magazine* (US).

The Museum of Dr. Moses (Le Musée du Dr Moses), *The Museum of Horrors*, Leisure Books, 2001.

Stripping (Dépouillement), *Postscripts* (UK), et *The Year's Best Fantasy and Horror*, St. Martin's, 2005.

Table

Du même auteur

Aux éditions Philippe Rey

Délicieuses pourritures
La foi d'un écrivain
Les Chutes (prix Femina étranger)
Viol, une histoire d'amour
Vous ne me connaissez pas
Les femelles
Mère disparue
La fille du fossoyeur
Journal 1973-1982
Fille noire, fille blanche
Vallée de la mort
Petite sœur, mon amour
Folles nuits
J'ai réussi à rester en vie

Aux éditions Stock

Amours profanes
Aile de corbeau
Haute Enfance
La Légende de Bloodsmoor
Marya
Le Jardin des délices
Mariages et Infidélités
Le Pays des merveilles
Une éducation sentimentale
Bellefleur
Eux

L'homme que les femmes adoraient
Les mystères de Winterthurn
Souvenez-vous de ces années-là
Cette saveur amère de l'amour
Solstice
Le rendez-vous
Le goût de l'Amérique
Confessions d'un gang de filles
Corky
Zombi
Nous étions les Mulvaney
Man Crazy
Blonde
Mon cœur mis à nu
Johnny Blues
Infidèle
Hudson River
Je vous emmène
La fille tatouée

AUX ÉDITIONS ACTES SUD

Premier amour
En cas de meurtre

AUX ÉDITIONS DU FÉLIN

Au commencement était la vie
Un amour noir

Cet ouvrage a été achevé d'imprimer
en février 2012 dans les ateliers de
Normandie Roto Impression s.a.s.
61250 Lonrai

N° d'imprimeur : 12-0282
Dépôt légal : mars 2012
ISBN : 978-2-84876-210-4
Imprimé en France